O IMPLACÁVEL REI DAS FADAS

LEIA STONE
TRADUÇÃO ALDA LIMA

O IMPLACÁVEL REI DAS FADAS

OS REIS DE AVALIER LIVRO 3

COPYRIGHT © FARO EDITORIAL, 2025
COPYRIGHT © 2022. *THE RUTHLESS FAE KING* LEIA STONE.
PUBLISHED BY ARRANGEMENT WITH BOOKCASE LITERARY AGENCY.

Todos os direitos reservados.
Nenhuma parte deste livro pode ser reproduzida sob quaisquer meios existentes sem autorização por escrito do editor.

Diretor editorial **PEDRO ALMEIDA**
Coordenação editorial **CARLA SACRATO**
Assistente editorial **LETÍCIA CANEVER**
Tradução **ALDA LIMA**
Preparação **DANIELA TOLEDO**
Revisão **ANA SANTOS e BARBARA PARENTE**
Adaptação de capa e diagramação **VANESSA S. MARINE**

Dados Internacionais de Catalogação na Publicação (CIP)
Jéssica de Oliveira Molinari CRB-8/9852

Stone, Leia
  O implacável rei das fadas : os reis de Avalier / Leia Stone ; tradução de Alda Lima. — São Paulo : Faro Editorial, 2025.
  224 p. : il. (Coleção Os Reis de Avalier ; vol 3)

ISBN 978-65-5957-693-7
Título original: The Ruthless Fae King

1. Ficção norte-americana 2. Literatura fantástica I. Título II. Lima, Alda III. Série

24-4700   CDD 813

Índices para catálogo sistemático:
1. Ficção norte-americana

1ª edição brasileira: 2025
Direitos de edição em língua portuguesa, para o Brasil, adquiridos por FARO EDITORIAL
Avenida Andrômeda, 885 - Sala 310
Alphaville — Barueri — SP — Brasil
CEP: 06473-000
www.faroeditorial.com.br

— Eu me recuso, pai! — gritei.

— Você quer que todo o reino mergulhe no inverno? Que nossas colheitas sejam arruinadas? — gritou em resposta. — Se o rei do inverno pedir a mão da sua filha em casamento, não tem como dizer não!

Eu tremia de tanta raiva. Nunca, em toda a minha vida, havia ficado tão brava com meu pai. Eu o amava, o adorava, beijava o chão em que ele pisava, mas não cederia a ponto de me casar com aquele monstro.

— Pois é isso mesmo que vou dizer quando ele chegar aqui. NÃO!

A ventania aumentou na casa, levantando os papéis sobre a mesa de meu pai até voarem e formarem um funil.

Papai suspirou, como se estivesse acostumado com minhas explosões, o que não era justo. Eu não explodia com tanta frequência assim, só quando era forçada a me casar com um cretino sem coração!

— Papai... — Suavizei o tom de voz. O vento cessou de imediato, fazendo os papéis flutuarem para o chão. — Eu te amo. Respeito sua tomada de decisão, mas não vou, sob *nenhuma* circunstância, me casar com Lucien Almabrava. *Jamais*.

Meu pai me olhou com tristeza e, naquele momento, entendi tudo: já estava feito. Casamentos arranjados eram comuns entre a realeza, e eu sempre soube que, como princesa do outono, um dia seria cortejada por um pretendente real. Mas Lucien, o rei do inverno?

Era impensável.

— Não. — Deixei escapar um grito estrangulado e meu pai não conseguiu mais me encarar.

— Lamento, Madelynn. Não há nada que possa ser feito.

E foi isso.

Meu destino estava selado ao homem mais vil de toda a Fadabrava. Lucien era rei há apenas seis invernos, mas eu já tinha mais de uma dúzia de histórias de suas crueldades para contar. Certa vez, quando protestaram contra o aumento dos impostos, ele havia congelado toda a colheita de verão. Também ouvi dizer que ele arrancou a língua de seu chef favorito por ter lhe servido pratos sem sabor. Ele odiava flores, então tinha mandado destruir quilômetros delas ao redor do palácio. O homem estava morto por dentro. *Mau*. Desde que o pai havia abdicado do trono, em seu aniversário de dezesseis anos, circulavam boatos sem fim sobre sua tenebrosidade.

— E se ele me bater? — tentei argumentar. — Você ouviu os boatos, papai. Ele é cruel.

Meu pai pareceu chocado.

— Ele não bateria na esposa — afirmou, embora sem muita convicção.

Criador, me ajude.

Meu pai era bondoso, bondoso até *demais*, sempre tentando agradar aos outros, e agora eu mesma teria que lidar com as consequências disso. Teria que ser forte para que o rei Almabrava soubesse que eu não era o tipo de mulher a ser contrariada.

— Quando ele chega? — perguntei com os dentes cerrados.

— Hoje à tarde — respondeu, de voz baixa.

— Hoje?! — gritei.

O vento voltou a soprar, entrando pela janela aberta e girando a meu redor. Meus poderes eram os mais fortes em gerações, e eu sabia que aquele era o motivo por ter sido escolhida pelo rei. Eu nunca havia me encontrado com Lucien Almabrava já adulto. Nós, da Corte do Outono, não nos misturávamos na maior parte do tempo. Já tinha visto Lucien brevemente quando ele era menino e sua mãe ainda estava viva, mas eu devia ter seis invernos e ele, apenas oito ou pouco mais. Eu mal me lembrava. Ele havia me dado um girassol e disse que meu vestido era lindo. Um menino doce — antes que as trevas o dominassem.

Saí contrariada do escritório de meu pai, levando a espiral de vento comigo.

Como ele ousava me contar aquilo horas antes da chegada do rei, sem nem me dar tempo para encontrar uma saída desse acordo?! Vai ver era essa a intenção.

As criadas do palácio se espremiam junto às paredes conforme eu passava, meu vento soprava seus vestidos de um lado para o outro. Eu precisava sair e desabafar um pouco aquela raiva antes de derrubar a casa inteira.

Após sair pelas portas dos fundos, corri pelos jardins em direção à campina que frequentava quando queria usar meu poder sem destruir nada.

Uma vez na segurança da natureza, me soltei. Quando respirei fundo, o vento me visitou como um velho amigo. A grama se curvou, a poeira levantou e o sol escureceu, meu pequeno túnel de ventania foi ficando mais forte.

Talvez o rei estivesse a caminho naquele instante. Era fim de tarde e ele já poderia até estar na estrada. Se eu enviasse aquela pequena tempestade de vento na direção de sua comitiva, poderia derrubar os cavalos e ele poderia se ferir, atrasando o noivado...

Mas logo espantei aqueles pensamentos sombrios, sabendo que tal ação seria atribuída a mim.

Cerrando os punhos, olhei para o céu, para o olho da tempestade que eu mesma havia criado, e soltei um grito agonizante, direcionando-o para o sol como se meu transtorno fosse culpa dele.

De repente, o vento cessou e eu me acalmei outra vez. Descarregar meu poder não me ajudaria. Eu precisava manter a cabeça fria para encontrar uma forma de sair daquela situação.

— Seu pai te contou? — Ouvi a voz de mamãe atrás de mim e me virei como uma cobra pronta para dar o bote.

— Mãe, como pôde? — choraminguei.

Meu pai era o líder da corte; era seu dever fazer tal acordo, mas minha mãe? Ela nem me avisou.

Seus olhos se encheram d'água.

— O rei do inverno pode ser muito convincente — foi tudo o que disse.

Bufei, me aproximando. Ela tinha o mesmo cabelo ruivo vibrante que o meu, e naquele dia, nós duas havíamos escolhido vestidos verde-limão sem saber que a outra faria o mesmo. Eu adorava como aquilo acontecia com frequência. Durante toda a minha vida senti proximidade com minha mãe, mas agora eu me sentia traída.

— Mãe, ele é horrível — supliquei.

Ela suspirou.

— Não diga isso. Lucien era um menino quando perdeu a mãe e só... reagiu mal.

Ela o estava defendendo?

— Já faz seis anos que ele perdeu a mãe — rosnei. — Qual é a desculpa agora?

A mãe do rei tinha morrido em um trágico acidente. Ela estava cavalgando com o jovem Lucien Almabrava quando caiu do cavalo, quebrou o pescoço e morreu na hora. Como haviam saído para nada mais que um inocente passeio, não havia nenhum elfo curandeiro por perto. Eu me senti mal por uma criança ter que assistir à mãe morrer daquele jeito, mas isso não justificava algumas das histórias que ouvia sobre Lucien.

— Ele come carne crua, mãe. Ele já matou com as próprias mãos. Sem contar aquilo que ele fez no Grande Gelo. Ele é um monstro.

Mamãe suspirou mais uma vez.

— Não sabemos se *todas* essas histórias são verdadeiras — alegou, embora sem demonstrar muita certeza.

— É por causa do dote que ele está pagando? Porque posso arranjar meu próprio dinheiro e pagar vocês...

Minha mãe me interrompeu, balançando a cabeça.

— Não, querida. É a lei. Quando o rei em vigor pede a mão de uma integrante da realeza em casamento, não é possível recusar.

Lei? Um decreto ridículo estava impedindo minha liberdade? Não que eu fosse contra o dever ou o casamento. A união de meus pais havia sido arranjada e eles tiveram um casamento maravilhoso. Eu sabia que meu dia chegaria em breve, só era contra a ideia de que fosse com *ele*.

— Por que ele me quer? — Cruzei os braços e levantei o queixo. — Sou da Corte do Outono. A duquesa Dunia, da Corte do Inverno, seria uma opção *muito* melhor. Eles cresceram juntos, ela o conhece. Os filhos deles seriam mais adequados.

Minha mãe suspirou, deu um passo à frente e pegou minhas mãos.

— Ele ouviu falar do seu poder e beleza. Ele quer *você*, Madelynn, como esposa e mãe dos filhos dele. Seu filho pode ser o futuro rei.

Meu coração murchou. Nunca pensei que um dia meu poder e minha beleza me acorrentariam a um homem estúpido e vil como Lucien, mas aqui estávamos.

— Lamento, mãe. Não posso. Qualquer um menos ele. Me ajude a dizer não. Diga que estou noiva de outra pessoa ou...

— Madelynn! Isso envergonharia seu pai e toda a nossa corte. Você já foi prometida.

Ela olhou para mim como se de repente eu tivesse duas cabeças. A filha mais velha perfeita, a mais poderosa com a magia do vento, a que tirava as melhores notas na escola, a que nunca saía da linha. Claro, eu era independente e obstinada, mas nunca havia desobedecido aos meus pais ou a um decreto real... até agora.

— Até mais tarde, mãe — respondi enigmaticamente, então corri até o celeiro atrás da minha égua.

Preferiria arder eternamente no fogo de Hades a me casar com Lucien Almabrava.

◆ ◆ ◆

Disfarçada pelo capuz da minha capa, cavalguei sozinha até a cidade rumo à casa de um dos meus cortesãos favoritos, Maxwell Blane. Ele era bonito, rico, engraçado e um grande conquistador — o candidato perfeito para o que eu estava prestes a pedir.

Bati rápido à porta, pois a rua atrás de sua casa estava movimentada e eu não queria dar motivo para nenhum boato. Nunca estive com um homem sem acompanhante, mas não queria uma testemunha para o que eu estava prestes a pedir.

Quando sua criada abriu a porta, entrei sem esperar ser convidada. Ela soltou um gritinho e recuou, em choque, então tirei a capa.

— Desculpe a intrusão, Margaret.

— Ah. Princesa Madelynn.

Ela se curvou, pelo visto aliviada por saber quem estava invadindo a casa.

Minha dama de companhia, Piper, me acompanhava à casa de Maxwell uma vez por semana para um de seus famosos coquetéis. Ele era o cortesão mais popular e organizava as festas mais animadas a que já compareci, cheias de cantoria, jogos e bebidas. Eu não bebia, claro — não seria adequado —, mas jogava e sempre nos divertíamos muito.

— Maxwell está? É urgente.

— Por aqui. Ele está no escritório.

Ela olhou para trás de mim, para a porta, como se averiguando onde estava minha acompanhante, mas não falei nada e apenas deixei o rubor no rosto responder por mim. Ainda sem dizer uma palavra, ela entendeu e pediu minha capa.

Os pais de Maxwell eram ricos e, quando morreram em um acidente de barco, deixaram tudo para o filho. Ele era um pirralho mimado e um amigo querido; eu sabia que ele me ajudaria com meu pedido.

Ela me acompanhou pelo corredor e, ao nos depararmos com a porta aberta, bateu ao batente.

— Senhor, a princesa Madelynn está aqui.

O rosto dele se iluminou quando me viu.

— Que honra. Entre, querida.

Querida. Linda. Meu bem. Ele nunca se dirige a uma mulher sem uma palavra doce no final. Maxwell já havia dormido com metade da corte, com certeza.

A criada então nos deixou a sós. Em geral, ela teria ficado para garantir que minha reputação permanecesse intacta, mas acho que percebeu que seria uma conversa particular.

Fechei a porta e me virei para encará-lo.

Maxwell usava um paletó de seda vermelha e segurava um charuto aceso e uma xícara de café, ostentando um grande anel de diamante no dedo mindinho. Ele tinha vinte e três anos e a cidade vivia fofocando sobre sua solteirice, mas ele próprio havia me confessado uma vez que não tinha intenção de se casar. Nunca.

Por educação, ele apagou o charuto e se levantou para me beijar no rosto. Aceitei e retribuí o beijo com o mesmo carinho que dispensaria a um irmão ou tio querido. Jamais senti atração por Maxwell. Ele era bonito, mas seus flertes descarados e a facilidade com que dormia com todas as mulheres me desanimavam. Agora eu entendia que aquilo era o que eu precisava.

— A que devo esse prazer secreto?

Ele sorriu para mim, olhando para a porta fechada e minha falta de acompanhante enquanto se recostava na cadeira.

Respirei fundo e fixei o olhar no dele.

— Meu pai simplesmente deu minha mão para Lucien Almabrava.

Ele parou a xícara de café junto aos lábios e a baixou de volta para a mesa.

— Ai, céus, esse homem tem uma péssima reputação. Mas você será rainha, e isso é uma vantagem.

Balancei a cabeça.

— É claro que não posso me casar com ele, Max. Você precisa me ajudar.

Maxwell tinha um longo cabelo loiro-escuro, olhos azul-gelo e a pele era mais lisa que a minha. De vez em quando eu ficava analisando seu rosto, me perguntando como ele poderia ser tão... belo. E estava fazendo isso agora, enquanto ele avaliava meu destino.

— Entendo. Posso te dar dinheiro para você pagar o dote ao seu pai...

Levantei a mão e o interrompi:

— Minha mãe disse que ele não vai aceitar. Não se trata de dinheiro, mas de reputação.

Maxwell mordeu o lábio.

— Bem, então você pode pegar um dinheiro emprestado e fugir.

— E deixar minha família? Minha casa?

Ele deu de ombros.

— Não consigo pensar em alternativa, Madelynn. Ele é o rei do inverno — ressaltou, tomando um gole de café.

Bati os dedos com aflição nas pernas e minhas bochechas começaram a ficar vermelhas de vergonha.

— Como bem sabe, existe um teste de pureza antes de se casar com o rei. E eu gostaria de saber se você poderia me ajudar a... não passar.

O café dele jorrou de sua boca em minha direção, quase sem me dar tempo de desviar antes de o líquido encharcar o encosto da poltrona em que eu estava.

Ao vê-lo boquiaberto, me encolhi de vergonha.

— Quer me ver morto?! Seu pai me mataria, depois sua mãe, e depois o rei. Eu morreria três vezes!

— Estou desesperada! — choraminguei. — Ele é um monstro. Você sabe muito bem disso.

Maxwell me olhou de cima a baixo, então cobriu a boca com a mão e mordeu um dos nós dos dedos antes de afastá-los de novo.

— Admito que já pensei em dormir com você, Madelynn, mas você é da realeza e eu não gosto de drama. — Ele me olhou com pena. — Posso oferecer dinheiro, e você nem precisa devolver, mas é tudo o que consigo fazer.

Era uma boa oferta, mas eu não ia deixar minha família e minha casa. Franzi o cenho.

— Não quero me casar com ele, Max.

Ele se debruçou sobre a mesa e pegou minha mão.

— Então seja a mulher forte, ousada e independente que sei que é, e talvez ele te rejeite.

Eu ri, mas logo me dei conta de que talvez não fosse má ideia. Se eu fosse desagradável o suficiente, Lucien perceberia que minha beleza e meu poder não compensariam o pesadelo que eu poderia ser como esposa.

— É brilhante. Obrigada, Max.

Ele me lançou mais um olhar saudoso e me dispensou com a mão.

— Saia já daqui antes que eu mude de ideia.

Me despedi e peguei minha capa com a criada. Quando cheguei à porta da frente e a abri, minha mãe estava esperando, apoiada em meu cavalo.

Por Hades.

Ela me conhecia bem até demais. Tentei agir com calma, como se não tivesse sido pega fazendo algo que não deveria.

Minha mãe me fuzilou com os olhos quando me aproximei.

— Fazendo uma visita ao sedutor mais famoso da cidade sem acompanhante? Você não está tentando manchar sua reputação, está, minha filha?

Bufei.

— Ele não me quis.

— Madelynn! — repreendeu, estendendo a mão para me dar um tapa na nuca. — Seu pai deu sua mão para o rei do inverno, o regente de todos os feéricos. Você não poderia pedir mais.

Minha mãe e meu pai pareciam ter bloqueado da memória todas as histórias de horror sobre Lucien Almabrava.

— Vocês nem me deram tempo para me preparar — rosnei, de repente me sentindo envergonhada pelo que tinha acabado de fazer.

Se a notícia de que eu estava sozinha na casa de Maxwell se espalhasse, eu não teria *nenhuma* perspectiva de me casar com homem *algum*.

Minha mãe apoiou a mão em meu ombro e me olhou nos olhos.

— Porque te conhecemos bem até demais. — Ela olhou para a casa de Maxwell como se quisesse deixar seu argumento bem claro. — Ouça, querida, criamos você para ser uma líder. Com o rei Almabrava a seu lado, você pode fazer a diferença. Como esposa dele e nossa rainha, influenciará a lei e tomará decisões. Pode retribuir a sua comunidade e até mesmo dissuadi-lo da guerra. Uma mulher ao lado de um rei desempenha um papel importante.

Essas palavras me tocaram, tocaram uma parte minha que queria sacrificar a própria felicidade pela do meu povo. Ingenuamente, presumi que poderia ser feliz e cumprir meu dever, mas agora sabia que não era bem assim.

Suspirei, resignada.

— Se ele me fizer mal, vou matá-lo. Que se danem as consequências.

Minha mãe se encolheu como se eu tivesse lhe dado um tapa.

— Se ele fizer mal a você, quem vai matá-lo sou *eu*.

Seu choque ao me ouvir dizer que ele era abusivo me fez pensar se eu estava sendo dura demais com o rei. Mas as histórias que eu tinha ouvido — como, uma vez, ele arrastou um cortesão amarrado a um cavalo pela cidade inteira — eram todas sombrias e brutais, e narravam a história de um regente desequilibrado com o qual eu não queria ter *nada* a ver.

De repente, lágrimas obstruíram minha visão e uma rajada de vento passou por nós, levantando meu cabelo.

— Vou sentir saudade.

Eu mal tinha conseguido terminar de pronunciar as palavras quando minha mãe me puxou para um abraço.

◆ ◆ ◆

O rei do inverno chegaria a qualquer momento. Depois de negociarmos meu dote, ele desfilaria comigo pela Corte do Outono como um prêmio. Anunciaríamos publicamente o noivado, depois faríamos uma viagem pelas quatro cortes, convidando cada uma para o casamento. Tudo isso antes mesmo de eu conhecer o homem ou concordar com isso.

Por fim, cedi às súplicas de meu pai e às lágrimas de minha mãe.

Eu era a princesa mais poderosa de todo o reino, e o rei queria herdeiros poderosos, então era uma parceria óbvia.

Em parte, eu sempre soube que esse dia chegaria, só torcia para que ele se casasse com uma mulher de linhagem real da própria corte e me deixasse em paz.

Eu não queria sair do Outono. De suas folhas alaranjadas, seu ar fresco, seus aromas. Eu havia crescido e jamais saído do reino de meu pai. Éramos um dos mais prósperos de Fadabrava, cultivando metade dos alimentos para o reino e até vendendo o excedente para Escamabrasa.

Sentada no quarto, enquanto minha amada dama de companhia, Piper, terminava de fazer cachos no meu cabelo, arfei ao me dar conta, de repente, de que não teria mais a companhia dela. Eu tinha dezenove invernos e ela, vinte; praticamente crescemos juntas. Sua mãe havia servido como dama de companhia da minha, e Piper acabou se tornando minha melhor amiga.

Estávamos quietas desde que recebemos a notícia. Parecia que ela não sabia nem o que pensar ou dizer. Casar-se com o rei do inverno era mais uma maldição do que uma bênção, então felicitações não eram muito adequadas.

— O que houve? — perguntou por fim.

Olhei-a com os olhos repletos de lágrimas não derramadas.

— Acabei de me dar conta de que vou perder você. Jamais pediria para você deixar sua família e me seguir até aquele Hades gelado que é a Corte do Inverno.

Piper sorriu. Como eu adorava aquele sorriso. Ela tinha dois dentes tortos na frente que afundavam no lábio inferior como presas.

— Ah, Maddie, eu nunca deixaria você sozinha com aquele desgraçado. Já pedi para seu pai me dispensar da Corte de Outono. Vou para o Inverno com você.

Com uma nova onda de lágrimas chegando aos olhos, puxei-a para um abraço.

— Eu não mereço você.

Quando a soltei, ela balançou a cabeça, seu longo cabelo castanho balançou sobre os ombros.

— É verdade. E ouvi dizer que o rei do inverno é mais rico que seu pai, então pode ser que eu deva pedir um aumento...

Sorri, adorando como Piper sabia aplacar meu mau humor.

Com o som de uma batida à porta, me levantei, endireitei os ombros e ergui o queixo.

Estava na hora. O rei havia chegado.

Enquanto eu caminhava em direção à porta, Piper segurou meu pulso. Quando me virei para ela, vi fogo em seus olhos.

— Não se esqueça de seu valor, Madelynn Vendaval. Você tem muito a oferecer. Não estou nem aí se ele é rei; você vale muito mais que um saco de ouro.

Meu coração ficou apertado e agradeci ao Criador por ter uma amiga tão leal. Apertei sua mão, fiz um gesto com a cabeça e abri a porta, me deparando com minha mãe a minha espera. A negociação do dote sempre era feita pessoalmente, depois que o pretendente conhecesse a futura esposa. Ele queria se certificar de que eu era bonita como tinha ouvido falar, ou como me viu pela última vez, também poderosa, como afirmavam por aí. Quanto mais bela e poderosa, mais dinheiro e terras meu pai poderia pedir.

Visto que eu aumentaria o poder de seu reinado e futuros herdeiros, ele pagaria a meu pai pelo direito de se casar comigo. Era uma prática tão enraizada em nossa cultura que só quando parávamos para pensar que parecia um pouco ofensiva, mas também era necessária para bancar a corte. Meu pai não cobrava muitos impostos do povo, e 50% do que recebíamos ia para o monarca governante, ou seja, o rei do inverno.

— Está linda, querida — disse mamãe, estendendo o braço para enganchar o cotovelo no meu.

— Obrigada.

De braços dados com ela, olhei para Piper, que levantou o polegar para mim.

Eu a amava por ter dito que iria comigo. Na verdade, eu não sabia se conseguiria sobreviver na Corte do Inverno sem pelo menos uma amiga.

Enquanto percorríamos os corredores da casa de minha família, senti a realidade recair sobre mim. O homem que, segundo sussurros, tinha matado um criado por não ter arrumado a cama direito estava prestes a ser meu marido.

Será que eu poderia me casar com um homem que me faria infeliz pelo resto da vida só para honrar meu dever e fazer minha família feliz? O dever estava acima da felicidade?

Infelizmente para mim, sim.

— Maddie! — Veio a voz de minha irmã mais nova atrás de mim, e todo o meu corpo ficou rígido. Se eu a visse agora, cairia em prantos. Era impossível me imaginar abandonando Libby.

— Ela ainda não sabe — sussurrou mamãe, e o alívio me inundou.

Me virei com um sorriso falso no rosto e a deixei correr para meus braços.

— Tirei nota máxima no arco e flecha! Mestre Bellman diz que sou tão boa quanto os elfos! — exclamou, animada.

Sorri, acariciando seu cabelo ruivo e crespo com a palma das mãos. Suas mechas tinham o mesmo tom que as minhas e as de nossa mãe, mas a textura de papai. Ela parecia um leão selvagem na maioria das vezes.

— Eu já imaginava.

— Você está linda.

Ela observou meu vestido bordado e dourado e o requinte do penteado e maquiagem.

— Obrigada. Eu tenho... uma reunião, então passo aqui depois para falar com você, combinado?

Me despedir dela me mataria. Eu não conseguia nem pensar no assunto agora.

— Tá! — gritou, correndo até nossa mãe para abraçá-la antes de saltitar pelo corredor até seu quarto, com a babá correndo logo atrás.

Troquei um olhar comovido com minha mãe, mas não falei nada.

Libby e eu tínhamos um relacionamento especial. Eu tinha visto minha mãe passar por sete sofridos abortos espontâneos antes de Libby nascer, oito anos atrás. Sua chegada em nossa vida foi o sopro de ar fresco de que precisávamos. Ela mantinha as coisas leves e divertidas no palácio; a alegria de minha mãe depois de tanta tristeza.

Quando chegamos à porta, olhei para mamãe, pronta para dizer a verdade. Se eu ia me casar com aquele homem de reputação hedionda, queria ter controle sobre algumas coisas.

— Quero negociar meu próprio dote — declarei com ousadia.

Ela quase engasgou com a própria saliva, tossindo e pigarreando em seguida.

— Querida, isso não existe. É entre o rei Almabrava e seu pai.

Levantei o queixo.

— Se serei vendida a um monstro, quem vai decidir meu valor será eu e mais ninguém.

O rosto de mamãe queimou de vergonha, e eu me senti péssima pelo meu tom. Seu breve aceno de cabeça foi tudo o que eu precisava para abrir a porta e prosseguir.

Então meu olhar recaiu sobre Lucien Almabrava, rindo perto da lareira com meu pai, e na hora soube que estava em apuros.

Eu tinha desenvolvido um ódio profundo por aquele homem; as coisas que ele havia feito eram imperdoáveis. Contudo, quando meu olhar caiu sobre ele, não pude evitar o frio na barriga e a onda quente de desejo que atravessou meu corpo.

O rei era o homem mais atraente que eu já tinha visto. Vacilei quando ele se virou para mim.

Criador, tenha piedade de mim.

Lucien Almabrava não era nada como o menino dos retratos pendurados nas salas de reunião. O homem diante de mim foi esculpido com perfeição: olhos cinza como aço, nariz bem definido e queixo forte. Os lábios grossos estavam franzidos. Ele usava o penteado dos guerreiros reais, com as longas tranças pretas raspadas nas laterais e depois presas num rabo de cavalo trançado nas pontas. A túnica cor de carvão abraçava o corpo musculoso, deixando pouco para a imaginação. Eu não sabia o que estava esperando, mas não era aquilo, não imaginava sentir atração pelo homem que tanto odiava. Fui pega de surpresa por um segundo, e o rei e eu ficamos ali, simplesmente olhando um para o outro. Ele me avaliou devagar, e senti a respiração falhar.

O homem era a encarnação do mal, mas vinha embrulhado no pacote mais delicioso que eu já tinha visto. Eu não sabia mais se conseguiria resistir a qualquer coisa que ele oferecesse como dote.

Não posso me casar com esse homem.

Voltando a mim, afastei qualquer feitiço que ele havia lançado na minha direção e me lembrei de sua fama.

— Meu rei... — Fiz a reverência mais breve possível para ainda ser considerada educada, e me aproximei para cumprimentá-lo.

A meu lado, minha mãe também fez uma reverência, caprichada e excessivamente respeitosa.

Ele me observava como um animal rondando uma presa. Engoli em seco.

— Madelynn Vendaval. É muito mais bonita do que o que cantam as músicas sobre você — afirmou, dando um passo à frente e pegando minha mão. Eu a estendi e ele a beijou de leve, enviando uma onda de frio pelo meu braço.

E também é galanteador. Que maravilha.

Abri um breve sorriso, ele prosseguiu para beijar a mão de minha mãe. Tentando ignorar sua beleza, aproveitei o tempo para me lembrar de todas as histórias terríveis que tinha ouvido a seu respeito, depois me virei para meu pai.

— Falei com mamãe sobre eu mesma negociar meu dote e ela concordou — declarei, bem na frente do rei.

Meu pai soltou um som sufocado e meu olhar se voltou para o rei para ver o que ele diria ou faria, mas Lucien apenas me observava como se estivesse achando graça. As mãos estavam cruzadas atrás das costas com toda a compostura e os olhos, enrugados nos cantos, me examinavam.

— Não é assim que se faz. É assunto de homem — disse papai, dando uma gargalhada nervosa antes de olhar para o rei. — Lamento, milorde, acho que a criei para ser um pouco independente e obstinada *demais*.

O rei continuava me observando, os olhos de aço perfuravam os meus.

— Acho que eu pagaria a mais por independente e obstinada.

O comentário me deixou chocada. O que ele quis dizer com *isso*? Era alguma brincadeira? Eu não estava gostando nem um pouco.

Meu pai não sabia o que fazer, então permaneceu em silêncio.

— Eu adoraria negociar seu dote com a senhorita, Madelynn — continuou o rei.

Engoli o nó na garganta. Dizer que queria negociar meu próprio preço era uma coisa, fazer era outra.

Na verdade, eu não esperava que ele aceitasse. Estava esperando que ele considerasse minha atitude agressiva e dominadora demais e cancelasse tudo.

Olhei para meu pai e minha mãe, sabendo que, se eu estava prestes a concordar em me casar com aquele homem, primeiro precisava ter uma conversa particular com ele.

— Mãe, pai, se nos derem licença, preciso falar com rei Almabrava a sós antes de concordar em me casar.

Uma expressão de pânico passou pelo rosto de meu pai. Ele me conhecia muito bem e já devia estar imaginando todas as coisas terríveis que eu diria ou faria.

— Você não pode ficar sozinha com um homem solteiro. Não é adequado — lembrou mamãe, pontuando com uma risada nervosa.

Concordei com a cabeça.

— Vá buscar Piper. Ela pode me acompanhar.

Meu pai estava imóvel perto da lareira, como se não tivesse certeza se poderia quebrar o protocolo e permitir aquilo. Todos nós olhamos para o rei em busca de orientação, mas o rei parecia perfeitamente calmo e entretido. Ele se apoiou todo descontraído na parede de tijolos da sala.

— Mal posso esperar pela nossa conversa particular — afirmou.

Assim que minha mãe saiu correndo para buscar Piper, comecei a me sentir desconfortável com a personalidade complacente do rei do inverno. Na certa, o monstruoso monarca de quem eu tinha ouvido falar proibiria uma exigência daquelas. Uma mulher negociando o próprio dote? Era inédito, mas ele parecia ter achado divertido, e isso me enfureceu.

O que ele estava tentando fazer? Pelo visto, se eu esperava desanimá-lo com meu comportamento, estava muito enganada.

Minha mãe voltou um minuto depois com Piper, que fez uma profunda reverência ao rei e se dirigiu ao canto mais distante da sala em seu papel de espectadora silenciosa.

Meu pai pigarreou, claramente desconfortável.

— Podem nos deixar — falei a meu pai.

Minha mãe já estava parada à porta, e papai olhou para o rei, que concordou, e os dois saíram com relutância. Assim que a porta se fechou, me aproximei de Lucien Almabrava. Decidi ser o mais franca possível para ele entender meu lado.

— Já ouvi histórias a seu respeito. É um homem cruel, desalmado com os funcionários, e castiga severamente as pessoas pela menor das infrações. Eu estaria mentindo se dissesse que estou animada para ser sua noiva.

Lá estava. Fui bastante sincera e providenciei para que não houvesse nenhuma pretensão entre nós de que eu seria uma esposa amorosa e apaixonada. Foi ousado dizer uma coisa dessas a um rei, de modo que fiquei esperando uma reação de pura ira.

Em vez disso, o canalha apenas sorriu diante de meu relato verbal sobre sua reputação.

Cruzei os braços e o fuzilei com os olhos.

— E *mais*: eu não estou interessada em te dar filhos logo de cara, então terá que esperar até que eu esteja pronta.

Ele semicerrou os olhos e lambeu os lábios, como se estivesse imaginando fazer filhos comigo.

Corei com o calor que subiu até meu rosto.

— E não vou dormir com o senhor a menos que seja para fazer um filho. Poderá ter uma amante ou meretriz, eu não ligo. — Quando ergui o queixo, uma gargalhada irrompeu da garganta dele. O som me abalou. Era grave e rouco e ecoou por toda a sala. — Está rindo de mim?

Cerrei os punhos e uma leve lufada de vento percorreu a sala, alimentando a chama do fogo na lareira.

Uma súbita rajada de neve entrou na lareira e caiu sobre a lenha, que crepitou.

Será que ele estava exibindo seu poder porque eu tinha feito o mesmo? O que raios foi aquilo? Estávamos em algum tipo de competição?

Lucien ficou apenas me observando, sorrindo e pelo visto deliciado, enquanto eu lutava contra todas aquelas emoções.

Por fim, o rei levou a mão ao peito.

— Acho que acabei de me apaixonar.

Revirei os olhos, gemendo, e o vento morreu em um instante. Será que esse homem seria um sedutor insuportável o tempo todo?

— Acabei de dizer que te acho uma pessoa horrível e o senhor se apaixona por mim? Não parece uma pessoa muito equilibrada.

Ele deu um rápido passo à frente, fazendo meu coração acelerar quando de repente o vi tão próximo.

— Não sou conhecido por ser equilibrado, sou? — sussurrou, o hálito quente subjugou meus sentidos.

Santo Criador.

Recuei um passo e olhei, em pânico, para Piper, mas ela estava imóvel, apenas observando. Ela desempenhava bem o papel quando precisava, mas sem dúvida conversaríamos sobre aquele episódio quando estivéssemos a sós.

Lucien Almabrava deu mais um passo, encurtando a distância que eu havia acabado de ganhar, e baixou a voz.

— Preciso confessar uma coisa — murmurou.

Meu coração foi para a garganta e engoli em seco.

— Que confissão? — sussurrei.

Por que ele tinha que ser tão bonito?

Ele olhou para meus lábios, depois para meu pescoço e enfim para meus olhos.

— Na última lua cheia, vi você na campina perto da sua casa. Eu estava viajando com alguns dos meus soldados pela floresta. Estávamos procurando um cão de caça perdido. Você estava dançando no jardim com sua irmã e... — Ele respirou fundo, estendendo a mão para uma mecha solta de meu cabelo ruivo. — Te achei a mulher mais linda que eu já tinha visto. Foi quando soube que precisava ter você.

Era como se todo o ar tivesse sido sugado da sala. Eu não conseguia respirar. O que estava acontecendo? O rei perverso estava... me elogiando?

— Dê o preço, Madelynn Vendaval, porque não há moeda de ouro no reino que eu não pagaria para poder acordar ao seu lado todas as manhãs.

Ele sorriu com doçura, e eu tive que engolir um gemido. Foi a coisa mais doce que um homem já havia me dito, e vinha do canalha que tinha causado tanta dor a minha família no passado. Eu não sabia o que dizer ou sentir. Estava... em conflito comigo mesma. O que a princípio supus serem flertes de um sedutor profissional, logo se tornou uma confissão.

— Quando você se tornou rei e lançou o Grande Gelo por todo o reino, minha avó morreu — deixei escapar.

Uma sombra recaiu sobre seu semblante, e eu quase me arrependi do que disse. Eu já estava me acostumando com seu sorriso, mas, agora, estava olhando para um homem desprovido de qualquer emoção. Ele havia se retraído para algum lugar, um lugar ao qual eu não poderia ir, um lugar ao qual eu não queria ir.

— Lamento por tê-la matado — declarou. — E outros também. Naquela noite, 37 pessoas da Corte do Verão morreram. E 12 da Primavera. Elas não estavam preparadas para esse tipo de frio.

Fiquei chocada ao ouvi-lo confessar sem um pingo de emoção as ações atrozes que havia cometido.

— Então admite?

Nunca recebemos um pedido de desculpas ou explicação; apenas um frio extremo que varreu toda a terra e, no dia seguinte, tudo voltou ao normal.

— Sim. — Ele endireitou as costas e levantou o queixo, o sorriso agora era coisa do passado. — Meus poderes estão ligados as minhas emoções. Assim como os seus. Não consegui controlá-los. — Ele estava falando do que tinha sucedido instantes antes, quando fui incapaz de evitar que o vento entrasse na sala.

Que tipo de emoções esse homem teve para acabar congelando todo o reino por um dia e uma noite inteiros? Eu tinha treze anos na época e foi uma das noites mais assustadoras da minha vida. O frio havia penetrado na casa como uma sombra e permanecido, por mais alto que estivesse o fogo. Eu não dormi; bati os dentes a noite toda. Fiquei do lado de fora com mamãe, afastando a geada com a força do vento. Minha avó veio nos ajudar, mas estava idosa demais para aquele tipo de exposição.

Ela faleceu no dia seguinte. Um coração fraco, como tinha atestado a curandeira, mas todos sabíamos o que de fato a havia debilitado.

O Grande Gelo.

Já que ele estava tão aberto, fiquei tentada a perguntar o que havia acontecido naquela noite para fazê-lo perder o controle, mas não sabia se queria a resposta. Não queria saber com que tipo de homem eu ia me casar. Um homem assustador capaz de me congelar se o contrariasse.

Eu não sabia o que dizer. O intuito da conversa era ser uma negociação de dote, mas, de alguma forma, se transformou em outra coisa.

Quando o rei tornou a olhar para mim, havia algo profundo em seus olhos que me doeu o coração. Ele parecia... triste. Como se talvez, enterrado lá no fundo, se escondesse um menino desolado que só queria ser amado.

— Sei que casamentos arranjados não são os mais ideais, mas é a tradição — recomeçou Lucien. — Dito isso, se não quiser vincular seu destino ao meu, posso cancelar tudo. Direi a seu pai que simplesmente não somos um bom par. Não haverá dano algum a sua reputação.

Senti o coração bater na garganta. Ele estava me dando uma saída? Uma seriedade tomou conta da sala. Eu estava dividida com o que eu queria antes de conhecê-lo, com o que sentia agora e com o que meus pais esperavam de mim.

— Sinceramente — continuou —, sinto que eu é que deveria pedir que *você* pagasse um dote para se casar com isto aqui. — Ele gesticulou para o próprio corpo, de cima a baixo.

E a risada irrompeu do meu peito.

Ele era engraçado.

Engraçado.

Encantador.

Doce.

E meio desequilibrado. O que poderia dar errado?

A oferta de me permitir desistir do acordo foi digna de nota, mas meu pai já havia contado aos anciãos da Corte do Outono, sem contar que o rei tinha vindo até nós com um contingente completo de soldados reais. Metade da cidade já devia saber o que estava acontecendo. Se cancelássemos, boatos se espalhariam e as pessoas diriam que havia algo errado comigo, que eu era impura ou independente demais. Isso arruinaria minhas chances com quaisquer possíveis futuros pretendentes.

Não, eu tinha que fazer isso agora. A reputação da minha família estava em jogo, e minha decisão também impactaria o futuro de Libby. Por mais que eu quisesse que ele desistisse antes, agora dava para ver o efeito cascata que aquilo teria sobre minha família.

— Podemos prosseguir com o acordo. — Alisei o vestido num gesto nervoso. — Eu só queria que o senhor entendesse meu lado.

Ele concordou, me avaliando com frieza.

— Você não quer filhos logo, só vai dormir comigo para fazer filhos e posso ter uma meretriz. Entendi.

Estremeci e ri de nervoso pela forma como ele disse sem rodeios.

— Está bem, o comentário sobre a meretriz foi um pouco exagerado. Desculpe. Tudo isso é... demais para encarar de uma só vez. Só fui informada hoje.

Ele me olhou com um sorriso.

— Isso significa que está me privando da meretriz que me foi prometida?

Por impulso, dei um tapinha brincalhão em seu ombro, como faria com um velho amigo, esquecendo por um segundo que estava na presença do rei. Mas Lucien apenas pegou minha mão e apertou meus dedos de leve. Minha cabeça de repente ficou a mil.

— Eu jamais faria isso com você... ter uma meretriz ou amante, ou qualquer coisa desse tipo — prometeu, e meu estômago embrulhou.

Ele era tão... diferente do que eu pensava.

— Qual foi o tamanho do dote que seu pai pagou à família de sua mãe? — perguntei, me soltando de seus dedos para sondar qual seria uma boa quantia.

A menção à mãe falecida fez seu rosto se fechar um pouco antes que ele recuperasse a compostura.

— Cem moedas de ouro, quatro hectares de terra e uma dúzia de cavalos. Mas eram tempos mais simples. — Ao notar o tom de voz seco e direto, me perguntei se falar da mãe depois de tanto tempo era algo que o desagradava.

Cem moedas de ouro era a quantia que papai ganhava em um ano, mas o rei Almabrava estaria me tirando dele para o resto da vida.

— Quero *mil* moedas de ouro — declarei, pronta para que ele reduzisse para 500.

— Combinado — declarou num piscar de olhos.

Congelei e engoli em seco. Ele não era de discordar.

— E quero que minha querida dama de companhia venha também — exigi, fazendo um gesto para Piper, parada ereta no canto.

— Combinado — repetiu.

Meu coração martelava no peito.

— Além disso, acho que 40 hectares de terra cultivável para meu povo é um preço justo pelos dois herdeiros que darei.

O rei me olhou de cima a baixo sem pressa, seus olhos cinzentos acariciavam minha pele com tanta intensidade que quase senti o toque.

— Eu esperava ter mais filhos do que isso, ainda mais porque você afirmou que só se deitará comigo para fazer filhos.

Piper bufou para disfarçar uma risada e me virei para encará-la. O calor tomou conta de meu rosto, e eu soube que minha pele devia estar da cor do meu cabelo.

— A quantidade de filhos pode ser discutida mais tarde. — Me abanei e me afastei do fogo.

— Quarenta hectares. Combinado.

— Quanto aos cavalos, temos 20 anciãos na corte. Gostaria que presenteasse cada um com um novo garanhão. Eles cuidam da maioria de nossas plantações, e isso vai ajudar a...

— Combinado — interrompeu ele. — Mais alguma coisa?

Olhei, incrédula, para o rei. Foi muito mais fácil do que eu pensava. Ele estava aceitando tudo sem titubear.

— Poderei ver minha família? — Minha voz falhou ao pensar em Libby.

— Claro. — Ele apertou os lábios. — Sempre que quiser. Serão todos bem-vindos na Corte do Inverno a qualquer hora. Temos uma linda casa de hóspedes que posso deixar sempre pronta para recebê-los.

Tinha planejado dizer que, se ele chegasse a me machucar, cortaria seu corpo em dois com o vento mais forte que se possa imaginar, mas agora imaginava tê-lo avaliado muito mal. Lucien havia feito coisas ruins no passado? *Sim* — ele admitiu o Grande Gelo. Mas havia algo mais ali, uma delicadeza que eu não conseguia descrever, uma vontade de agradar, de ser amado. Isso me confundiu e abrandou a raiva que eu nutria por ele.

Ciente de que dotes eram selados com um aperto de mão, dei um passo à frente e ofereci a minha.

— Mal posso esperar pelas núpcias e por servir a nosso povo como rainha.

Ele sorriu, pegou minha mão com força e firmeza e a apertou.

— Mal posso esperar para passar o resto da vida com você, Madelynn. Espero poder fazê-la feliz.

Parei de respirar pela enésima vez. A maneira como ele falava era tão... intensa, tão verdadeira. Ele se inclinou e deu um rápido beijo no dorso da minha mão antes de soltá-la com delicadeza, quase me deixando triste ao baixá-la. Então o rei do inverno atravessou a sala, fazendo um gesto com a cabeça para Piper ao passar. Quando pôs a mão na maçaneta da porta, o chamei:

— Rei Almabrava! — Lucien se virou para mim e encontrei seu olhar de aço. — Eu poderia ter pedido mais, não é?

O sorriso lento e convencido que ele abriu me deixou de pernas bambas. *Criador*, como ele era lindo.

— Eu não teria negado nada a você.

Então se virou e fechou a porta de leve; deve ter ido procurar meu pai e providenciar que o acordo fosse registrado por escrito.

Fiquei ali, atordoada, enquanto Piper se afastava da parede e parava diante de mim.

— Ainda o odiamos? — perguntou, franzindo a testa. — Estou tão confusa.

Dei de ombros.

— O que foi isso?

Ela mordeu o lábio inferior.

— Eu meio que gostei de tudo nele.

Eu também.

Eu. Também.

Enquanto o rei e meu pai deixavam tudo por escrito e assinado, Piper e eu ficamos na sala, lendo e esperando o teste de pureza. Eu temia o que estava por vir: a curandeira verificaria se eu estava de fato intacta para o meu rei. Minha mãe havia dito que seria estranho por um instante, mas que acabaria logo.

A porta se abriu de repente e um curandeiro élfico de túnica branca entrou, seguido pelo rei Almabrava. Eu não esperava um curandeiro. Troquei um olhar com Piper e engoli em seco, apertando as coxas ao pensar naquele estranho olhando entre minhas pernas.

— Eu disse *não*. Eu disse para você não vir — rosnou o rei para o curandeiro.

Meus pais ainda não haviam retornado, então eu teria que lidar com aquilo sozinha.

O curandeiro usava a típica túnica branca e carregava a tradicional maleta preta do ofício.

— Seu pai exigiu — respondeu.

A temperatura despencou de repente, o frio foi cobrindo minha pele.

— Meu pai não é mais rei — bradou Lucien. — O único homem que a verá nua sou eu. Se tocar nela, vou congelar sua mão e quebrá-la. Entendido?

Fiquei imobilizada. Piper veio para o meu lado, como se para me proteger.

Ele era famoso justamente por aquele temperamento. Congelar e quebrar a mão do próprio curandeiro! Que loucura. Eu estava tão confusa com o comportamento de Lucien. Ele não queria ter certeza de que eu era pura? Eu não sabia o que pensar do homem. Ele estava quebrando todas as regras.

— A declaração escrita já será suficiente — decretou o rei.

O curandeiro apertou a mandíbula, mas concordou e se virou para mim.

— Madelynn Vendaval, jura pelo Criador que está livre da impureza sexual?

Engoli em seco, sentindo as bochechas esquentarem.

— Juro.

Ele me entregou um pedaço de papel que atestava aquilo, e eu assinei com a mão trêmula.

O curandeiro estava de saída quando minha mãe e meu pai entraram, os dois sorriam — claramente felizes com o dote que eu havia garantido.

— A verificação de pureza já foi feita? — perguntou mamãe ao vê-lo sair.

— Já — disse o rei, sem revelar que eu não tinha sido examinada de fato.

— O senhor gostaria de ver uma demonstração do poder dela antes de escurecer? — Meu pai sorriu. Era fofo como ele sempre teve tanto orgulho de minhas habilidades mágicas.

Do outro lado do cômodo, o rei Lucien olhou para mim.

— Se Madelynn não se importar. Sei que precisamos sair de manhã cedo para a viagem de noivado, então, se estiver cansada, eu entendo.

Piper e eu nos entreolhamos. Por que ele era tão atencioso? Será que tudo não passava de atuação? Não fazia sentido. Aquele homem ali, diante de mim, não podia ser o rei do inverno egoísta e raivoso de quem eu tanto tinha ouvido falar.

Fiquei de pé e endireitei as costas.

— Estou sempre disposta a me exibir um pouquinho — falei, e minha mãe bufou.

— Ela é bastante humilde, milorde, prometo — assegurou mamãe, nervosa.

— Não quando se trata do poder dela — confessou Piper, arrancando uma risada de papai.

Dei uma olhada no rei e o vi sorrindo para mim. Era como se eu lhe trouxesse grande alegria com meu comportamento rebelde e pouco sofisticado.

Saímos para a campina plana cercada por árvores. Algumas haviam sido derrubadas na última vez que eu havia feito uma demonstração de forte energia eólica.

Ao sentir o rei parado atrás de mim, me virei e o encontrei a poucos metros de distância, me observando com interesse. Mamãe, papai e Piper, no entanto, estavam a uns dois metros.

— É melhor se afastar ainda mais, milorde — aconselhei.

Seus olhos brilharam como se a ideia de que eu poderia machucá-lo fosse absurda.

Entretanto, ele obedeceu e voltou para onde os outros esperavam. Respirei fundo e chamei o vento para mim. O elemento se infiltrou pelas árvores, arrastando folhas conforme chegava. Comecei com uma demonstração de força, usando-o para pegar uma árvore caída e levantar o grande tronco no ar, girando-o freneticamente.

Ouvi os aplausos atrás de mim e, quando me virei, vi minha mãe, meu pai, Piper e o rei do inverno, todos me elogiando.

— Impressionante! — exclamou o rei.

Incentivada pela plateia, soltei a tora e juntei mais folhas, querendo encerrar a apresentação com um lindo redemoinho de cores. Folhas em marrom, laranja, verde e um amarelo radiante se soltaram dos galhos e se juntaram ao redemoinho. Quando ouvi um suspiro de surpresa atrás de mim — *logo* atrás de mim —, soube na hora que era o rei. Meus pais já tinham visto aquilo dezenas de vezes e podiam fazer o mesmo, embora em menor escala. Piper também não ficaria surpresa, pois me assistia fazer aquela demonstração com frequência.

— Você é incrível — sussurrou Lucien Almabrava, já parado a meu lado e pegando minhas mãos. — Posso?

Eu não sabia o que ele queria dizer, mas seria indelicado negar, então concordei. E foi quando começou a nevar. Não sobre nós, nem sobre meus pais, a queda se restringiu ao funil. Observei os flocos caírem no funil de vento e serem sugados pelo movimento giratório. A ebulição em branco me lembrou de um globo de neve que eu tinha quando era criança. Sempre que ficava com raiva, eu o sacudia e observava a neve cair, e aquilo me acalmava. Era isso que estava acontecendo agora. A neve e as folhas estavam em perfeita sincronia, formando uma espiral relaxante ao redor da campina. Era como se a minha magia e a dele tivessem sido feitas uma para a outra e, verdade seja dita, foi uma das coisas mais lindas que já tinha visto.

Meus pais e Piper começaram a bater palmas, então baixei as mãos, dissipando o túnel de vento.

— Estou morrendo de fome — confessei para mamãe, dando as costas para o rei.

Algo havia acontecido ali, uma coisa que eu não conseguia explicar e da qual não gostava. Ou da qual gostava até *demais*, e era esse o problema.

Apenas uma hora antes, o homem havia admitido ter matado dezenas de pessoas com o Grande Gelo e, depois, ameaçado quebrar a mão do próprio curandeiro. Eu não deixaria que um pouco de neve apagasse aqueles fatos da minha memória.

— Tudo bem, vamos entrar — disse mamãe com uma risadinha nervosa ao me ver voltando a passos largos para dentro de casa.

Eu não queria gostar de Lucien Almabrava. Isso complicava as coisas. Eu já tinha ouvido histórias pavorosas demais para cair em seus encantos. Como ele era encantador. Mas logo sua verdadeira face viria à tona, eu as veria abertamente e seria forçada a aceitar que jamais poderia amar um homem como ele. No mínimo, nos toleraríamos pelo bem do reino e de quaisquer futuros filhos que tivéssemos.

A simples ideia de ter filhos com ele fazia meu rosto esquentar.

— Querida! — chamou minha mãe. Parei e me virei para encará-la. Piper tinha desaparecido na estufa, e meu pai e o rei estavam conversando ao longe, na campina. Minha mãe estava sorrindo. — Então, como está indo? Ele parece muito... simpático.

— Um excelente ator, sem dúvida — falei, olhando para Lucien na campina.

Mamãe franziu a testa.

— O dote… foi o dobro do que seu pai planejava pedir. Será que um *ator* seria tão generoso?

Meu coração começou a bater feito louco com a avaliação dela.

— Imagino que não.

Com um sorriso tímido se abrindo nos lábios, ela enganchou o cotovelo no meu.

— Convidei alguns de nossos cortesãos favoritos. Vamos poder dançar, beber e conhecê-lo melhor. Assim, você se sentirá mais à vontade na viagem amanhã.

Eu não queria um espetáculo, mas sabia que, se os mais velhos já haviam sido informados, a essa altura a corte toda já saberia ou ficaria sabendo muito em breve. Era disso que se tratava a viagem: deixar que todos os fofoqueiros da cidade viessem nos ver juntos para espalharem a notícia.

O rei do inverno escolheu uma esposa.

— Devo trocar de vestido? — perguntei.

— Não há nada de errado com esse, mas é melhor que o rei saiba que te damos tudo até hoje.

Essa era minha mãe, sempre pensando na imagem que os outros poderiam ter dela e de meu pai. Em sua defesa, era praticamente parte de seu trabalho.

Entrei no quarto e me preparei para conhecer o homem com quem estava prestes a me casar. Rezei ao Criador para algumas falhas horríveis aparecerem logo, caso contrário eu teria que mudar de ideia sobre ele. E eu ainda não estava pronta para isso.

◆ ◆ ◆

Verde-esmeralda e roxo-escuro caíam muito bem para ruivos, mas havia outra cor secreta que fazia homens torcerem o pescoço para nos ver melhor. Uma cor secreta que ninguém esperaria.

Vermelho.

Como meu cabelo era mais acobreado, o vestido vermelho-sangue que eu usava agora, combinado com os meus olhos verdes, fez com que o tom de minhas mechas se destacasse ainda mais. Era um vestido moderno que eu havia encomendado recentemente para uma das festas de Maxwell. O decote era apropriado, mas por pouco, e o tecido justo no quadril, envelopando meu corpo até o joelho, logo abaixo o tecido se abria. A cauda era curta o suficiente para me permitir andar pelo salão, mas comprida na medida certa para ser dramática. Eu simplesmente amava o modelo.

— Se o rei não se casar com você, eu caso — afirmou Piper, admirando o vestido.

Eu sorri.

— É uma peça linda, não é?

Piper estava usando um lindo vestido azul-claro e o cabelo castanho estava preso em uma cascata de cachos.

— É. E será que vi faíscas entre vocês dois quando estavam exibindo seus poderes juntos, ou foi só impressão minha?

Ela se aproximou e começou a prender as laterais de meu cabelo para trás.

Revirei os olhos.

— A coisa dos poderes foi... legal, mas não houve *faísca* nenhuma.

Piper ergueu uma sobrancelha.

— Sondei os funcionários. Todos disseram que Lucien tem sido adorável, até se desculpou por ter derramado água e se ofereceu para secar a bagunça.

Fiquei boquiaberta e me virei para olhar para ela — nem eu fazia aquilo. Eu pedia desculpas, é claro, mas os criados limpavam. Era o trabalho deles.

— O que ele quer com isso? — perguntei.

Ela apenas deu de ombros.

— Você vai ter que conhecê-lo melhor para descobrir.

Meu cabelo estava todo solto e cacheado, exceto pelas laterais presas para trás. Então Piper tirou um tubo metálico do bolso e sorriu para mim.

— É da minha mãe?

Ela fez que sim.

— Ela me pegou surrupiando esse batom vinte minutos antes, depois me disse para te entregar.

Dei um tapinha brincalhão no braço dela.

— Piper! Não preciso conquistá-lo. Já estamos noivos.

Batom vermelho era usado para seduzir um homem. Mas ele já era meu.

Ela fez biquinho, indicando que eu fizesse o mesmo e, enquanto aplicava, me olhou nos olhos.

— Madelynn, quando ganhei meu primeiro sutiã, minha mãe me deu alguns conselhos amorosos e eu gostaria de compartilhar com você.

Me preparei. A mãe de Piper era a dama de companhia da minha mãe. Ela tinha ajudado, sozinha, a minha mãe na administração de *tudo*. Se a mulher tinha algum conselho, eu queria ouvi-lo.

— Como o quê? — murmurei, enquanto ela afastava o batom de meus lábios e me virava de frente para o espelho para que eu pudesse me ver.

Santo Criador.

Eu parecia... estar tentando arranjar um marido.

— O conselho foi que mesmo quando se está casada, ainda deve conquistar seu homem — revelou Piper com um sorriso.

Dei risada.

— Ela disse isso?

Ela abaixou o queixo.

— Então, quer estejam noivos, casados, ou comemorando 50 anos juntos, você precisa conquistá-lo. — Deu uma piscadela.

— Eu não quero conquistá-lo! — rebati, mas logo me senti mal por isso. — Desculpe. Eu só... Ele matou aquelas pessoas no Grande Gelo; ele mesmo admitiu. Minha avó...

— Tinha um coração fraco e não deveria ter saído no frio. Já faz anos e ele explicou que perdeu o controle. Me parece um acidente. Será que o rei não pode cometer erros?

Não gostei de como Piper estava defendendo Lucien, mas será que era porque eu estava sendo dura demais com ele?

— Ele ameaçou quebrar a mão do próprio curandeiro! — lembrei.

Piper concordou.

— Lucien é o rei e o curandeiro estava contrariando a vontade dele quanto a te examinar, e você deveria agradecer!

Às vezes eu odiava como Piper era sempre tão sensata.

— Tudo bem, vamos logo para o jantar.

Alisei o vestido, tentando não ficar nervosa. Eu esperava que Lucien Almabrava entrasse ali e agisse como um canalha, barganhasse meu dote e maltratasse os criados. Eu não sabia o que fazer com *esse* homem que acabou aparecendo.

◆ ◆ ◆

Minha mãe tinha mencionado alguns de nossos cortesãos favoritos, mas, na verdade, estava falando dos mais velhos e as esposas deles, e mais de duas dúzias de cortesãos e as respectivas famílias. O salão de baile estava lotado, e a equipe da casa corria para encher as taças ou trazer as bandejas de comida.

— Mãe, isso está mais exagerado que o Festival de Outono — comentei, baixinho, enquanto caminhava até ela.

Ela avaliou meu batom vermelho, meu vestido e meus sapatos de salto.

— Você se tornou uma mulher muito deslumbrante, Madelynn.

Seus olhos cheios de lágrimas me pegaram desprevenida.

— Obrigada, mas esse jantar é exagerado.

Ela estendeu o braço e segurou meu queixo, balançando-o um pouco.

— Não é todo dia que minha filha mais velha fica noiva. Será que não posso me divertir um pouco?

Suspirei, cedendo um pouquinho. Minha mãe adorava festas, amava decorar e se deliciava ao escolher o cardápio com o chef. O evento devia estar sendo preparado havia dias.

Ergui uma sobrancelha para ela.

— Há quanto tempo vem planejando isso?

Ela franziu os lábios.

— Já faz algumas semanas que o rei do inverno revelou as intenções dele, mas eu não tinha ideia do que seu pai iria decidir.

— Algumas semanas?! — soltei um sussurro alto.

Eles esconderam isso de mim por *algumas semanas*?

Quando as pessoas olharam na nossa direção, minha mãe soltou uma risada nervosa e ergueu a taça de vinho, depois olhou para mim.

— Foram muitas conversas e negociações. Seu pai garantiu que o rei Almabrava e você fariam um bom par.

Não fazia sentido discutir sobre algo que já estava decidido.

— Que festa linda, mãe. Obrigada — comentei, seca, depois parti em busca de Piper.

Piper entenderia meu desdém por aquele jantar de noivado colossal sobre o qual eu não tinha controle. Eu entrava e saía de aglomerações de pessoas, distribuindo sorrisos amistosos e agradecimentos quando me davam os parabéns. Já estava me afastando da madame Fuller, nossa costureira favorita, quando de repente me vi diante de Lucien Almabrava.

Prendi a respiração ao vê-lo na túnica de seda prateada com bordados de floco de neve na bainha. Ele semicerrou os olhos para avaliar meu vestido e depois parou em meus lábios vermelhos.

— Agora entendo quando um homem diz que uma mulher é de tirar o fôlego.

Ele inspirou com força, como se tivesse se esquecido de como respirar.

Mais um elogio devastador que me deixou sem saber o que fazer. A verdade era que *eu* estava tendo dificuldade em me lembrar de como respirar ao vê-lo tão elegante.

Naquele instante, a música começou e, sem mais uma palavra, o rei Almabrava me ofereceu a mão. Minha mente gritava *não*, mas meu corpo se inclinou para a mão estendida e, antes que eu tivesse um segundo para pensar duas vezes, já estávamos dançando. A sala explodiu em aplausos e os convidados esvaziaram a pista, enquanto o rei me girava ao ritmo da minha valsa favorita.

— É um dançarino decente — comentei, tentando me controlar.

Estar tão perto dele assim, sentir seus dedos na minha lombar e minha mão encaixada na dele, enquanto eu segurava seu braço musculoso e tenso com a outra, me tirava o bom senso.

— Só decente? Ah, minha mãe odiaria ouvir isso — respondeu, fechando a cara.

Então sorri.

— Tudo bem; mais que decente. Foi sua mãe quem te ensinou a dançar, rei Almabrava?

— Por favor, me chame de Lucien. E sim, foi.

Em geral, só se dirigia a alguém pelo primeiro nome após o casamento, e mesmo assim os maridos insistiam em milorde ou Vossa Alteza, mesmo de uma esposa e rainha. Além disso, eu tinha escutado um boato de que nem o próprio pai do rei tinha permissão para chamá-lo de Lucien.

— Está gostando da Corte do Outono, Lucien?

Com a mente e o corpo em guerra, optei pela conversa fiada. Uma parte minha queria fugir e a outra queria descobrir que sabor ele tinha. Era abominável e inesperado, e eu não sabia o que pensar.

Ele olhou para mim com intensidade, com uma profundidade que eu tinha certeza de que mergulhava até onde ficavam meus segredos mais obscuros.

Eu me senti crua e exposta sob esse olhar, mas não consegui desviar o meu.

— Como não gostar? A vista é deslumbrante, sua família e cortesãos são muito gentis, e você é... mais do que eu jamais poderia ter imaginado.

Agora foi a minha vez de perder o fôlego. As coisas que ele dizia, os elogios constantes, era tudo... Por essa eu não esperava.

— Fala assim com todas as mulheres que deseja cortejar? — soltei.

Quando ele riu, todo o seu rosto se iluminou, o som profundo ressoou dentro de mim.

— Madelynn, você é a primeira mulher que cortejo em muito tempo. Falo apenas com o coração, como minha mãe me ensinou.

Sem saber o que responder, pisquei rápido e dancei o resto da música em silêncio. Senti uma pequena pontada de ciúme por ele já ter cortejado outra pessoa há muito tempo, mas logo me senti uma boba por isso.

Fiquei muito feliz quando o jantar foi anunciado e todos se sentaram. Piper se sentou à minha esquerda e Lucien, à direita, na cabeceira, onde meu pai costumava se sentar. Dessa vez, minha mãe e meu pai sentaram-se à nossa frente.

Libby já estava dormindo, mas eu sabia que ela odiava perder festas, então com certeza guardaria para ela um pedaço do bolo de chocolate.

Nosso principal criado, Jericho, se aproximou do rei com uma primorosa reverência.

— Prefere vinho tinto ou branco, Alteza? Ou quem sabe algum hidromel da região? Temos uma cerveja de maçã e abóbora muito popular entre os locais.

Lucien ergueu a mão.

— Nada, obrigado. Eu não bebo.

Me endireitei um pouco, trocando um olhar com minha mãe. Homens que não bebiam faziam isso por um único motivo: problemas com a bebida.

Tudo fazia sentido agora. As histórias sobre suas explosões, sobre o congelamento do reino, sobre ter cortado a língua de um cortesão. Todas as coisas que um homem desequilibrado faria se estivesse bêbado.

Mas Jericho era experiente e conhecia o protocolo. Se um convidado de honra recusasse a bebida, não era servido vinho a mais ninguém. Em vez de encher a taça vazia de minha mãe ou perguntar aos convidados o que gostariam, as garrafas de vinho e hidromel foram lenta e silenciosamente retiradas do salão, equilibradas nas bandejas dos funcionários.

— Meu rei, espero que aprecie a refeição. Gostamos muito do nosso chef e a carne foi morta há apenas algumas horas, durante o preparo. — Minha mãe era especialista em mudar de assunto e aliviar a tensão.

Lucien sorriu amavelmente para ela.

— Mal posso esperar.

O resto da noite correu bem. O rei elogiou a refeição três vezes, enfatizando o guisado embebido em alecrim e as batatas caramelizadas. Ele foi um convidado educado e todos pareciam estar se divertindo muito.

Eu, no entanto, estava estranhamente quieta, imaginando um rei bêbado que recorria ao álcool após a morte da mãe. Fazia quanto tempo que ele estava sóbrio? Uma vez tivemos problema na corte com um dos anciãos. Ele tinha uma doença e bebia vinho que nem água. Minha mãe o havia despachado para um centro de cura élfica para esse tipo de coisa, e já fazia dez anos que ele estava sóbrio.

Eu sabia que devia haver um defeito, uma explicação, para as histórias que o cercavam. Todos têm um passado, e eu não usaria o do rei contra ele desde que estivesse curado. Era essa a parte que estava me incomodando.

Será que ele *estava* curado? Eu não podia perguntar, não seria apropriado.

Após o jantar, os convidados começaram a se dispersar mais cedo do que de costume, provavelmente pela falta de vinho. Desejei a todos uma boa-noite.

No dia seguinte, partiríamos na viagem de vários dias pelas cortes. Seria a única oportunidade que eu teria de conhecer o rei do inverno antes de nos casarmos para sempre.

Quando entrei no corredor com Lucien, me preparei para ir direto para o quarto, pensando que ele iria para a esquerda, onde ficavam os quartos de hóspedes. Mas, em vez disso, ele parou e olhou para mim.

Parei, sentindo que ele queria dizer alguma coisa.

Depois de enfiar a mão no bolso, ele tirou um objeto, que manteve oculto na mão.

— Eu... esperava que você usasse isto, mas se quiser criar o seu, vou entender.

Então ele pegou minha mão e colocou nela um anel delicado.

Arfei ao ver a faixa dourada com um desenho de floco de neve no centro.

— Era da minha mãe — confessou, fazendo meu coração ficar apertado. — Sei que ela iria gostar que ficasse com ele.

Era costume dar à noiva uma aliança depois do dote, mas a aliança da mãe? Foi muito comovente. Eu não sabia o que dizer.

— É lindo — admiti, deslizando a joia pelo dedo anelar. Ver a aliança na minha mão tornava tudo tão real.

— Tenha uma boa-noite, Madelynn.

Ele se curvou devagar para mim, o que também não era costume, e mais uma vez, me deixou toda confusa.

— Boa noite, Lucien.

Fiz uma breve reverência de volta, então nos preparamos para irmos cada um para seu quarto.

A maneira como ele disse meu nome, com delicadeza e todo o cuidado, ficou se repetindo na minha cabeça muito depois de eu ter me deitado.

Libby não recebeu bem a notícia. Ela chorou, gritou, me abraçou, depois correu para o quarto e se trancou. Meu coração ficou partido com a birra, mas sabia que em menos de uma semana eu voltaria e a veria outra vez, então partimos em nossa excursão pelas quatro cortes de Fadabrava. A de Outono foi a primeira. Meu povo estava emocionado por mim, cantando meu nome e jogando pétalas de flores na carruagem conforme passávamos. Alguns, no entanto, olhavam para o rei como se ele fosse um monstro, tal qual eu havia feito no dia anterior, quando o conheci.

Eu estava em conflito com as histórias que tinha ouvido e com o homem diante de mim. Ao passarmos pelos últimos campos remotos de Outono, Lucien se recostou no assento da carruagem e olhou pela janela aberta. A próxima parada seria na Corte da Primavera, depois a do Verão, e, por fim, o reino dele. O *Inverno*. Depois, ele me deixaria em casa e eu não o veria mais até a noite de núpcias. A viagem inteira levaria cerca de cinco dias, e eu tinha Piper a tiracolo para evitar qualquer boato de indecências antes da noite de núpcias.

Meus pais ficariam em Outono com Libby, aguardando meu retorno.

Piper estava lendo um romance picante que eu lhe havia emprestado, então voltei minha atenção para o rei. Ele não carregava nenhuma arma, algo comum entre os feéricos bastante poderosos do reino, e era muito asseado. Sempre que encontrava um simples fiapo no tecido da calça, o puxava e jogava pela janela aberta da carruagem.

— Rei Almabra… — comecei, mas lembrei que ele tinha me pedido para chamá-lo pelo nome. — Lucien. Me conta sobre você. O que faz para se divertir? O que te faz feliz?

Se eu era para ficar presa àquele homem pelo resto da vida, seria bom conhecê-lo melhor.

Ele ficou todo ouriçado com a pergunta, olhando de Piper para mim, depois observando pela janela as árvores que passavam.

A carruagem foi tomada por um silêncio constrangedor, e me perguntei se ele ignoraria a pergunta. Enfim, respondeu:

— Sinceramente, não me lembro da última vez em que fui feliz de verdade. Talvez antes de a minha mãe morrer. Eu gostava de cavalgar.

A resposta honesta me atingiu em cheio no peito e arrancou cada gota de sangue do coração. Senti Piper ficar tensa a meu lado, embora mantivesse os olhos colados no livro. Lucien não sabia o que o fazia feliz? Sua mãe havia morrido quando ele tinha dezesseis anos. Ele tinha vinte e um agora... Já fazia cinco anos que o rei não se sentia feliz? Era de partir o coração.

Será que ele tinha parado de cavalgar por lazer após o trágico acidente da mãe? Engoli em seco, sabendo que havia algo mais ali, mas também que não seria prudente me aproximar demais. Foi por isso que ele começou a beber vinho e depois teve problemas?

— Ah, então vou ter que mudar isso e encontrar algo que te faça feliz — respondi.

No dia anterior, eu odiava o homem, agora estava prometendo fazê-lo feliz? *O que está acontecendo?*

Seus olhos de aço encontraram os meus e todo o meu corpo derreteu. Lucien desceu o olhar pelo meu vestido, até meus tornozelos expostos, e sorriu.

— Posso pensar em algumas ideias que me fariam feliz.

Piper arfou e eu engasguei, estendendo a mão para empurrar o ombro dele de brincadeira.

— Lucien Almabrava, não pode falar assim. Não é apropriado.

Olhei para Piper em busca de apoio, mas ela continuava com o nariz enfiado no livro, tentando esconder o sorriso.

Ele se inclinou para a frente e me lançou um olhar diabólico.

— Nunca fui bom em ser apropriado.

Meu Criador!

O homem era... ultrajante! Recostei de volta no assento, com o calor se espalhando por todo o peito, e lancei um olhar furtivo para ele, esperando que desse risada e afirmasse que estava brincando, mas ele não fez isso.

Ele não estava brincando.

Decidi então que era mais seguro não falar nada. Eu não sabia direito como lidar com Lucien Almabrava. Era muito melhor quando o odiava e o imaginava como um patife cruel e abusivo. Mas o homem diante de mim não era isso. Ele não era preto nem branco, era cinza, e eu não sabia como lidar com cinza.

◆ ◆ ◆

Quando chegamos à Corte da Primavera já estava escuro, então fomos direto para o palácio, onde o duque e a duquesa nos hospedariam. Assim que desci da carruagem, a princesa Sheera gritou e correu na minha direção, me arrancando uma risada ao me puxar para um abraço.

— Você, noiva do rei do inverno! Venha, precisamos conversar.

Ela começou a me puxar pela mão, mas logo parou.

Assim que Lucien saiu da carruagem com Piper, Sheera fez uma profunda reverência. Seus pais apareceram logo atrás dela.

— Bem-vindo à Corte da Primavera, Alteza. — O tom de Sheera estava seco e ela o olhava atravessado. Ela não gostava dele.

— Obrigado. — O tom de Lucien estava igualmente seco.

Enquanto Lucien conversava com o duque e a duquesa, Sheera me puxou para o palácio. Inspirei o ar quente da noite enquanto avançávamos. Eu adorava o reino da Primavera — não tanto quanto o Outono, é claro, mas quem poderia negar a beleza das flores roxas que ladeavam a passarela? Da brisa perfumada que permeava o ar e anunciava a chuva que estava por vir?

Olhei para o cabelo cor de mel e a pele marrom-escura de Sheera, que contrastavam bastante com seus olhos azuis como gelo. Sorri ao notar as extremidades de suas orelhas pontudas pintadas com pó de purpurina, seguindo a última moda. Sheera sempre sabia o que estava em alta.

Eu a visitava duas vezes por ano, no equinócio de primavera e em um evento de líderes do qual meus pais participavam, e ela fazia a mesma coisa comigo. Quatro vezes por ano, passávamos a noite em claro, conversando sobre garotos, poderes, com quem um dia nos casaríamos. Nunca, em meus sonhos mais loucos, pensei que Lucien Almabrava seria meu noivo.

Assim que chegamos ao seu quarto e fechamos a porta, ela começou:

— Me conta tudo. Ele é horrível? Machucou você? — perguntou numa enxurrada. — Podemos fugir juntas, nos esconder na Montanha Cinzaforte se precisarmos.

Processei as perguntas às pressas, sem culpá-la por pensar que Lucien era um monstro; eu mesma tinha pensado o mesmo na manhã do dia anterior. E talvez ele ainda fosse, mas não para mim. Não que eu tivesse visto.

— Até que… ele é meio que… gentil?

Eu nem tinha certeza de que minha avaliação estava correta; mal conhecia o homem, mas ele tinha me deixado negociar meu próprio dote e pagado tudo o que pedi. Me elogiava o tempo todo e dava a impressão de que desejava mesmo se casar comigo por mais do que apenas motivações políticas.

As sobrancelhas castanho-escuras de Sheera se encontraram no centro da testa. Ela estendeu a mão e a repousou na minha bochecha.

— Está se sentindo bem? Você acabou de chamar Lucien Almabrava de *gentil*.

Deixei escapar uma risada nervosa e comecei a andar pelo quarto.

— Madelynn, ele congelou o reino inteiro, matando dezenas de pessoas. E desde então ouvimos várias histórias do governo cruel. Eu não o descreveria exatamente como *gentil*. — Seu tom de voz estava incisivo e ácido. Eu nunca a tinha ouvido falar daquela maneira.

— Bom, ele tem sido… adaptável — retifiquei. — Meus empregados também disseram que foi gentil com eles.

Ela me observou zanzar pelo quarto.

— Porque ele quer o seu poder. — Sheera saltou na minha frente e tive que parar e encará-la. — Maddie, todos sabem que você é a feérica mais poderosa depois dele. Ele vai dizer qualquer coisa para que você se case com ele e tenha os herdeiros dele.

Franzi o cenho. Era isso que ele estava fazendo? Fingindo gentileza comigo para que eu não resistisse?

— Eu disse ao rei que não quero filhos tão cedo. E ele disse que tudo bem.

Sheera riu.

— Não seja boba. Assim que vocês se casarem, a máscara vai cair e a verdadeira natureza dele virá à tona. Você estará grávida em um mês e ele te forçará a lutar ao lado dele.

Franzi a testa.

— Lutar? Lutar contra quem?

Como se tivesse falado demais, ela lançou um olhar aflito para a porta.

Apoiei a mão no ombro de minha querida amiga e a forcei a olhar para mim.

— Lutar contra quem, Sheera?

Ela engoliu em seco.

— Ouvi meus pais dizendo que o rei do inverno prometeu usar o exército dele numa batalha ao lado dos elfos e do povo-dragão.

Arregalei os olhos.

— Uma batalha ao lado de Arquemírea e Escamabrasa? Contra quem? — Assim que perguntei, soube. — A rainha de Obscúria.

Zafira fazia da vida dos outros reinos um verdadeiro inferno, mas, graças a Lucien, nos deixava relativamente em paz. Eu tinha escutado que Lucien deixava a geada e a neve de sua fronteira cruzarem para as terras dela de vez em quando, para lembrá-la do que ele era capaz. Deve ter funcionado, porque, na maior parte do tempo, ela nos ignorava.

Sheera se inclinou para mais perto.

— As Cortes da Primavera e do Verão não querem guerra. Não enviaremos soldados para morrer pelo rei do inverno só para ele ajudar os amigos dele.

Umedeci os lábios.

— Se ele exigir, vocês não terão escolha.

Ela deu de ombros.

— Se ele não for mais nosso rei, não poderá exigir.

O comentário me deixou ainda mais confusa. O que ela estava dizendo? Como Lucien poderia não ser mais rei? A menos que...

— Seu pai vai tentar derrubar o rei Almabrava, Sheera?

Seu rosto ficou duro como pedra, era como se ela estivesse me avaliando, não mais me vendo como uma amiga querida, e sim como futura rainha, noiva do inimigo de sua família, agora eu me dava conta disso.

— É melhor irmos jantar. Não quero deixar meu pai esperando — desconversou, me puxando para fora do quarto.

Meu coração ficou apertado com sua evasão da pergunta. Eu sabia que, por estar perto da fronteira do Inverno, é claro que meu pai se alinhava com o rei Almabrava sobre a maioria dos assuntos, mas a Primavera e o Verão dariam um golpe de Estado? Conforme caminhávamos pelos corredores da Corte da Primavera rumo ao grande salão de jantar, minha mente disparava. Alguns dias antes, eu não teria me importado em ouvir aquelas notícias, mas agora... eu estava dividida.

Quando entramos no salão de jantar, o duque e a duquesa da Primavera se viraram para nos cumprimentar. Lucien estava à cabeceira da mesa, o lugar de honra, e notei que o assento ao lado estava vazio, reservado para mim.

Piper não estava ali, na certa foi convidada a ficar longe ou deve ter optado por isso. Eu não a culpava. Sheera e ela nunca se deram bem.

Quando me viu, Petra, mãe de Sheera, se levantou para beijar meu rosto.

— Madelynn, há quanto tempo não recebemos você. Que surpresa ouvir sobre seu futuro casamento.

Suas palavras cuidadosas foram interessantes. Ela chamou de surpresa, mas não disse que era boa. E eu poderia culpá-la? Nossas famílias eram próximas e Lucien era odiado em todo o reino feérico. Ela devia estar apavorada por mim.

— Obrigada, Petra.

Retribuí o beijo no rosto, já tendo intimidade demais com a família para chamá-los de senhor, senhora, princesa, isso e aquilo. Usávamos nossos nomes desde que eu tinha dez anos.

— Bem, o que o rei Almabrava quer, o rei Almabrava consegue — observou Barrett, o pai de Sheera.

Mais uma alfinetada.

— Sim, e não se esqueçam disso. — Lucien ergueu sua taça de água e lançou um olhar gélido para o duque.

Isso não está indo nada bem.

— Acho que faremos uma boa dupla, e o reino se beneficiará com nossa parceria — argumentei da forma mais diplomática possível.

Eu mal conhecia o homem; não poderia dizer que o amava ou que estava animada para me casar com ele. Soaria falso e ficaria óbvio que eu estava tentando amenizar o desconforto crescente no salão. Lucien olhou para mim e concordou.

— Concordo. Os dois integrantes mais poderosos do povo feérico irão governar o reino. O que mais as pessoas poderiam querer?

Eu sabia que Lucien ia se casar comigo em parte pelo meu poder, mas ouvi-lo dizer isso me fez pensar no que Sheera tinha acabado de alegar, lá no quarto dela. Ela olhou para mim como se quisesse enfatizar seu ponto de vista, mas engoli o nó na garganta e me sentei ao lado do rei.

— O povo quer uma paz duradoura, Alteza — rebateu o duque Barrett. — Ouvimos boatos sobre uma guerra contra a rainha de Obscúria, e ouso dizer que o povo da Primavera e do Verão não quer nada com isso.

Meu corpo inteiro estremeceu com a audácia. Olhei para Lucien, que apoiou o copo de volta na mesa e agora olhava atravessado para o duque.

— Agora também responde pelo Verão, Barrett?

De repente, a temperatura despencou no salão, enquanto um ar frio se formava no ar.

Barrett se ajeitou no assento.

— Bem, não, mas já nos comunicamos sobre esse assunto e estamos de acordo.

Lucien fez um gesto com a cabeça.

— Bem, mas o rei aqui sou *eu*, e se eu achar que precisamos ir para a guerra, você montará no cavalo e cavalgará a meu lado, ou vou prendê-lo por traição.

Santo Criador, ele disse isso mesmo em voz alta? Mais uma vez testemunhava o infame gênio do rei, mas não esperava que fosse direcionado ao pai de minha querida amiga. Apesar disso, Lucien não levantou a voz nem esfaqueou o peito de ninguém com gelo. Ninguém teve a língua cortada. Não passava de um rei reiterando seu domínio sobre alguém no reino. Será que poderia culpá-lo? O que Barrett disse foi covardia. Se fôssemos para a guerra, precisaríamos da ajuda das quatro cortes.

— Achei que era para ser um jantar de comemoração do nosso noivado. Chega de falar em guerra, não? — sussurrei no tom de voz baixo e doce que eu usava quando queria algo de meu pai, e a sessão de olhares tortos entre os homens foi interrompida quando os dois sorriram, embora desconfortáveis, para mim.

Petra ergueu sua taça.

— Aos noivos. Que reinem por muito tempo.

Com os brindes feitos, tivemos o jantar mais constrangedor da minha vida. O silêncio, o tilintar dos garfos, as conversas sobre o tempo, que eram todas controladas pelos homens à mesa, e mais silêncio. Depois de uma hora, todos fingiram exaustão e se trancaram nos quartos. Quando voltei para o meu, fiquei feliz em ver Piper, que parecia ter acabado de arrumar minhas coisas. Havia um quarto de hóspedes adjacente onde ela poderia dormir.

— Como foi? — perguntou, animada, assim que entrei.

— Péssimo — admiti, tirando os sapatos e me virando para ela abrir o zíper do vestido.

— Não! O que houve? — perguntou enquanto descia o zíper e eu me livrava do vestido.

Enquanto ela me preparava um banho, contei aos sussurros sobre a conversa com Sheera. Depois, ainda sentada ali, de roupas íntimas, narrei o que o rei havia dito quando Barrett mencionou que não queria entrar em guerra.

Piper deu de ombros.

— E alguém pode culpar o rei? Ele precisa de toda lealdade. Se ele convocar uma guerra e houver dissidência, vidas serão perdidas do nosso lado, pois a frente de batalha ficaria fraca.

Sorri para Piper, me dando conta de como ela seria uma conselheira real incrivelmente brilhante. Sua mente funcionava de forma diferente da minha, pois ela sempre tinha uma boa perspectiva de ambos os lados.

— Sim, não posso culpá-lo, e ele também não perdeu a paciência — comentei enquanto me despia e entrava na banheira.

Piper jorrou o sabonete líquido na água para fazer espuma e fechou a torneira. Depois de preparar meu banho, ela costumava me deixar sozinha, mas dessa vez se ajoelhou e me olhou nos olhos.

— Também não posso culpar o duque Barrett. Entrar em guerra não é bom para ninguém, e se o duque não acredita na causa, os homens dele morrerão em vão.

E com isso ela me deixou. Me senti inquieta durante muito tempo depois. O que Piper estava dizendo? Eu deveria ficar do lado do meu futuro marido e rei, ou de uma das minhas amigas mais antigas e a família dela?

No dia seguinte, passamos pela Corte da Primavera e cumprimentamos o povo, levando conosco seus votos de felicidades, embora tenham sido escassos. Apenas metade da cidade tinha ido nos cumprimentar, e a maioria com ar de obrigação. Não foi nada como a recepção encontrada na Corte do Outono, e, supus, só um pouquinho melhor do que receberíamos na Corte do Verão. Marcelle Sollarius, príncipe do verão, e Lucien Almabrava tinham uma rivalidade de longa data. Depois que Lucien congelou mais de 30 pessoas de seu povo, o príncipe do Verão invadiu o Palácio do Inverno e exigiu reparações e um pedido de desculpas. Pelo que sei, o que ele levou foi uma surra.

A carruagem já deixava as terras da Primavera a caminho do Verão quando fitei Lucien. Quem era aquele homem? Seu passado era tão misterioso, e sombrio, e cheio de histórias fantásticas.

— Vamos para a guerra contra a rainha de Obscúria? — perguntei de súbito.

Piper, que estava a meu lado tricotando, de repente pareceu muito interessada nos pontos.

Lucien me encarou com um semblante sério, seus olhos escureceram.

— Ainda não decidi.

Seu tom indicava que era fim da discussão, mas cruzei os braços e olhei para ele.

— Por que faríamos isso? As coisas estão tranquilas e ela não nos incomoda!

Quando ele se inclinou para a frente, invadindo meu espaço, engoli em seco.

— Sabe por que ela não nos incomoda?

Então o rei queria um afago no ego, tudo bem.

— Por sua causa. Ela tem medo de você.

Ele concordou.

— Ela tem medo de mim, *mas* ainda odeia nossa espécie. Zafira matará primeiro o povo-dragão e os elfos, depois os lobos. Por último, virá atrás dos feéricos, e será tarde demais para nos unirmos e derrubá-la. Mas não se engane, ela virá atrás de nós um dia. A questão é: devemos ir atrás dela primeiro?

Santo Criador. Suas palavras arrepiaram meus braços e não pude evitar o medo que se entranhou no coração. Sim, a rainha de Obscúria odiava o povo mágico, mas... ela não nos importunava.

Por quê? Será que era porque Lucien tinha razão?

Eu suspeitava que sim, e naquele momento, não pude deixar de sentir que ele era rei por um motivo.

Lucien Almabrava era claramente o melhor homem para o trabalho: astuto, poderoso e um pouco assustador.

— Tenho direito a voto? — perguntei. — Quando nos casarmos, me consultará antes de jogar nosso povo numa guerra? Ou serei apenas uma rainha decorativa que fica a seu lado e está sempre bonita?

Ele pareceu magoado com a acusação, e logo me arrependi.

— Claro. Pretendo valorizar seus conselhos, mas, no final, farei o que for preciso para protegê-la em longo prazo, mesmo que você acabe me odiando por isso.

Que habilidade incrível de dizer coisas românticas e também um pouco sinistras.

Ele sorriu e seus olhos foram da minha testa até os tornozelos cruzados.

— Também acho que você será uma decoração simplesmente arrebatadora.

Piper não soltou uma risada abafada a meu lado e foi logo reprimindo o som.

Com o rosto pegando fogo, eu só pensava em abrir a janela para tomar um pouco de ar fresco.

— Não sei o que pensar de você — confessei, frustrada.

Ele riu, e tudo mudou. Sua risada era profunda, gutural e sabia desarmar alguém, acalentar o coração.

Eu amo a risada dele, pensei, cheia de culpa.

— Está decepcionada por eu ainda não ter cortado a língua de ninguém? — Ele sorriu.

O comentário me fez engasgar. Até Piper largou o tricô para olhar para o rei.

— Bem... para falar a verdade, sim.

Aquela risada retumbou outra vez pela carruagem, e eu me senti uma tola.

— O que é tão engraçado? Não pode ser cortar a língua de um homem! — rebati, cutucando-o no peito.

Lucien então pegou minha mão e apertou um pouco meus dedos, disparando um choque gelado pelo meu braço. Seu olhar cinzento me invadiu e ele parecia ver minha alma. A maneira como me olhou era diferente de qualquer olhar que um homem já havia me direcionado. Fez meu estômago embrulhar e ficar quentinho ao mesmo tempo.

— Me tornei rei aos dezesseis anos, pouco depois da morte de minha mãe. Meu pai abdicou no auge da vida, o que fez nossa família parecer fraca. De que outra forma eu poderia proteger meu posto para não ser destronado por ninguém?

Nossos dedos ainda estavam se tocando, algo que eu não conseguia ignorar e que me impedia de processar as palavras, mas Piper arfou a meu lado, entendendo o raciocínio.

— Você inventou as histórias — constatou.

Lucien sorriu para ela.

— Sim. Paguei aos funcionários do palácio para que espalhassem boatos de que eu era um rei terrível, poderoso e vingativo.

O choque tomou conta de mim e por fim tirei os dedos dos dele.

— Não pode ser! Mas... as pessoas te odeiam por essas histórias.

Ele deu de ombros, olhando para mim com frieza.

— Prefiro ser um rei odiado e temido a ser desafiado e morto.

Minha mente girou com a revelação. Ele não estava errado. Seu pai havia se tornado rei ao desafiar e lutar contra o rei anterior, matando-o e tomando o trono para si. Era como as coisas funcionam no reino. Mas ninguém desafiava um rei poderoso, conhecido por perder o controle a qualquer momento e cortar a língua de alguém.

— Você... você é um... — Fiquei sem palavras.

— Gênio? — ofereceu Lucien, erguendo uma sobrancelha e ficando ainda mais bonito.

— Pelo menos os boatos sobre sua falta de humildade são verídicos — zombei.

Lucien apenas sorriu como se gostasse de me tirar do sério. Tudo fazia sentido agora. Finalmente entendi porque o homem que tinha vindo negociar meu dote era tão diferente do rei ameaçador e implacável que havia protagonizado todas aquelas histórias.

— Mas o Grande Gelo foi real. Eu vivi aquilo. Você admitiu — lembrei, me referindo à noite em que todas aquelas pessoas morreram.

Ele suspirou com a fisionomia triste e o olhar assombrado.

— Sim, nem tudo é boato. Não sou perfeito.

Então uma profunda tristeza invadiu meu coração. Eu não sabia por que, durante tantos anos, pensei que o rei não havia se arrependido daquela noite, mas a expressão em seu rosto, como se eu tivesse matado seu cachorrinho de estimação, dizia tudo o que eu precisava saber.

Aquela noite foi um erro e ele estava arrependido de tudo.

Estendi o braço e peguei sua mão com ternura.

— De vez em quando também tenho dificuldade em controlar meus poderes — confessei.

Não era de todo verdade. Eu raramente perdia o controle e, quando perdia, era fácil recuperá-lo.

Lucien olhou para mim e perguntou sem titubear:

— Mas você já matou mais de 50 pessoas com uma tempestade de vento que criou e não conseguiu interromper?

Soltei sua mão e me recostei no assento. Estava claro que se tratava de um assunto delicado e eu não queria mais pressioná-lo.

— Não — admiti.

Depois disso, viajamos em silêncio. Tudo o que ele havia dito ainda reverberava no ar. Minha mente esmiuçava cada palavra.

Ele mentiu. As línguas cortadas, os funcionários arrastados por cavalos como punição... Todas aquelas crônicas insanas sobre um rei cruel... era tudo mentira. Também era meio genial, como ele tinha dito. Ninguém se atrevia a desafiar o implacável rei do inverno. A família Almabrava tinha reinado por gerações, tendo sido destronada apenas algumas vezes, mas sempre reconquistando o trono com o próximo herdeiro. Por isso nosso reino foi chamado de Fadabrava.

A morte da mãe de Lucien, segundo os boatos, destroçou o pai dele, e foi por isso que ele abdicou. Lucien teve que assumir o posto e se tornar rei aos dezesseis anos. Caso contrário, alguém teria ido atrás de seu pai. Eles o teriam desafiado e matado.

Mas o Grande Gelo foi real e às vezes ele demonstrava certa frieza, então havia alguma coisa ali, mesmo que não o suficiente para torná-lo o monstro que sempre acreditei que ele fosse. Quanto mais avançávamos, mais a culpa pelo que Sheera tinha me contado me consumia até eu não conseguir mais contê-la. Ele era meu futuro marido, pai de meus futuros filhos, *meu rei*.

— Lucien, se eu te contasse um segredo, prometeria não retaliar ou punir a pessoa em questão? — perguntei, sentindo Piper gelar a meu lado.

Lucien me lançou um olhar vagaroso com seus olhos cinza-aço.

— Não posso fazer tal promessa, mas me esforçarei ao máximo.

Mordi o lábio, sabendo que agora que havia começado, teria que dizer alguma coisa, mas também não queria expor Sheera.

Um dom que o rei tinha, assim como todos os reis de Avalier, era o de detectar uma mentira.

Dosando as palavras, pigarreei e continuei:

— Tenha cuidado com o duque Barrett. Ouvi um boato de que ele pode querer derrubar o senhor um dia.

Lá estava, a verdade, e eu ainda tinha protegido minha amiga.

Lucien relaxou.

— Aquele velho jamais conseguiria vencer um ataque contra mim. Não, se Barrett quiser que eu seja destronado, será o príncipe Sollarius quem virá contra mim. Os dois vão se unir, devem acabar convencendo o seu pai a fazer o mesmo, e me atacar juntos de alguma forma.

Fiquei boquiaberta com sua avaliação sombria. O príncipe Sollarius da Corte do Verão, que estávamos indo visitar agora, era o mais poderoso membro do povo feérico da Corte do Verão em toda uma geração. Capaz de acender fogueiras com as mãos e lançar raios de sol tão brilhantes nos olhos capazes de cegar alguém.

— Você já pensou sobre isso — observei.

Lucien olhou com frieza para mim.

— Sou o homem mais odiado de Fadabrava. O que não me falta são inimigos. — Seu tom era insípido, mas havia uma dor subjacente ali. Como se ele não quisesse ser odiado.

— Meu pai jamais... — comecei a defendê-lo, mas Lucien levantou a mão.

— Não estou acusando. Só dizendo que é uma possibilidade, ainda mais se o príncipe Sollarius ameaçar queimar todas as colheitas dele.

Cruzei os braços.

— Assim como o senhor ameaçou congelá-las no passado?

Lucien relaxou todo descontraído, dobrando os braços atrás da cabeça e entrelaçando os dedos na nuca.

— Sim. Sei como conseguir o que quero, não sei?

Bufei. Ele era simplesmente incorrigível! *E* incrivelmente atraente. Que ódio.

Eu estava perdida. Será que eu gostava do rei do inverno ou ele me tirava do sério? Talvez as duas coisas. E talvez casamentos fossem assim, ou pelo menos *este* casamento seria. Parte minha queria esbofetear Lucien Almabrava, a outra queria beijá-lo.

◆ ◆ ◆

Assim que chegamos aos portões da Corte do Verão, percebi que algo estava errado. Estavam fechados com uma dúzia de guardas diante deles.

— O que está acontecendo? Não estão nos esperando? — perguntei.

Havíamos enviado uma mensagem a todos os reinos sobre nosso noivado logo depois de negociarmos meu dote.

Um músculo na mandíbula de Lucien se contraiu e suas narinas dilatarem. Assim que a carruagem parou, ele desceu. Fiz menção de segui-lo, mas ele levantou a mão.

— Fique aqui. Eu cuido disso.

Afastei sua mão.

— Eu também vou.

Ele me lançou um olhar irritado, mas me ajudou a sair da carruagem. Passamos juntos por nosso soldado do inverno, montado em seu cavalo, e fomos até o líder dos Guardas Solares diante dos portões.

— O que pensa que está fazendo, impedindo seu rei de entrar em um território nas terras *dele*? — vociferou Lucien.

Uma rajada de vento frio nos açoitou nas costas.

Tudo bem, não seria a primeira coisa que eu diria ao guarda, mas eu estava aprendendo que os boatos sobre o temperamento explosivo de Lucien eram *muito* verdadeiros. Tirando a língua decepada.

O líder dos guardas deu um passo à frente e tirou um pergaminho do colete. A insígnia do sol da Corte do Verão em seu peitoral brilhava sob a forte luz do astro-rei. Tentei manter a diplomacia.

— Saudações. Sou Madelynn Vendaval, princesa do outono — declarei para o guarda, caso ele não soubesse com quem estava lidando.

— Sei quem a senhora é — respondeu, categórico.

Lucien se irritou com isso. De repente, uma lâmina de gelo saiu de sua palma e já estava pressionada no pescoço do guarda. Todos os soldados ao redor entraram em ação na hora, sacando suas espadas ou conjurando a luz do sol na palma das mãos.

— Um simples *guarda* deve se dirigir a uma princesa pelo título — rosnou Lucien.

— Sim, meu rei — murmurou o guarda, de olhos arregalados.

Lucien afastou a lâmina de gelo da garganta do homem e a soltou no chão, quebrando-a em uma dúzia de pedaços.

Eu estava paralisada, em choque e incapaz de reagir mesmo quando tudo acabou. Parecia que os outros guardas não sabiam o que fazer. Eles iriam mesmo atacar o próprio rei? Era verdade que a guarda respondia ao príncipe da corte, mas, acima de tudo, sua lealdade era para com o rei do reino feérico, e *esse* rei era Lucien.

Parecendo se lembrar disso naquele mesmo instante, os homens embainharam, um por um, as espadas e desativaram seus poderes solares.

Lucien lançou um olhar para cada um.

— Me expliquem o que, em nome de Hades, está acontecendo agora mesmo ou transformarei todos vocês em pingentes de gelo!

O pergaminho ainda estava grudado na mão do guarda, que o entregou a mim com os dedos trêmulos. Eu o peguei e o abri.

Quando li as primeiras linhas, meu estômago embrulhou.

— Eles querem dividir o reino — murmurei.

Lucien se virou para mim e examinou o documento. Dizia que o príncipe do verão, Marcelle Sollarius, estava solicitando a separação do reino. Ele queria ser regente do próprio reino, que incluiria a Corte da Primavera, e propunha o nome de Solária.

Conforme Lucien lia, a temperatura ia baixando, a neve começava a cair do céu e as nuvens foram tampando os raios de sol.

Ah, não.

— Ele não pode fazer isso — rosnou Lucien.

Então era disso que Sheera estava falando.

O líder dos guardas parecia apavorado. Ele pigarreou e olhou para o rei.

— Pode, Alteza. O estatuto estabelece que todo o reino deve votar e, se pelo menos duas das quatro cortes concordarem, a votação será aprovada.

Verão e Primavera.

Não.

O frio gélido penetrou na minha pele e comecei a bater os dentes. Fui logo enganchando o braço no de Lucien e o puxei de lado, segurei seu rosto e o forcei a olhar nos meus olhos.

— Calma. Não é assim que devemos lidar com isso.

Meu hálito quente se transformava em névoa branca diante de mim. Eu já tinha ouvido falar do poder do rei do inverno, mas até olhar em seus olhos e poder jurar ter visto a neve caindo em suas íris, não tinha certeza de quão vinculado ele era ao clima. Naquele momento, era como se ele fosse feito de inverno: pele fria como pedra, olhos nevados — até seus lábios pareciam cobertos de gelo.

Lucien sustentou meu olhar.

— Se eles quiserem se separar, se tornarão meus inimigos. Trarei a guerra até os portões deles, matarei o príncipe Sollarius e os tomarei de volta! — rugiu.

Eu compreendia aquela raiva. Metade de seu reino havia acabado de cometer uma traição. A deslealdade doía nele, ainda mais depois de ele os ter protegido nos últimos seis anos.

A neve estava caindo forte agora, despencando em enormes torrões que se derramavam sobre tudo, inclusive nos meus cílios. Mas pisquei e me concentrei na tempestade diante de mim — a tempestade se formando nos olhos de Lucien.

— Todo mundo aqui te odeia. O senhor matou mais de 30 pessoas e nunca se desculpou por isso. Se quer que eles te odeiem mais, então, claro, cuspa outra tormenta na direção deles. Eu particularmente acho que devemos ir para casa, nos casar e provar que você está mais forte do que nunca com uma rainha poderosa e leal a seu lado.

Ao processar minhas palavras, seus olhos clarearam, as nuvens se abriram e a neve parou. A luz do sol voltou, o calor derreteu a neve e a transformou em água, e a água escorreu até as calhas nas laterais da estrada. Fiquei surpresa com a rapidez com que ele conseguiu mudar as coisas.

Meu peito estava pesado. Estive prestes a usar minha magia do vento para afastar aquela neve, mas fiquei feliz por não ter sido necessário. Agora, ficava claro para mim que Lucien não confiava em muitas pessoas e eu não queria que ele me colocasse na lista daqueles com quem não podia contar.

Quando tirei as mãos de seu rosto, Lucien ajustou a túnica e ajeitou o cabelo úmido.

— Não. Nós vamos entrar e mostrar ao povo do verão que eles têm um rei forte e uma futura rainha agora. Não há necessidade de separação. — Então ele simplesmente voltou até o guarda e o encarou. — Reconheço seu pedido de separação e realizarei uma votação em todo o reino quando voltar para a Corte do Inverno — prometeu, calmo. — Até então, é seu dever hospedar o rei e a futura rainha. Recusar será uma declaração de guerra.

Futura rainha.

Eu sabia que aquele seria meu título, mas ouvi-lo dizer as palavras irradiou um calor por todo o meu corpo. Era um posto de muito poder, e eu jamais havia sonhado em ocupá-lo.

Confusos, os guardas se entreolharam e, por fim, o líder concordou e se inclinou para um mensageiro.

— Avise ao príncipe Sollarius que o rei do inverno e a princesa Vendaval estão a caminho.

O mensageiro montou no cavalo, os portões se abriram, e ele desapareceu atrás deles, partindo a galope.

O guarda então indicou que voltássemos para a carruagem. Quando chegamos à porta, Lucien olhou para mim e sussurrou no meu ouvido:

— Se o príncipe Sollarius testar minha paciência, não hesitarei em desafiá-lo aqui e agora.

Engoli em seco, arregalando os olhos.

— É um péssimo momento para eu contar que foi com ele que dei o primeiro beijo?

A cor sumiu do rosto de Lucien, boquiaberto de choque antes que uma raiva descontrolada atravessasse seu rosto e cada músculo se contraísse, fazendo-o cerrar a mandíbula.

Então caí na gargalhada. Não pude evitar; era tão fácil chateá-lo. Me dobrando de tanto rir, tive que me apoiar em seus antebraços para continuar de pé. Quando finalmente me levantei, lágrimas escorriam dos meus olhos.

— Devia ter visto a *sua* cara — consegui dizer entre os acessos de riso.

Ele pareceu entretido.

— Mal posso esperar para dar o troco.

Meu rosto ficou desanimado.

— O quê? Ei, eu estava só brincando. Nunca nem toquei nele.

Lucien deu de ombros.

— Cuidado, Vendaval — provocou, dando meia-volta e entrando na carruagem.

— Dar o troco por uma simples brincadeira não é uma atitude muito cavalheiresca — comentei enquanto subia e me sentava ao lado de Piper.

Ele me lançou um olhar cortante e devastadoramente belo.

— Nunca afirmei ser cavalheiro.

Por Hades, onde é que eu fui me meter?

Quando a carruagem passou pelos portões da Corte do Verão, o rei e eu espiamos pela janela e acenamos. As pessoas pareciam surpresas ao nos ver, o que indicava que o príncipe Sollarius não tinha contado a elas sobre nossa chegada e nunca esperou que fôssemos entrar.

Minhas lembranças de Marcelle eram poucas e espaçadas, mas ele não era tolo. Será que pensou mesmo que o rei do inverno simplesmente iria embora sem causar rebuliço?

Não. Ele esperava que Lucien causasse uma tempestade de neve e arrasasse a cidade com o frio, tudo para ganhar ainda mais apoio para sua causa.

— Marcelle queria que você perdesse a paciência — observei.

— Sim. E eu teria dado a ele a tempestade que ele desejava com o maior prazer se você não tivesse me impedido.

— Cobrir a Corte do Verão de gelo só resultaria em mais votos a favor de uma separação.

Lucien ficou quieto, parecendo refletir. Coloquei a cabeça para fora da janela e acenei para algumas criancinhas.

Uma menininha com flores correu ao lado da carruagem e olhou para mim.

— É a princesa Madelynn! Faça ventar!

As crianças muitas vezes imploravam à realeza por demonstrações de poder, e dessa vez, decidi agradá-la. Usando uma fração do meu poder, convoquei o vento para passar por ela, agitando seus cachinhos loiros pelo rosto. Ela gritou de alegria, e de repente senti um frio no ar e vi flocos de neve em meio ao vento.

A menina riu ainda mais, jogando os braços para o alto enquanto a neve a envolvia.

— Está nevando! — gritou para os donos das lojas, que tinham saído de seus estabelecimentos para ver o que estava acontecendo.

Dei uma olhada em Lucien, e ele estava me observando. Não consegui decifrar bem seu olhar, mas era parecido com a forma como meu pai olhava para minha mãe quando ela fazia algo bastante adorável. Como integrante da realeza da Corte do Outono, eu tinha muito pouco contato com homens, então não sabia bem como interpretar os avanços de Lucien. Nos meus tempos de escola, saí de fininho para os fundos da biblioteca algumas vezes a fim de beijar Dayne Hall, meu namorado na época, mas eu era adolescente. Agora eu era adulta... e as circunstâncias pareciam outras.

Um por um, os comerciantes começaram a olhar feio para a carruagem, me levando a interromper o vento. Lucien fez o mesmo, cessando a neve delicada que havia conjurado.

— A menininha gostou — comentei, tentando encontrar a leveza na situação.

Lucien concordou.

Então, as lojas deram lugar a campos vazios e em seguida nos deparamos com um cemitério. Já tinha visitado a Corte do Verão quando era pequena, depois, aos treze anos, mais uma vez no Festival de Verão, pouco antes do Grande Gelo. Não me lembrava daquele cemitério, mas...

Respirei fundo quando li a placa.

PERDIDOS PARA O GELO, MAS JAMAIS ESQUECIDOS. Próximo aos dizeres, o ano do Grande Gelo. Quando Lucien castigou todo o reino.

Olhei para Lucien, rezando para que não tivesse visto, mas ele olhava para as pedrinhas de granito com uma tristeza tão profunda que me deu vontade de chorar. Seu peito subia e descia de leve conforme observava o cemitério e seu rosto ficava pálido.

Ele está contando, pensei. *Contando quantas pessoas matou.*

— Fique aqui — ordenou Lucien com a voz embargada. Então saltou da carruagem em movimento, fazendo-a parar bruscamente e levantar poeira. Piper e eu trocamos um olhar preocupado.

— O que ele está fazendo? — perguntou ela.

Dei de ombros, me inclinando para olhar pela cortina. Quando a poeira baixou, vi a silhueta alta de Lucien passando pelas lápides. Ao se aproximar de cada uma, ele estendia a mão e tocava o topo da pedra, murmurando algo baixinho.

— Será que ele está se desculpando? — murmurou Piper.

Uma lágrima escorreu de meu olho e eu fiz que sim.

— Acho que sim.

Quando o rei chegou à última pedra, se ajoelhou, pois era uma lápide pequena. Uma criança... não, um bebê. Ao tocar aquela pedra, um pingente de gelo se formou em sua mão e adquiriu a forma de uma rosa, que ele deixou na base da laje.

Eu não conseguia mais assistir, mas também não conseguia tirar os olhos da cena. Era angustiante. Eu me sentia nauseada, quase como se sentisse a dor dele. O vento ganhou força, passando pela carruagem e atingindo Lucien, embora eu lutasse para controlar a dor. Ele claramente estava arrependido de suas ações. E eu com certeza o havia julgado mal.

Lucien se virou para a carruagem, e eu sequei a lágrima perdida que havia deslizado pelo rosto e liberei meu poder sobre o vento, respirando fundo para me acalmar.

Pouco depois, ele voltou e se sentou diante de mim. Fechou a cortina, e não pronunciou uma só palavra, apenas fechou os olhos, como se quisesse se isolar do mundo e se perder na escuridão e no silêncio.

Sem saber o que fazer, olhei para Piper, mas ela estava com os olhos grudados no tricô, de cabeça baixa, sem chamar atenção para si, como qualquer acompanhante decente faria.

Eu ainda não conhecia Lucien muito bem. Será que ele queria silêncio? Será que eu deveria pegar sua mão e oferecer algum consolo?

Se ao menos ele explicasse a todos por que tinha perdido o controle sobre seus poderes e causado o Grande Gelo tantos anos antes, ajudaria as pessoas a entenderem, *me* ajudaria a entender. Mas eu sabia que *não* era hora de tocar no assunto.

— Por que o livro de matemática estava triste? — perguntei.

O rei abriu olhos, me procurando como um homem se afogando procura uma boia salva-vidas. Eu precisava tirá-lo daquele estado de espírito antes que ele encontrasse o príncipe do verão, e se havia uma coisa em que eu era boa, era em contar piadas bobas. Afinal, tinha aprendido centenas delas com meu pai. Passávamos horas em frente à lareira apenas as inventando.

— Livros não têm sentimentos — disse Lucien, categórico, embora com algum alívio na voz.

Revirei os olhos.

— Colabora, vai. É uma piada. Por que o livro de matemática estava triste?

Lucien sorriu.

— Por que estava cheio de problemas?

Pega de surpresa por ele saber a resposta, caí na gargalhada, e minha risada o fez erguer os cantos da boca de leve.

— Não. Porque sentia que não tinha mais nada para *adicionar*.

Lucien balançou a cabeça.

— Essa foi péssima.

— Sou cheia delas. Quer ouvir mais?

— Pelo Criador, não. Por favor, nunca mais — disse, embora sorrindo.

— Por que o livro de matemática estava sempre em forma?

Lucien cobriu os ouvidos.

— Por favor, não.

Me inclinei e tirei uma das mãos dele do ouvido.

— Porque ele tinha muitos exercícios.

Lucien gemeu, mas, naquele momento, nós dois percebemos como estávamos próximos. Engoli em seco e, quando apoiei a mão em seu peito para recuar o corpo, senti seus músculos duros como pedra.

Ele pegou meu pulso enquanto eu tentava recuar e me olhou bem nos olhos.

— Você é boa para mim, Madelynn Vendaval.

Minha respiração falhou com o tom romântico, e foi quando a carruagem parou bruscamente.

Me recostei de volta no banco e ele tirou a mão da minha.

Você é boa para mim.

Foi tão doce, mas também tão *triste*, como se fizesse anos que ele não tem uma pessoa boa em sua vida.

De repente, a cortina se abriu e vimos uma criada diante de nós. Ela vestia o uniforme amarelo e laranja do verão e fez uma profunda reverência para mim.

— Saudações, princesa Madelynn. O príncipe Sollarius designou os quartos de hóspedes da ala oeste do palácio para sua estadia.

Sorri e fiz um gesto com a cabeça para ela. Piper começou a juntar nossas coisas.

— Rei Almabrava... — Ela forçou um sorriso tenso. — O príncipe escolheu a casa de hóspedes dele, fora do palácio, para vossa Alteza. Pode jantar conosco.

— Ah, *posso*? — rosnou Lucien, mas estendi a mão e acariciei o dorso da dele. Ser hospedado fora do palácio era um tapa na cara, mas se o príncipe estava planejando separar as cortes, era melhor não causar rebuliço antes da votação. Talvez um bom jantar acalmasse as coisas.

— Lucien, querido... — Olhei para meu noivo. — Por que não se acomoda e nos vemos no jantar?

Ele semicerrou os olhos.

— Está bem, mas só porque você me chamou de querido.

Isso me fez sorrir. Não pude evitar o rosto corado e quente. O homem era encantador, e até agora ele só havia usado esses encantos apenas comigo e com nenhuma outra mulher — e eu precisava admitir que gostava bastante disso.

— Obrigada — sussurrei, descendo da carruagem.

Quando Piper desembarcou, a carruagem partiu, levando Lucien para longe do palácio, rumo a uma pequena casa de hóspedes além do labirinto de belos jardins.

Piper ajudou os criados a recolher minhas malas, enquanto eu admirava o exuberante jardim de flores douradas e amarelas.

— Princesa Madelynn — chamou uma voz familiar, embora mais grave do que eu me lembrava.

Quando me virei para trás, lá estava Marcelle Sollarius, príncipe e líder da Corte do Verão. Ele estava lindo com uma elegante túnica de seda dourada. Seu cabelo loiro estava curto, mostrando a ponta das orelhas.

— Não vejo você desde que tinha... treze anos? — Seu olhar foi percorrendo todo o meu corpo. — Você cresceu. — Sua voz caiu uma oitava, e um nervosismo me percorreu. Se Lucien estivesse ali para ver isso, já estaria nevando.

— Cresci. E noivei. — Levantei a mão, lembrando-o de seu lugar.

Ele franziu os lábios e deu um passo à frente para inspecionar a aliança que Lucien havia me dado.

— Eu não sabia que você estava aberta a pretendentes, senão teria feito minha oferta a seu pai também.

— Marcelle — adverti, meu tom cortante.

Dos meus seis aos treze anos de idade, minha família vinha passar o solstício de verão ali, com Sheera e os pais dela. Marcelle e o irmão mais novo, Mateo, brincavam comigo e com Sheera durante a semana inteira de nossa estadia, mas o pai dele se tornou um tanto extremista, afirmando que as Cortes do Outono e Verão não deveriam se misturar, até parar de nos convidar. Estava claro que, na concepção dele, as Cortes do Verão e da Primavera eram uma unidade e Outono e Inverno eram outra.

— Além disso, seu pai se reviraria no túmulo se visse o filho se casar com alguém da Corte do Outono — provoquei.

Marcelle sorriu.

— É verdade, mas você valeria a pena.

— Pare — rebati, mais incisiva dessa vez, fazendo-o erguer as mãos em defesa.

— Estou feliz em ver você, não importa as circunstâncias.

Ele olhou para a carruagem de Lucien, já longe. Franzi a testa.

— Sugerindo a separação de Fadabrava, Marcelle? Qual é. Isso não é certo. Sem dúvida pode haver outro arranjo agradável.

Eu pretendia tirar vantagem da conversa amigável dele enquanto podia.

Os olhos de Marcelle se fixaram nos meus.

— Devo ir atrás do que é melhor para meu povo, e sim, isso significa a separação de Inverno e do louco que o governa.

— Seu povo é o feérico, igual ao meu, igual ao de Lucien. Somos todos um. Não há necessidade de romper...

— Não quero guerra contra a rainha de Obscúria! Já soube, de fontes confiáveis, que seu noivo nos levaria a uma guerra em todo o reino contra Zafira. Ele é perturbado, como todos bem sabem.

Ignorei o *perturbado* e pensei sobre o que Lucien havia dito.

— Tem razão. Pode ser que ele faça isso. E se sua corte se separar, não terá a proteção dele. A rainha virá atrás de vocês por último, quando estiverem fracos e *sozinhos*. Boa sorte com isso, Marcelle. — Olhei para Piper. — Estou cansada. Gostaria de me deitar antes do jantar.

— Sim, milady — disse Piper com uma reverência para mim, sempre profissional na frente de outros membros da realeza.

Passei por Marcelle, controlando as emoções para não provocar nem mesmo um indício de brisa. Eu não queria que ele soubesse o quanto nossa conversa tinha me incomodado.

Uma separação do reino era fato inédito! Faria com que nosso povo parecesse fraco e dividido. Tudo para Marcelle adiar uma futura guerra contra a rainha de Obscúria? Quanta covardia.

◆ ◆ ◆

Uma vez instalada em nossos aposentos, Piper veio se sentar na beira da cama e eu comecei a escovar o cabelo com raiva.

— A rainha de Obscúria jamais vai deixar essa separação passar batido — disse Piper.

Rosnei de frustração.

— Pois é.

Ela tirou a escova da minha mão.

— Vai acabar arrancando todo o seu cabelo assim — provocou, começando a escová-lo com mais delicadeza.

Dei risada, mas não consegui sorrir.

— Tudo depende desse jantar com Lucien e Marcelle, não é? — perguntei à minha aliada mais próxima.

Ela concordou.

— Se você conseguir mostrar a Marcelle que Lucien é um homem razoável, pode ser que ele pense duas vezes antes de seguir com essa separação.

A questão era que eu não tinha certeza se Lucien *era* um homem razoável. Talvez fosse, mas também era imprevisível e temperamental.

— Ele barrou o rei do inverno de sua própria terra. Isso já é traição — comentei.

Piper concordou, baixou a escova e me encarou. Ela quase não tinha poderes da Corte do Outono, incapaz de convocar o vento e sem jeito para a jardinagem. Mas o que ela oferecia em termos de conselhos e amizade superava, em muito, sua falta de magia. Sempre valorizei seus conselhos e sabia, pela expressão em seu rosto agora, que um dos grandes estava por vir.

— Se você não estivesse aqui, suspeito que a tempestade de neve teria arrasado a cidade. O rei tem razão, você é boa para ele.

Senti o rosto corar, mas também fiquei insegura por ela achar que Lucien teria atacado com tanta facilidade. Piper suspirou.

— Vim observando o rei com atenção durante toda a viagem, Madelynn. Uma coisa é certa: ele sente um profundo remorso pelo Grande Gelo. Parece ter sido um acidente, e ele não sabe como se desculpar disso.

— Concordo, mas as outras cortes não veem isso, só as ações dele, e a falta de um pedido de desculpas permitiu que o ódio por ele crescesse aqui durante anos.

Piper deu um sorrisinho, esperando que eu entendesse o que ela queria dizer. Seus conselhos eram sempre sutis, quase como se quisesse que eu captasse a ideia por conta própria.

— Acha que devo pedir para Lucien que se desculpe pelo Grande Gelo com Marcelle hoje? — perguntei, perplexa.

O sorriso de Piper se alargou.

— Sim.

A ideia de pedir a um rei poderoso um ato tão humilde fazia o estômago embrulhar. Lucien era adulto, e eu ainda não era sua esposa. Pedir que ele se mostrasse vulnerável diante de um adversário como Marcelle não era pouca coisa. Mas Piper tinha razão; poderia abrir o caminho para manter o reino feérico unido.

— E se Marcelle não receber bem o pedido de desculpas? E se ele ridicularizar Lucien?

Piper levantou o queixo.

— Então você defenderá seu rei e futuro marido e mostrará a ele como será ter uma mulher forte ao lado.

— Parece algo que Elowyn faria — comentei, me referindo a um de nossos romances favoritos de L. Ashta.

Elowyn era uma fada do inverno que escrevia sob um pseudônimo, e alguns de seus romances eram tão picantes que não seria apropriado divulgar sua identidade. Mas suas heroínas sempre defendiam os homens delas e dormiam com eles depois.

— Você gosta dele — constatei.

Piper era ótima em avaliar o caráter das pessoas, sempre me aconselhando sobre com quem tomar cuidado.

Ela sorriu.

— Gosto. Acho que ele foi mal compreendido. Ele te trata bem, ao modo dele, e já dá para ver como te adora.

Me adora. Mais um frio na barriga.

Piper apontou para meu rosto e acusou:

— É a décima vez que fica vermelha assim hoje!

Caí de costas na cama, rindo, e ela caiu a meu lado.

Soltei um longo suspiro e olhei para minha melhor amiga.

— Um homem nunca me disse aquelas coisas. E me cortejou com tanta... *agressividade*.

Piper se apoiou em um dos cotovelos e olhou para mim com um sorriso no rosto.

— Você está gostando?

Tentei esconder o sorriso, mas ele se abriu mesmo assim, fazendo nós duas cairmos na gargalhada.

— Pode ser que me casar com Lucien não seja a pior coisa do planeta — concedi.

Piper concordou.

— Talvez seja a melhor coisa que já te aconteceu. Como Elowyn e Rush.

Talvez. Essa ideia manteve meu sorriso no rosto por horas.

— Vou vomitar — avisei para Piper, que me empurrava até a porta da casa de hóspedes de Lucien.

Havíamos vindo a pé, aproveitando o clima quente e o sol, embora ele estivesse começando a se pôr e o jantar seria em breve. Eu precisava pedir a Lucien que se desculpasse publicamente pelo Grande Gelo e estava enjoada de tão nervosa. Ele era rei, e pedir a um rei que fizesse qualquer coisa era… falta de educação.

— Você é a noiva e futura rainha dele. Só quer o que é melhor para ele e para o reino — reforçou Piper.

Concordei com um suspiro trêmulo e passei a palma das mãos pelo vestido verde-esmeralda. O decote era, sem dúvida, um pouco mais escandaloso do que o apropriado, mas me cobrir toda igual a minha mãe fazia nunca combinou comigo, e Lucien não parecia se importar.

Levantei a mão e bati à porta.

Um momento se passou, depois outro. Olhei para Piper, me perguntando por que estaria demorando tanto, quando a porta se abriu.

Soltei um suspiro audível ao ver o peito nu de Lucien. Gotas d'água escorriam pelo seu pescoço, rolando sobre cada músculo do abdominal definido antes de atingir o cós da calça.

Ele estava de cabelo molhado e, enquanto o secava com uma toalha, seus olhos deslizaram pelo meu vestido. Como se eu pudesse sentir fisicamente a carícia de seu olhar, que lançou uma onda quente pelas minhas costas. Desviei os olhos e levei a mão ao peito.

— Desculpe.

Lucien soltou uma risada genuína.

— Se você fica tímida assim só de me ver sem túnica, como vai ser quando finalmente formos fazer filhos?

— Lucien! — repreendi, me virando para ele com um grunhido de raiva. Mas ele estava sorrindo, e eu odiei como ele estava gostando de me tirar do sério. — A gente precisa conversar. Você pode, por favor, vestir alguma coisa?

— Você está linda. Vamos pular o jantar com o príncipe e jantar aqui juntos, só eu e você — sugeriu ele de repente.

Engoli em seco, querendo pedir conselhos a Piper, mas ela tinha saído correndo e agora estava no pátio, longe demais para nos ouvir.

— Túnica, por favor — repeti.

Criador, por favor, faça-o vestir alguma coisa antes que eu implore para Piper ir embora e acabe entrando naquela casa sozinha.

Lucien deixou a porta aberta e entrou. Fiquei surpresa ao ver que não havia funcionários do palácio. Seus servos tinham partido e, pelo visto, o rei estava sozinho. Quando voltou, usava uma túnica de seda preta e prateada que combinava com seus olhos.

— Você está bonito — observei sem jeito, pensando em retribuir o elogio anterior.

Ele sorriu, com olhos ardentes ao olhar para mim.

— Isso significa que não vamos mais dormir juntos só para fazer filhos?

— Lucien Almabrava! — Bati em seu peito, horrorizada com seu humor inadequado, mas ele pegou minha mão, levou-a aos lábios e deu um beijo no dorso.

— Desculpe, mas você é um alvo fácil demais, meu pequeno vendaval.

Bufei com o apelido e tentei lembrar por que estava ali. Lucien continuou segurando minha mão, e o local que havia beijado estava formigando, enviando ondas de calor por todo o meu corpo. Eu não sabia se odiava ou gostava de seu senso de humor.

— Você está vermelha.

— Estou só com calor! — retruquei, puxando a mão de volta. — Vamos dar uma volta.

Saí para o pátio. Piper tinha mudado de lugar, encontrando um banquinho perto das roseiras para se sentar, mas ficou de olho em nós dois. Lucien saiu para o ar fresco e semicerrou os olhos para o sol. A luz projetava sombras em sua pele pálida e uma gotinha de suor se formou em seu lábio superior.

Dei risada.

— Você mal pode esperar para voltar para a Corte do Inverno, não é?

Ele me olhou.

— Quente demais para o meu gosto. Será que ele não tinha mesmo como convocar algumas nuvens durante nossa visita?

— A falta de brisa está me matando! Quem é que gosta desse ar quente e parado? — Me juntei a sua reclamação e abanei o tecido do vestido para indicar como era sufocante.

Lucien parou na minha frente e olhou para baixo. Nós mal tivéramos tempo a sós, então só agora me dava conta de como ele era alto. O povo feérico era, em geral, alto — eu sem dúvida era —, mas Lucien era uma cabeça mais alto que eu, de modo que eu precisava esticar o pescoço para olhá-lo.

— O que você quer? — perguntou ele sem rodeios.

Balancei a cabeça e abri a boca em choque.

— Como é?

Lucien sorriu.

— Você não apareceu antes do jantar vestida de sobremesa só para a gente chegar lá juntos. Você quer alguma coisa. Basta me dizer o que é para que eu possa dar.

Vestida de sobremesa. Eu nem censuraria aquele comentário; era astuto demais e eu estava começando a achar que Lucien não ia parar, de qualquer maneira. Verdade seja dita, eu estava começando a gostar do jeito que ele falava comigo. Era lisonjeiro e me fazia sentir bonita e desejada.

— Conversei um pouco sobre a separação com o príncipe Sollarius quando cheguei.

O semblante de Lucien ficou tenso na hora.

— E você conseguiu pôr algum juízo na cabeça daquele tolo?

Soprei o ar pelos dentes.

— Até tentei. Argumentei que se ele se separasse e a gente entrasse em guerra contra a rainha, ela o mataria por último e ele não teria mais nossa proteção.

Lucien pareceu impressionado com a resposta. Afinal, foi uma jogada com sua própria resposta para mim.

Apoiei a mão em seu antebraço.

— Mas ele não vê você como um homem razoável, Lucien. A Corte do Verão só vê os túmulos que a fizeram passar dias em silêncio persistente quanto ao que aconteceu no Grande Gelo.

Lucien afastou o braço como se eu o tivesse queimado e se virou, me dando as costas. A temperatura despencou de repente e, embora eu estivesse grata pelo refresco do calor, sabia que era porque ele estava transtornado. Dei a volta por ele e parei bem na sua frente, forçando-o a olhar para mim.

— Você nunca pediu desculpas, não enviou nem um comunicado, tirando um saco de ouro, e isso foi visto como um insulto. — Minha voz falhou ao pensar na noite em que minha avó tinha morrido. — Você é nosso rei, nosso *protetor* e, em uma noite, simplesmente tirou pessoas de nós sem nenhuma justificativa.

O som estrangulado da mais pura tristeza que saiu de sua garganta me arrasou. Ele cambaleou para trás, apertando o peito como se eu o tivesse esfaqueado. Eu não podia nem acreditar que, durante todo aquele tempo, tinha presumido que ele era um monstro frio que não se importava com ninguém. Só ouvir minhas palavras o comoveu com tanta profundidade que me arrependi de ter sido tão dura. Corri para ele, peguei suas mãos e as puxei para minha barriga.

— Desculpe. Eu só estava tentando mostrar como os outros te veem. Como o silêncio alimentou o ódio que sentem por você e, como consequência, o desejo de se separarem.

Eu estava com vergonha de despertar tantas emoções no rei logo antes de um grande jantar com o príncipe. Se soubesse como isso o afetaria, nunca teria tocado no assunto.

Lucien piscou depressa e pigarreou.

— Escrevi uma carta para todo o reino umas mil vezes, mas nenhuma palavra poderia fazer jus e explicar minhas ações. Nenhuma palavra traria paz àqueles que perderam alguém pelas minhas mãos. Ninguém quer desculpas, as pessoas querem os parentes de volta.

— Então você simplesmente resolveu enviar ouro?

No dia seguinte à tragédia, cada corte recebeu um pequeno saco de ouro pelos "danos". Pareceu insensível. *Lamento pelas mortes e pela destruição que causei, aqui vai algumas moedas.*

Ele suspirou.

— Eu era jovem, sem minha mãe para me orientar. Não sabia como lidar.

Levantei a mão e puxei seu queixo para baixo para forçá-lo a olhar para mim.

— Agora você é mais velho, Lucien. Acho que está na hora de um pedido de desculpas. E de uma explicação sobre o que aconteceu naquela noite.

Ele ficou eriçado, olhando nos meus olhos com uma profundidade desconhecida. Havia muita dor neles, mas também raiva, como as nuvens carregadas de uma tempestade. O que de fato havia acontecido naquela noite? Foi alguns meses depois da morte da mãe dele, então eu sabia que não poderia ter sido apenas isso.

— Não sei explicar, mas se você acha que vai ajudar, posso pedir desculpas — disse ele, olhando em seguida para meus lábios.

— Acho que ajudaria.

Ainda segurando seu queixo esculpido, umedeci os lábios, meu peito subia e descia ao imaginar como seria beijá-lo.

Beijar um colega de classe atrás da escola era uma coisa, mas beijar um rei durante o noivado era outra. Não deveríamos fazer isso — não que eu achasse que Lucien se importaria em quebrar uma regra de pura modéstia. Sem dúvida não à vista dos cortesãos da Corte do Verão! O protocolo afirmava que daríamos nosso primeiro beijo no altar, diante do Criador e de nosso povo.

Afastei a mão, recuei um passo e suspirei. Ao ver Lucien esboçar um sorriso, olhei atravessado para ele.

— Qual é a graça?

Ele se inclinou e sussurrou em meu ouvido:

— Te ver lutar contra o desejo é muito satisfatório.

Um calor percorreu todo o meu corpo com o comentário, mas zombei:

— Você se acha o máximo, né?

Me senti pega no flagra. Talvez não estivesse escondendo meus pensamentos tão bem como esperava.

Lucien prendeu uma mecha de meu cabelo ruivo atrás da minha orelha.

— Não, meu pequeno vendaval. Acho você o máximo.

Outra onda de calor percorreu o meu corpo, e, droga, ele percebeu, porque sorriu ainda mais. Ser ruiva fazia minha pele clara ficar vermelha com a maior facilidade, e agora eu sabia que nunca conseguiria esconder o que se passava na minha cabeça perto dele.

Então resolvi mudar de assunto.

— Vamos jantar?

— Vamos.

Lucien dobrou o braço e o enganchou no meu cotovelo, depois olhou para Piper.

— É melhor você nos acompanhar, não queremos boatos de que Madelynn e eu estamos gostando um do outro de verdade — disse Lucien.

Piper sorriu para o rei.

— Pois é, um casamento por amor seria um escândalo — concordou, enfiando o livro debaixo do braço e caminhando alguns metros atrás de nós.

Eu adorava ver como ele estava se dando bem com Piper. Adorava como ele me dizia coisas pecaminosamente sensuais a todo instante, e adorava como ele tinha levado meu conselho a sério e concordado em se desculpar no jantar. Quanto mais eu conhecia Lucien Almabrava, mais eu o adorava.

◆ ◆ ◆

Por Hades. Assim que entramos no salão de jantar, meu estômago embrulhou. Não era um jantar íntimo com Marcelle e alguns de seus conselheiros mais próximos: havia mais de cem cortesãos ali, e cada um deles lançava um olhar fulminante para Lucien.

Marcelle tinha feito aquilo de propósito.

O príncipe havia convidado o máximo possível de pessoas para fazer com que Lucien e eu nos sentíssemos rejeitados.

Me virei para Lucien antes que o príncipe pudesse se aproximar.

— Eu não sabia que haveria tanta gente. Você não precisa prosseguir com o pedido de desculpas na frente de tantas pessoas.

Lucien olhou para o outro lado do salão e depois se voltou para mim.

— Tudo bem. Acho que você tem razão. Meu silêncio e afastamento causaram mais danos do que o pretendido. Quanto mais gente, melhor, assim Marcelle não vai poder distorcer o que eu disser com boatos.

Engoli em seco, sentindo os nervos revirando meu estômago. Ele tinha razão. Mais testemunhas significavam menos chances de um boato modificar suas palavras, mas também mais pessoas que poderiam importuná-lo.

Quando Marcelle nos alcançou, forcei um sorriso no rosto.

— Meu rei. — A voz do príncipe era puro desdém, e ele se curvou minimamente para Lucien.

— Marcelle. — Lucien desprezou o título antes do nome e, claro, não devolveu a reverência.

Embora parecesse irritado, Marcelle ignorou.

— Princesa Madelynn, é um prazer. — Ele se curvou para mim, sem nem sombra do tom de flerte anterior. Ele não ousaria na frente de Lucien. — Venham se sentar, vamos comemorar o noivado.

Marcelle apontou para duas cadeiras vazias na mesa principal no meio do salão.

Havia sete mesas ao todo, cada uma com capacidade para dez a 20 pessoas, e estavam cobertas de uma variedade de comidas e bebidas. Todos conversavam, animados. Fiquei chocada ao ver como Marcelle tinha organizado um jantar tão farto de última hora.

— Gostaria de um terceiro assento para minha dama de companhia. — Gesticulei para Piper a meu lado.

Ela odiava eventos daquele tipo e me mataria se eu a obrigasse a ficar sentada a noite toda com um monte de gente que ela não conhecia.

— Claro.

O príncipe Marcelle pediu gentilmente a uma mulher que mudasse de lugar, depois Lucien, Piper e eu nos sentamos.

Lucien ocupou a cabeceira da mesa, conforme determinava o protocolo. Me sentei a sua esquerda, com Piper a meu lado, e Marcelle a direita de Lucien, na minha frente.

Fomos servidos com uma elegante refeição de pato caramelizado e inhame assado, mas tive dificuldade em apreciar a comida. Eu não parava de lançar olhares ansiosos na direção de Lucien, me perguntando quando ele iria se desculpar publicamente. Se ele estava nervoso, não demonstrava. Estava sentado com as costas retas, olhando fixo para as pessoas ao redor com pouca emoção.

— Quando é o casamento? — perguntou Marcelle.

O olhar de Lucien se voltou para o príncipe.

— Isso vai depender se terei que lidar com sua pequena separação ou não, não é mesmo? — respondeu, baixinho, mas alto o suficiente para Marcelle e eu ouvirmos.

Marcelle enfiou uma garfada de batata-doce na boca e mastigou, observando Lucien como um falcão observa uma cobra.

— Ah, mas terá que lidar com isso. E muito em breve. Espero que, apesar dos pesares, possamos continuar aliados...

Com o garfo, Lucien cravou um pedaço de inhame com tanta força que partiu o prato ao meio. Ele soltou o cabo, mas o garfo continuou de pé, ainda enfiado no legume. As pessoas começaram a olhar para entender o que estava acontecendo.

Lucien se debruçou sobre a mesa, na direção de Marcelle.

— Só por cima do meu cadáver, Marcelle.

Marcelle sorriu.

— Isso também pode ser providenciado.

Fiquei boquiaberta com o comentário traiçoeiro. A temperatura caiu no salão de repente.

Essa não.

Isso não ajudaria o povo da Corte do Verão a ver o rei do inverno sob uma boa luz. Por baixo da mesa, passei a mão pela coxa de Lucien e a apertei. O frio diminuiu rápido quando ele se virou para mim.

— Tem algo a me dizer, pequeno vendaval? — perguntou afetuosamente.

Marcelle olhou para Lucien e para a maneira carinhosa com que ele falou comigo.

— Na verdade, pensei que agora seria um bom momento para um discurso seu. Já faz muito tempo que o povo da Corte do Verão não vê o rei deles. — Soltei uma risada nervosa.

Era agora ou nunca. Ou Lucien se desculpava ou seria melhor irmos embora daquele jantar. Implorei com os olhos, então senti sua mão quente sobre a minha, me lembrando de que eu ainda estava apertando sua coxa. Seus dedos acariciaram os meus e eu esqueci de respirar. Afrouxei o aperto, afastei a mão e engoli em seco, mas Lucien sorriu.

Ele pigarreou antes de se levantar e pegar uma colher para bater no copo. Todos se aquietaram a fim de olhar para o rei do inverno.

Por baixo da mesa, procurei o braço de Piper e demos as mãos com força, sabendo o que estava por vir.

Lucien abriu um sorriso vitorioso para o salão, o que só aumentou sua beleza, e pigarreou mais uma vez.

— Meus agradecimentos ao príncipe Sollarius e ao povo da Corte do Verão por celebrarem meu noivado com a princesa Madelynn.

Todos aplaudiram por educação e voltaram a comer. Lucien pigarreou mais alto, fazendo com que interrompessem as refeições outra vez e o olhassem com a testa franzida. O rei olhou para mim.

— Minha futura rainha já me deixou uma forte impressão e me fez querer ser um homem melhor. Corrigir meus erros.

Senti um aperto no peito. Quando Piper segurou ainda mais forte minha mão, retribuí.

Quem diria que Lucien Almabrava seria o homem mais romântico que eu já havia conhecido?

— A verdade é que cometi um erro ao ficar calado e longe todos esses anos desde o Grande Gelo — afirmou, levando as pessoas a começarem a murmurar entre si.

— O que ele está fazendo? — sussurrou Marcelle, mas o ignorei.

— Eu errei. Foi um acidente, e lamento muito. Não passo uma noite sem conviver com o remorso. Desculpe.

Ele levou a mão ao peito e olhou pelo salão. Meus olhos estavam cheios de lágrimas com a sinceridade do pedido de desculpas. Foi muito mais do que eu esperava e qualquer um podia ver a sinceridade em seu discurso.

Os murmúrios ficaram mais altos e, por fim, uma mulher mais velha se levantou e apontou para ele.

— Acidentes de descontrole da própria magia acontecem, mas Vossa Alteza nem mandou uma carta explicando o motivo. Enterrei meu marido — rugiu — e agora tenho que me curvar diante do assassino só porque ele é meu rei!

Arfei com as palavras ásperas da mulher. Lucien se encolheu como se o tivessem golpeado. Alguns outros murmuraram em concordância e, logo, o salão inteiro estava gritando com o rei.

Pelo Criador, não era isso que eu pretendia.

Dei uma olhada em Marcelle, que parecia nada menos que encantado com o rumo dos acontecimentos, e comecei a ser dominada pelo pânico.

O rei do inverno se afastou da mesa e caminhou até a mulher. Todos ficaram imóveis no salão.

Não a machuque, supliquei para o Criador. Eu não conhecia Lucien o suficiente para saber o que ele faria, mas era fato que possuía um temperamento e tanto, e a mulher tinha gritado com ele. Eu estava apertando a mão de Piper com tanta força que a devia estar machucando, mas não conseguia me mover.

Quando Lucien finalmente parou diante da mulher, todos assistimos, temendo o que ele poderia fazer. Marcelle posicionou os dedos como se pronto para usar magia contra o próprio rei a qualquer momento.

Mas o que Lucien fez em seguida bastou para que as lágrimas se derramassem pelo meu rosto.

Ele se ajoelhou diante da mulher, apoiou o cotovelo no joelho e abaixou a cabeça.

— Eu me curvo diante da senhora agora, milady. Por favor, aceite meu humilde pedido de desculpas. Eu não passava de um menino com poder demais e sem controle algum. Não pensei na sua dor, em como gostaria de ouvir as desculpas daquele menino numa carta ou ver o rosto dele, então simplesmente me mantive afastado.

O lábio inferior da mulher tremeu ao olhar para o rei do inverno ajoelhado diante de si. Ela parecia perplexa. Seus olhos ficaram marejados e ela engoliu em seco.

Depois de alguns instantes, ela deu um tapinha no seu ombro. Ele a olhou, e a senhora se inclinou e sussurrou algo em seu ouvido. De onde eu estava, não dava para ouvir, mas fosse lá o que ela disse, fez com que Lucien se levantasse e os dois se abraçassem.

Foi um momento lindo, melhor do que eu poderia ter esperado, e desejei que Lucien tivesse feito o mesmo na minha corte e na da Primavera.

Olhei para Piper e sorri.

— Não! — Marcelle bateu com o punho na mesa e fez meu copo cair e jorrar água no meu prato. O príncipe do verão se levantou e de repente o salão ficou sufocante de tão quente. — Vão ouvir as mentiras cuidadosamente forjadas desse maluco? — gritou para seu povo. — Ele admite que perdeu o controle. Querem seguir um rei que não consegue controlar nem o próprio poder? E da próxima vez que ele ficar bravo? Teremos um inverno eterno? Mais mortos?!

Algumas pessoas da corte concordaram com a cabeça, mas a maioria se manteve em silêncio.

Era como se Lucien tivesse levado um tapa. Ali estava ele, oferecendo um pedido de desculpas genuíno, confrontando os próprios demônios, como eu havia pedido, e Marcelle estava distorcendo tudo.

— Ele não é meu rei — completou Marcelle com ousadia, e ergueu bem o queixo.

Foi quando a raiva explodiu dentro de mim.

— Como ousa! — gritei, me levantando tão rápido que a cadeira caiu para trás. A janela do outro lado do salão se quebrou e um vento forte invadiu o espaço, jogando todas as flores e guardanapos de tecido para o alto. Os convidados arfaram e assistiram em choque a meu pequeno túnel de vento se formar ao redor de Marcelle. — Você não pode desrespeitar o rei desse jeito e viver — declarei. — O que acabou de dizer foi traição! Já se esqueceu de seu posto, Marcelle Sollarius?!

Minhas palavras se misturavam ao vento, adquirindo uma sonoridade estrondosa ao se espalharem pelo salão. Marcelle parecia apavorado de verdade, percebendo que tinha ido longe demais, o que me fez pensar com que frequência ele falava daquele jeito para deixar escapar diante do próprio rei. Era o início de uma revolta. Não admirava que ele quisesse separar os reinos.

Diferente de Lucien, no entanto, eu tinha controle total sobre meu poder. Minha pequena demonstração havia sido proposital e eu queria que cada pessoa ali a testemunhasse. O funil de vento acompanhava Marcelle conforme ele recuava, agitando seu cabelo e roupas.

— Ajoelhe-se e jure lealdade a Lucien Almabrava, rei do inverno, líder de Fadabrava e de todos os feéricos — bradei — ou arrancarei a pele do seu corpo, camada por camada.

As exclamações de choque encheram o salão. Eu já não ligava para me comportar como uma dama. Lucien não era perfeito, mas era nosso líder, nosso rei, e desrespeitá-lo na frente de cortesãos como agora não era aceitável. Lucien parou de repente a meu lado, diante de Marcelle.

Eu não tinha ideia do que ele estava achando do meu comportamento, mas não me importava. Se Marcelle não se ajoelhasse, eu teria o direito de acusá-lo de traição.

O príncipe olhou de mim para o rei e caiu de joelhos, curvando bastante o pescoço. Aliviada, interrompi o vento na mesma hora, deixando o ambiente estranhamente silencioso.

— Perdoe-me, meu rei. Bebi vinho demais e esqueci meu lugar — cedeu Marcelle com a voz um pouco trêmula. Só que ele não tinha tomado vinho.

Lucien o observou ali de joelhos e cabeça baixa e não disse nada por um minuto inteiro. Era como se estivesse absorvendo o momento. Ninguém no salão ousou se mexer — todos esperavam para ouvir o destino do homem que tinha acabado de proferir palavras tão desleais.

— Pode se levantar e continuar vivo — decretou Lucien.

Os cortesãos ao redor suspiraram de alívio.

A princípio, fiquei irritada com a decisão, mas logo percebi que Lucien estava fazendo uma jogada de longo alcance, a fim de conquistar o coração da Corte do Verão. Se tivesse matado Marcelle, o pedido de separação teria sido aniquilado, porém, mais cedo ou mais tarde, haveria uma revolta. A população o odiaria ainda mais.

Lucien virou-se para a multidão e depois para mim.

— Sou um homem de muita sorte, não sou? Ao ter uma mulher que luta para respeitarem meu nome.

O salão riu de nervoso com a mudança de assunto e a tensão se dissipou. Algumas mulheres sorriram com adoração para nós e os homens concordaram com Lucien. Então Lucien enganchou o braço no meu.

— Vamos deixá-los agora, mas esperamos vê-los no casamento.

Demos meia-volta e saímos depressa do salão, com Piper logo atrás.

Meu coração ficou na garganta durante toda a caminhada pelo palácio. Havia empregados em todos os corredores, então eu não podia dizer uma palavra ou perguntar nada em particular. Estava quase tremendo quando chegamos à porta da frente da casa de hóspedes escondida no jardim, com o céu escuro lá no alto.

Será que Lucien estava bravo? Será que eu tinha me excedido? Será que ele me odiava por tê-lo defendido quando ele claramente poderia ter feito isso sozinho? Será que o fiz parecer fraco?

Piper foi se sentar no banco sob o luar, e finalmente ficamos a sós. Olhei para Lucien, esperando que ele dissesse alguma coisa, qualquer coisa. Mas ele apenas me fitou com aqueles tempestuosos olhos cinzentos.

— Meu rei, me desculpe se...

Minhas palavras foram interrompidas com a pressão de seus lábios nos meus. Arfei, mas ele engoliu o som. Ele segurou meu rosto entre as mãos, e meu choque deu lugar ao desejo. Abri os lábios, e ele inseriu a língua, me arrancando um gemido. Num segundo eu estava parada à porta, no outro ele havia me girado de modo que minhas costas ficassem prensadas contra a madeira. Seu polegar foi descendo pelo meu pescoço enquanto nossas línguas se acariciavam. Um calor se derramou pelo meu peito e se instalou entre minhas pernas. Desejei que aquele beijo nunca tivesse fim, cru e cheio de paixão, algo que eu nunca tinha experimentado fora de meus amados romances.

Aquele beijo dizia *eu aprovo o que você fez*.

Dizia *eu aprecio você*.

Dizia *obrigado*.

Dizia muito mais.

Beijar um homem como Lucien Almabrava não se parecia em nada como beijar os meninos atrás da escola. O beijo prometia que um dia, quando dormíssemos juntos, haveria mais por vir. Haveria prazer para os dois.

Quando ele finalmente se afastou, eu estava sem fôlego. Odiei a interrupção, mas, ao mesmo tempo, fiquei grata. Eu não sabia se ele conseguiria parar, e do jeito que Piper era uma infratora de regras nata, deixaria aquilo continuar para sempre. E se fôssemos vistos, minha reputação estaria manchada. Lucien sabia disso.

Ele segurava meu pescoço de leve, seus lábios brilhavam com minha saliva, quando se inclinou e sussurrou em meu ouvido:

— Se eu soubesse que você beijava desse jeito, teria dobrado o dote.

Sorri com o elogio enquanto ele se afastava.

— Boa noite — desejei, toda boba, ainda pensando em sua língua e em seu gosto, cheiro, toque.

Dei meia-volta para buscar Piper e voltarmos a nosso quarto.

— Madelynn — chamou Lucien. Me virei novamente para encará-lo, ainda sem fôlego. — Você teria matado Marcelle?

A pergunta me chocou, mas não mais do que a resposta. Lucien tinha exposto seu coração na frente de um salão cheio de desconhecidos. Ele havia se humilhado diante daquela viúva e se curvado para ela. E Marcelle estragou tudo.

— Sim — respondi com honestidade, então me virei antes que pudesse ver sua reação.

Eu não queria saber se ele estava decepcionado ou encantado com a resposta, embora eu acreditasse que conhecia Lucien bem o suficiente para saber que era a última opção.

7

Partimos da Corte do Verão antes de o sol nascer. Os acontecimentos que envolveram Marcelle na noite anterior não foram bons, de modo que se houvesse uma verdadeira rebelião, poderíamos estar em apuros. Eu mal preguei os olhos, relembrando sem parar aquele beijo. Era como se tivéssemos sido feitos um para o outro, nos encaixando perfeitamente, nossas línguas dançavam a mesma música. Piper ficava me pedindo para descrever o beijo e suspirava ao se recostar no sofá agarrada a seu romance.

— Você é Elowyn — dizia, e começávamos a rir.

Agora estávamos cavalgando para a Corte do Inverno. Seria quase um dia inteiro de viagem até contornar a Corte da Primavera e entrar no Inverno para desfilar pela cidade. Lucien se revezava, ora sentado na carruagem comigo por algumas horas, enquanto eu lia, ora cavalgando com os soldados, enquanto eu conversava com Piper.

Quando estávamos quase na fronteira da corte, um cheiro de fumaça se infiltrou pela carruagem. Passei a cabeça pela janela e vi um incêndio a distância.

Nossa pequena caravana havia parado e Lucien conversava com os soldados.

— Pode ser uma armadilha para nos atrair até lá — disse o chefe da guarda.

Saí e subi no degrau mais alto, olhando para as chamas no topo do edifício. Era uma fazenda.

— Estamos na Primavera? — perguntei, notando as lindas flores e a terra úmida.

Lucien se virou para mim.

— Sim. Ou aquele feérico não tem muito poder para fazer chover ou é um truque.

— Você pode congelar as pessoas em segundos e eu posso tirar o ar dos pulmões delas. O que estamos esperando? Vamos oferecer ajuda. Se for um truque, nós os matamos.

Lucien olhou para o guarda com uma sobrancelha levantada e depois para mim.

— Já mencionei como amo sua natureza secretamente violenta?

— Eu não sou violenta! — zombei.

Lucien deu um chute de leve no cavalo e se virou, vindo para o meu lado.

— Pois bem, princesa, vamos ver o que podemos fazer para ajudar ou prejudicar essas pessoas.

Bom, falando desse jeito, parecia *mesmo* um pouquinho violento. Eu só quis dizer que, se fosse um truque, poderíamos muito bem dominar os malfeitores.

Montei em seu cavalo, me sentando de lado e abraçando sua cintura. Me esforcei para não me perder nos músculos duros sob meus dedos ou no cheiro fresco de pinheiro de seu cabelo. E, claro, me esforcei muito para não me lembrar de seu gosto, como menta e mel.

Atrás de nós, Piper pigarreou. Me virei e ela estava encarando o chefe da guarda de Lucien.

— Eu gostaria de acompanhá-los — explicou.

O guarda olhou para Lucien, que fez um gesto afirmativo.

Piper protegia minha modéstia como se fosse o último pedaço de bolo do mundo. E o pedaço agora tinha o nome de Lucien. Esse mero pensamento fez minhas bochechas corarem e me distraiu do assunto em questão. Quando me lembrei da fumaça, já tínhamos chegado ao fogo.

— Por Hades! — exclamei ao ver um velho feérico que parecia ter uns setenta invernos.

Ele mergulhava um balde no bebedouro dos cavalos para apagar o incêndio, que já se espalhava pela lateral da casa. Dali era possível ver que ele tinha acendido uma fogueira para queimar lixo, e a situação havia saído de controle.

Sem pensar duas vezes, pulei do cavalo e aterrissei com força na ponta dos pés. Um ardor percorreu meus calcanhares, mas o ignorei.

Abri os braços e puxei o ar do fogo, reduzindo o tamanho das chamas, enquanto Lucien, bem atrás de mim, reunia algumas nuvens sobre a pequena área em que estávamos e baixava a temperatura.

Foi só então que o homem se deu conta de que não estava sozinho. Quando ele se virou para nós, Piper correu até ele.

— Tem alguém na casa? — perguntou às pressas.

O homem nos olhava em choque.

— Não, minha esposa foi à cidade. A fogueira saiu do controle.

— Mantenha-o aquecido! — comandou Lucien.

Uma penugem branca caiu do céu. Lucien não tinha o poder de fazer chover como um feérico da Primavera, mas conseguia extrair a chuva das nuvens e congelá-la.

Piper segurou o velho pelos ombros e o afastou, enquanto eu me aproximava de Lucien. Usando meu poder, guiei os grandes montes de neve para caírem bem nas chamas. Eles se partiam e estalavam ao entrar em contato com o fogo quente, mas o volume que Lucien estava despejando era esmagador. Trabalhamos juntos sem dizer uma palavra e apagamos o fogo na lateral da casa. Por fim, olhei para Lucien, que me observava de perto.

— Trabalhamos bem juntos — murmurei.

O rosto inteiro dele se iluminou com um sorriso devastadoramente lindo.

— É mesmo — concordou.

Não pude deixar de corresponder ao sorriso. Estar perto desse homem me deixava feliz. Eu nunca teria imaginado algo há alguns dias.

— Vou entrar e soprar a fumaça — informei.

— Eu também vou.

Eu sabia que era para me proteger, o que era fofo, mas, a essa altura, já deveria ter ficado claro para ele que eu sabia cuidar de mim mesma.

Ao entrar, me deparei com uma espessa nuvem de fumaça e tossi. Chamando o vento pela janela aberta da cozinha, soprei toda a fumaça pela porta da frente em questão de minutos. Quando terminamos, Lucien e eu começamos a avaliar os danos.

Por milagre, a parede permanecia de pé, apenas o canto interno da sala de jantar estava queimado e aberto para o exterior.

— Com pequenos reparos, ele e a esposa vão poder continuar aqui — constatei.

Lucien estava olhando algumas fotos na parede.

— Farei com que o duque Barrett forneça a ajuda necessária.

Me aproximei e estendi a mão para uma das fotos. Lá estava o velho e uma mulher que presumi ser sua esposa, mas pareciam trinta anos mais jovens. Ela segurava uma florzinha roxa e ele segurava uma pá. Os dois estavam sorrindo diante de um campo aberto.

— Eles parecem felizes — observei.

Lucien inclinou a cabeça para mim.

— O amor faz isso com as pessoas.

— Me faz lembrar dos meus pais. — Sorri. — Meu pai é obcecado pela minha mãe. É fofo e nojento.

Lucien riu.

— Para mim, eles têm sorte.

— Como era o casamento dos seus pais? — pensei em voz alta.

Eu sabia que, quando a mãe de Lucien morreu, seu pai, na época o rei, sofreu muito. Ele abdicou e ninguém o viu ou ouviu falar dele desde então. Lucien tinha se tornado o representante público da casa Almabrava desde então.

Uma sombra cruzou seu rosto, seus olhos foram ficando tempestuosos.

— É melhor irmos lá fora para verificar se o velho está bem.

Ao vê-lo se afastar, fiquei um pouco desanimada. Lucien tinha tantos assuntos delicados que eu sentia como se vivesse pisando em ovos. No entanto, estava pouco a pouco se abrindo comigo, então eu não queria pressioná-lo.

Porém, havia dois assuntos fora de questão: a causa do Grande Gelo e seus pais.

Ao sair também, observei a cena diante de mim.

— O Criador abençoe, rei Almabrava. — O homem chorava, agarrado ao braço de Lucien.

Lucien parecia pouco à vontade com a demonstração comovente, sem saber o que fazer, então ficou apenas ali parado, todo tenso.

Eu queria rir da cena, tão doce quanto cômica, mas achei que Lucien não fosse disso.

— Vamos entrar para você se aquecer — sugeri ao velho, afastando-o de Lucien, que pareceu aliviado.

Piper e eu acomodamos o velho em casa, e Lucien enviou um de seus guardas à Corte da Primavera com a ordem de enviarem ajuda para ele e a esposa.

Quando finalmente voltei à carruagem, eu me sentia bem com o que havíamos feito.

◆ ◆ ◆

Poucas horas depois, um calafrio percorreu a carruagem. Foi quando me dei conta de que estávamos na Corte do Inverno. Lucien apareceu de repente com duas capas de pele, uma para Piper e outra para mim. A minha era de pele de coelho branco e a de Piper, de um marrom avermelhado, provavelmente de raposa.

— Presentes meus para vocês — disse ele casualmente, como se não fosse um ato doce e atencioso que fez meu coração disparar.

Piper olhou surpresa para mim. O rei não costumava dar presentes caros para damas de companhia, mas ao ver como Piper era importante para mim, ele a tornou importante para si.

— É muito gentil da sua parte — agradeci, colocando a capa sobre os ombros.

O calor foi logo me envolvendo, e relaxei. Verdade seja dita, eu adorava o inverno. A neve era mágica, assim como andar de trenó e todas as outras atividades divertidas que podemos fazer nessa estação. Se eu iria gostar disso o ano todo? Era o que veríamos.

Quando os aplausos começaram, percebi que já havíamos passado pelos portões.

Afastei a cortina, abri a janela e estendi a mão para as pessoas, que sorriam com alegria, segurando minha mão e correndo ao lado da carruagem.

— Nossa futura rainha! — gritavam as crianças enquanto corriam, e uma ligeira neve começou a cair.

Sentado do outro lado da carruagem, Lucien me observava com um sorriso.

Alguma coisa vibrou no meu peito e me dei conta de como havia julgado mal aquele homem. O rei do inverno era gentil, inteligente, protetor e... imperfeito, mas não éramos todos? Ele tinha um gênio forte, mas nunca comigo. Havia uma frase no meu romance favorito que dizia: *Ele só tinha olhos para mim*. Ah, como já quis me tornar aquela garota quando li aquela frase pela primeira vez.

Agora, vendo Lucien me observar, percebi que pode ser que tenha me tornado.

Retribuí o sorriso e estendi a mão para a dele. Lucien aceitou e entrelaçamos os dedos sob a janela da carruagem para que ninguém visse. Com a outra mão, acenamos para o povo, que lotava a rua a ponto de quase não conseguirmos passar.

Foi de longe a melhor recepção que tivemos. Ele era um rei amado em seu reino.

Os falsos boatos para torná-lo temido não se sustentaram aqui, pensei.

Quando enfim chegamos ao Palácio do Inverno, olhei para a estrutura de pedra — meu novo lar. Era maior do que lembrava. Quando menina, eu cheguei a visitar o lugar com meus pais e outros membros da realeza algumas vezes, mas não me lembrava de Lucien. Ele sempre estava afastado ou com os príncipes dos outros reinos, agora reis.

A enorme pedra branca parecia ter sido esculpida em gelo. Estremeci um pouco com o frio no ar.

Ao sairmos da carruagem, Lucien olhou para o palácio com uma expressão assombrada. Franzi o cenho, me perguntando por que voltar para casa evocaria aquela reação. Será que ele não gostava do próprio lar? Serão as lembranças da mãe?

Quando me ouviu batendo os dentes, Lucien pareceu acordar do transe.

— Vamos entrar para colocar você perto do fogo — disse, apoiando a mão na minha lombar e acenando para os funcionários enquanto passávamos.

A neve caía em nacos agora e me perguntei se era porque Lucien estava ansioso. O inverno nem sempre precisava ser gelado e nevado, mas o reino estava muito ligado às emoções do rei, e agora eu ficava imaginando o motivo daquele nervosismo.

Piper fechou mais o casaco de pele quando o principal servo de Lucien fez uma profunda reverência para nós duas.

— Alteza, bem-vindo ao lar — disse ele, depois olhou para mim. — Princesa Madelynn, estamos todos muito felizes com o anúncio de seu noivado.

Abri um sorriso amável, agradeci e ele nos conduziu pelo interior do palácio. O calor do fogo veio na minha direção, e eu suspirei de alívio ao tirar os sapatos, agora cobertos de neve, e caminhei até a gigantesca lareira da sala. A chaminé de pedra tinha mais de três andares de altura e dava um bom assunto. Enquanto Piper e eu aquecíamos as mãos, Lucien mandou sua equipe levar meus pertences para a minha ala da casa e preparar o jantar. Foi um longo dia frio, e ouvi-lo dizer *ensopado* me deu água na boca.

Depois de terminar as instruções, Lucien veio se juntar a nós perto da fogueira. Ele me lançou um olhar ansioso.

— Gostou do palácio? Pode redecorar, se quiser. Todas essas coisas foram escolhidas pela minha mãe e...

— É lindo — afirmei com um sorriso.

E era. Prata, ouro, cinza e branco. Era como o Festival do Solstício de Inverno o ano todo. Eu não me importaria de acrescentar um toque de cor, mas era tudo de muito bom gosto. As cadeiras de encosto alto pareciam ter sido esculpidas em carvalho e pintadas de preto intenso.

— É ela? — perguntou uma voz grave e rouca atrás de mim, me dando um leve susto.

Ao me virar, vi um homem alto com uma barba comprida. Ele usava uma túnica branca simples e manchada na frente e segurava uma garrafa de vinho. Por um segundo, pensei que fosse um vagabundo, mas Lucien ficou rígido a meu lado.

— Pai, eu disse que iria buscá-lo quando estivéssemos prontos para o jantar. — O tom de voz de Lucien foi agudo e ansioso.

Pai? Aquele era o velho rei Almabrava? Meu coração bateu forte ao vê-lo arrastar os pés, esbarrando na cadeira para se aproximar de mim.

Estava bêbado na certa.

Me olhou de cima a baixo e fez um gesto com a cabeça.

— Nada mal. — Então olhou para Lucien. — E ela concordou em se casar com um ser lamentável como você?

Arfei de leve e dei uma olhada em Lucien, mas ele parecia desprovido de qualquer emoção.

— Concordou — respondeu, categórico.

O velho rei olhou para mim e semicerrou os olhos.

— Ele não vale nada. Não conseguiu nem salvar a própria mãe.

Meu queixo caiu de perplexidade. Eu esperava que Lucien atravessasse a sala, talvez até agarrasse o pai pelo pescoço. Esperei que começasse a nevar, qualquer coisa que mostrasse que ele estava bravo, mas Lucien simplesmente ficou onde estava, cabisbaixo e de ombros caídos.

Sem saber o que fazer, olhei para Piper, que deu de ombros com os olhos arregalados. Se fosse qualquer outra pessoa, eu diria o que se passava na minha cabeça, mas aquele era o pai de Lucien, o antigo rei.

Decidi então tratá-lo como trataria uma criança que se comporta mal. Às vezes, quando Libby queria atenção, ela aprontava. Era só ignorá-la que passava.

Peguei a mão de Lucien e olhei para ele.

— Ouvi dizer que tem uma biblioteca maravilhosa aqui. Pode me mostrar?

O velho começou a murmurar alguma outra coisa, mas puxei Lucien para longe e Piper veio logo atrás. Atravessamos os corredores até chegarmos a portas duplas.

Quando Lucien as abriu, a exclamação que Piper e eu soltamos juntas jamais faria jus ao espaço. A biblioteca tinha dois andares, prateleiras que iam do chão ao teto, três escadas com rodinhas para alcançar cada uma e, na certa, mais de mil livros!

Piper foi flutuando na direção de um livro, e Lucien se virou para mim.

— Lamento pelo meu pai. Eu deveria ter contado. Eu ia, mas...

Abri um sorriso doce.

— Não tem problema.

Eu não mentiria. Ver o velho rei naquele estado foi um choque, mas quem não tinha pelo menos um parente embaraçoso? Eu só esperava que a crueldade do velho com Lucien fosse uma exceção e eu não voltaria a testemunhar isso. Vinho e bebidas alcoólicas tinham efeitos terríveis sobre homens que não conseguiam controlar a própria sede. O que o pai de Lucien tinha acabado de dizer era prova disso.

— Você sabe que não tem culpa pela morte da sua mãe, não é? Você não poderia tê-la salvado; não é um elfo curandeiro — falei de repente, me perguntando se ele acreditava no pai.

Ele suspirou, parecendo distante e retraído.

— Não tenho mais tanta certeza. Ele fica dizendo isso tantas vezes que estou começando a me perguntar se é verdade. — Meu coração despencou, então estendi a mão, mas ele recuou. — Preciso me informar com minha equipe. Estive ausente por um tempo. Vejo você no jantar?

Lutando para manter algumas lágrimas não derramadas nos olhos, vi a silhueta de Lucien ficar turva, então apenas concordei. Pisquei depressa para clarear a visão, e Piper correu para o meu lado.

— Você ouviu isso? — perguntei.

Piper pareceu desconcertada, então imaginei que tinha ouvido.

Ela fez que sim, olhando para a porta fechada.

— Acha que é por isso que ele não bebe?

Arfei. Sim, fazia sentido. Lucien não tinha problemas com a bebida, era seu pai quem tinha, e provavelmente para evitar ter problemas também, Lucien não tomava vinho nem hidromel.

— É só mais uma prova de que não dá para saber pelo que uma pessoa está passando em particular e como não devemos nos apressar em julgá-la com base em boatos — continuou Piper.

Concordando com a cabeça, passei o braço pelos ombros dela.

— Você é uma moça muito sábia para a sua idade, Piper. Muito sábia mesmo.

Ela sorriu e saímos da biblioteca para conhecer meus aposentos naquele palácio que em breve eu chamaria de lar. Era impressionante e emocionante ao mesmo tempo, em especial porque, agora que eu havia beijado Lucien, tinha toda a certeza do mundo de que queria me casar com ele. Eu não conseguia imaginar não mais beijar aqueles lábios. Quem foi que disse que casamentos arranjados não podem também se tornar casamentos por amor?

Os quartos designados para mim eram maiores do que os meus no palácio da Corte do Outono. Eu tinha um quarto privativo, três quartos de hóspedes, uma sala de chá, três banheiros e minha própria biblioteca! Sem contar com os aposentos dos empregados para Piper e uma pequena cozinha. Era como se fosse minha casinha numa ala do castelo compartilhada com o rei e o pai. Eu não tinha ideia de como viveríamos depois de nos casarmos: a maioria dos casamentos arranjados começava com quartos separados, e o casal só se reunia de vez em quando para conceber um herdeiro. Assim, eu não sabia se Lucien iria querer ficar sozinho e se eu sempre teria esse lado do castelo ou algo do tipo. A hipótese me soava um pouco solitária.

Depois de me limpar, escolhi um vestido prateado com detalhes em pele branca e desci para jantar com Piper.

No caminho, alguns cortesãos apareceram no corredor para nos cumprimentar e se apresentar. Conhecemos Mestre Greeves, chefe da equipe da casa e a quem eu deveria recorrer caso houvesse qualquer problema, depois fomos recebidas por uma encantadora senhora que descobrimos ser a padeira e chef do palácio, a senhora Pennyworth.

Também conhecemos alguns soldados de alta patente, algumas governantas e um elfo curandeiro. Fiquei muito impressionada com todos, tão respeitosos e pareciam bastante animados em ter uma nova rainha. Me senti tão bem-vinda que os boatos maldosos sobre o lugar caíram por terra.

Quando entrei no refeitório, foi uma decepção ver o pai de Lucien, Vincent, sentado à mesa com uma taça de vinho e olhando feio para o filho.

Eu esperava que fôssemos só nós, que seu pai tivesse ido dormir em algum lugar para curar a embriaguez. Será que ele era assim o tempo todo?

Será que era normal para eles? Estremeci com a ideia. Eu nunca havia visto meu pai tão bêbado. Era impróprio, ainda mais vindo da realeza.

— Senhor Almabrava. — Fiz uma reverência. — Que bom revê-lo.

Ele olhou para o filho.

— Você não a merece — disse ele, e eu fiquei tensa.

Lucien tensionou a mandíbula e acenou para o mordomo.

— Já podem nos servir.

Ele ia simplesmente ignorar o comentário maldoso? Eu estava um pouco enjoada com quão verbalmente abusivo o pai de Lucien era e como Lucien não fazia nada a respeito. Nem parecia ser o mesmo homem de temperamento explosivo com quem eu tinha acabado de passar alguns dias na estrada.

Lucien ocupou a cabeceira da mesa, com o pai à esquerda e eu à direita, Piper a meu lado.

— Gostou de seus aposentos? — perguntou Lucien assim que um ensopado quente e fumegante foi colocado diante de mim.

— São adoráveis. Muito grandes. Talvez eu até me sinta um pouco solitária. É maior do que qualquer coisa que eu tinha no palácio da Corte do Outono.

Os olhos de Lucien estavam semicerrados.

— Bem, é só até nos casarmos. Depois você se juntará a mim nos meus aposentos, não é?

Quase engasguei com o ensopado. Eu não conseguia acreditar que ele tinha dito aquilo na frente do pai, mas também fiquei animada com a perspectiva de que Lucien não queria o típico casamento arranjado de quartos separados.

— Sim. — Ri de nervoso.

Piper estava sorrindo, e eu a chutei de leve por baixo da mesa.

O pai de Lucien não havia comido nada do ensopado. Em vez disso, levou a taça de vinho à boca e olhou para mim.

— Por que você se casaria com ele? — perguntou com uma expressão dura.

— Pai, pare com isso — pediu Lucien, baixinho.

— Não me venha dizer o que fazer! — retrucou, apontando para o filho.

Um pingente de gelo disparou da palma de sua mão e cortou a lateral do rosto de Lucien antes de bater na parede atrás dele.

Prendi a respiração, esperando a reação de Lucien, mas ela não veio. Ele apenas pressionou um guardanapo na bochecha e abaixou a cabeça, envergonhado.

Isso acontece o tempo todo.

A constatação me deixou horrorizada. Minha vontade era pegar a faca e cortar a bochecha do pai dele em retaliação, mas sabia que seria loucura. Eu nunca me senti tão protetora em relação a alguém. O rei era mais poderoso do que eu e não precisava da minha proteção, mas... parecia que com o pai a história era outra. Aquele homem já havia abusado dele; caso contrário, Lucien não seria tão dócil.

Será que desde criança? Eu não sabia. Sem dúvida desde que a mãe morreu. E, por algum motivo, Lucien havia desistido de tentar.

Me levantei, e o velho acompanhou meus movimentos. Caminhei até Lucien e levantei seu queixo para olhá-lo nos olhos. Eu não estava pronta para encontrar neles um menino acanhado e ferido. Isso me destruiu e disparou uma nova onda de raiva pelo meu corpo.

— Gostaria de jantar a sós com você — falei. — Tem algum salão de jantar menor?

O rosto de Lucien relaxou sob meu toque e o menino assustado recuou.

— Sim.

Ele se levantou e pegou sua tigela de ensopado.

Piper recolheu as nossas e caminhamos até as enormes portas abertas do grande refeitório.

Ao ouvir a zombaria do pai de Lucien atrás de nós, me virei para olhar para ele, que estava mirando em mim agora.

— O senhor pode jantar conosco quando estiver sóbrio — informei, e com isso saímos do salão.

Foi uma caminhada silenciosa pelo corredor. Alguns mordomos nos seguiram, confusos. Lucien nos conduziu até uma pequena sala de jantar com apenas dois lugares e uma mesinha redonda. Havia uma enorme janela na parede oposta que dava para os magníficos campos cobertos de neve atrás do palácio.

Olhei para Piper assim que ela deixou minha tigela na mesa e fez um aceno com a mão.

— Estarei ali no canto.

Então, um dos funcionários de Lucien pegou uma cadeira e uma pequena bandeja para ela, que se sentou no canto da sala para comer sozinha. Me senti mal por ela, mas depois que Lucien e eu nos casássemos, Piper não precisaria ficar me seguindo daquele jeito. Era para proteger minha reputação, eu bem sabia, mas às vezes parecia bobagem, ainda mais em momentos como aquele, quando eu queria tanto ter uma conversa particular com o rei.

Lucien se sentou a meu lado e recomeçou sua refeição em silêncio, olhando para a neve que caía, agora em pesados nacos. A cena era mágica.

— Gostei bastante deste cômodo. Acho que deveríamos fazer todas as nossas refeições aqui — sugeri.

Ele me deu um sorriso triste que partiu meu coração. Continuamos nossa refeição em silêncio, mas não pude tirar da cabeça o que havia acontecido com seu pai.

— Estou envergonhado pelo que você teve que ver — Lucien finalmente conseguiu dizer. — Me desculpe... Queria que ele morresse logo, ou então que fosse morar nas montanhas e me deixasse em paz.

Engoli em seco, mas não julguei suas palavras duras, não depois do que tinha acabado de presenciar.

— Ele sempre fez esse tipo de coisa?

Lucien deu de ombros.

— Não tanto quando minha mãe estava viva, mas com frequência depois que ela faleceu. Ele não se lembra de nada no dia seguinte.

Não tanto. Não era a resposta que eu queria. E não se lembrar depois não era desculpa. A situação me lembrou de um ancião de nossa corte que tinha problemas com bebida e precisou de ajuda.

Estiquei o braço e peguei sua mão.

— Por que você não o confronta?

Já tinha visto Lucien perder a paciência com outras pessoas uma dúzia de vezes nos últimos dias, mas com o pai, era como se ele ficasse morto por dentro.

Lucien me lançou um olhar assombrado, com olhos turvos e desprovidos de emoção.

— Porque da última vez que fiz isso, congelei todo o reino por um dia e uma noite inteiros.

Arfei. Foi aquele o motivo por trás do Grande Gelo? Lucien tinha brigado com o pai a ponto de não conseguir controlar o próprio poder? O velho deve ter batido nele, dito que ele era o responsável pela morte da mãe porque não a salvou. O que aquelas palavras fizeram com um rapaz inocente de dezesseis anos que já estava sofrendo tanto por dentro?

— Luci...

Ele se levantou, empurrando a cadeira para trás abruptamente.

— Estou exausto da viagem. Vou dormir. Nos vemos pela manhã.

Fiquei tão atordoada com a revelação que só consegui concordar. Seu pai o havia levado ao limite naquela noite, e agora ele tinha receio de se defender por medo de congelar o reino de novo. Mais de 50 pessoas morreram no Grande Gelo. Ele tinha medo de repetir o episódio.

Mas eu não tinha medo. Tinha controle total sobre meu poder. Também me levantei de repente, fazendo Piper correr para o meu lado.

— Não faça nenhuma loucura — avisou, me conhecendo bem até demais.

Ela tinha ouvido tudo o que Lucien acabou de dizer. Olhei para ela com o que imaginei ser uma expressão desequilibrada.

— Você me disse para defender meu homem, mostrar para Lucien como seria ter ao lado uma rainha que o apoiasse.

Piper arregalou os olhos.

— Sim, disse, em relação a Marcelle, não ao antigo rei do inverno! — sussurrou o mais alto que pôde.

Piper tinha ficado preocupada comigo após aquela demonstração de poder de um homem capaz de cortar o rosto do próprio filho com o pingente de gelo, mas eu não o temia. Com uma simples rajada de vento, gelo virava neve.

Levantei o queixo.

— Eu *não* vou viver nesta casa sem dar àquele homem uma lição.

Piper olhou preocupada para a porta, sem dúvida repassando na cabeça protocolos e decoros.

— Espere aqui — continuei. — É melhor que não haja testemunhas. Assim é a minha palavra contra a de um idiota bêbado.

Ela abriu a boca para falar, mas passei direto por ela, em busca do homem de coração de pedra que se autodenominava pai.

◆ ◆ ◆

Encontrei Vincent Almabrava no salão de jantar onde o deixamos. Sua taça de vinho estava cheia e a sopa, intocada. A barba era tão comprida que mergulhava na sopa e o tornava quase digno de pena.

Quase.

Não havia nenhum funcionário por perto, então fechei as portas depois de entrar. Ele olhou para a direção do som e, ao me ver, revirou os olhos.

— Vá embora e me deixe em paz — esbravejou.

— Não — rosnei.

Eu não me importava se era inapropriado nem com o que o protocolo ditava, eu não permitiria que ele intimidasse Lucien, bem como quaisquer filhos que teríamos, pelo resto de nossa vida.

Olhei para a janelinha circular no alto da parede oposta e convoquei meu poder, fazendo uma pequena rachadura no vidro e gerando vento suficiente para agitar meu cabelo e deixar Vincent bem ciente de como eu estava irada.

Mas ele riu, um som embriagado e áspero.

— Eu deixei você brava! — cacarejou para ninguém.

Caminhei com calma até sua cadeira e parei diante dele, reunindo mais vento conforme avançava e o usando para pressioná-lo contra o encosto. Ele arregalou os olhos.

— Você se atreveria a usar seu poder contra mim? — rugiu, e a temperatura despencou no salão.

Me inclinei para a frente, esperando parecer tão peçonhenta quanto me sentia.

— *Usaria.* Na verdade, se tirar uma gota de sangue de Lucien outra vez, vou *matar* o senhor.

Seu queixo caiu em choque. Ele lutava contra meu domínio invisível, mas eu o detive firme no lugar.

— E, de agora em diante, se quiser estar na presença de seu filho ou na minha, ficará sóbrio.

— Não me venha dizer o que fazer! — rosnou, o gelo foi rastejando pelas paredes.

Direcionei mais vento para ele, tanto que até a pele de seu rosto estremecia e se agitava sob meu poder.

Então me inclinei para a frente e cutuquei seu peito, descarregando tanto vento nele que vi muito bem sua dificuldade para respirar. Era um lado sombrio do meu poder, algo que fazíamos milhares de vezes por dia e no qual não pensávamos muito: respirar. E eu tinha o controle de tudo. Era capaz de tirar todo o ar de seus pulmões até não restar nada.

— Seu filho é rei. O senhor abdicou, *lembra*? E em breve *eu* serei a rainha. Isso torna meu posto mais alto que o seu. Lamento pela perda de sua esposa, mas não é desculpa para esse comportamento. Sem dúvida ela teria vergonha do senhor. Não vou dar à luz uma criança para que tenha um avô assim.

Ele parecia derrubado, como se eu tivesse finalmente rompido a casca gelada em volta daquele coração morto. Então seu rosto se transformou numa careta ameaçadora.

— Você é tão perversa quanto Lucien! — rugiu, e senti o gelo arranhar meus tornozelos. — Uma vadia suja que...

Foi a gota d'água. Com um pensamento, *suguei* todo o ar de seus pulmões. Ele arregalou os olhos de pavor.

Sorri de orelha a orelha na cara dele, ignorando o congelamento em volta de meus pés. Ele estava bêbado e não tinha poder suficiente para me derrotar.

— Ah, Lucien querido — zombei, com a voz desolada. — Não faço ideia do que aconteceu. Seu pai simplesmente parou de respirar. Acho que o vinho enfraqueceu o coração dele. — Os olhos de Vincent se arregalaram ainda mais e seu rosto ficou roxo. — Quem sabe não é melhor acabar com sua vida agora mesmo — ponderei.

Eu não sabia o que tinha dado em mim. Era como se toda a raiva reprimida que carreguei durante toda a vida estivesse sendo descarregada ali. Sempre tendo que ser perfeita e adequada, a filha mais velha, a mais poderosa, obrigada a fazer o que me mandavam. Eu não queria mais fazer o que me mandavam — queria matar esse degenerado e poupar o homem, por quem eu tinha certeza de que estava me apaixonando, de ser ferido pelo próprio pai de novo.

— Desculpe — murmurou, incapaz de falar.

Sua geada e frieza desapareceram de uma só vez, e foi quando percebi que havia ido longe demais. Matar o pai de Lucien não era a solução. Talvez aquele lixo ainda tivesse salvação.

Cedi e Vincent caiu para a frente de quatro, ofegando. Enquanto ele batia no peito, fiquei observando, esperando sua resposta. Ela determinaria seu destino.

Quando finalmente recuperou o fôlego, ele se levantou e se recostou na cadeira. Então pegou a garrafa de vinho ao lado da taça.

Segurei seu braço com a mão e ele olhou nos meus olhos. Lucien havia me dito uma coisa durante o jantar que ele nunca teria coragem de contar ao pai, agora eu sabia. Portanto, eu faria o serviço por ele.

— O senhor não pode viver aqui assim. Os elfos possuem uma técnica de cura que ajuda nisso. Pode passar algumas semanas lá; eles deixarão o senhor sóbrio. Vão afastar o desejo.

Um brilho de medo atravessou seu olhar, e me dei conta de que ele temia ficar sem bebida, temia não ter vinho e hidromel na ponta dos dedos para afogar a dor e a raiva, ou fosse lá por qual razão bebia tanto.

— Ou pode se mudar para uma casa nas montanhas. Vou enviar provisões, vinho e hidromel suficientes para que beba até morrer.

Ele abriu a boca em estado de choque. Eu sabia que ninguém jamais havia se dirigido a ele com tamanha ousadia, mas talvez fosse justamente o problema. Faz tempo que aquela sombra patética de um homem deveria ter sido refreada.

— A escolha é sua, *Vincent*. — Usei o primeiro nome para, com sorte, atingi-lo ainda mais.

— Você é... você é...

Ele parecia sem palavras. Eu estava só esperando o velho me chamar de *vadia* ou qualquer outro nome sujo outra vez.

Mas ele suspirou, caindo de volta na cadeira e esfregando o peito.

— Está bem, posso tentar ir ao reino dos elfos, mas, se não funcionar ou se eu não gostar, vou ficar com a casa nas montanhas. Prepare o vinho para mim — resmungou, cruzando os braços como uma criança mimada.

Concordei, aliviada por ele não ter tentado outra briga.

A falta de bebida nos últimos dez minutos parecia tê-lo deixado um pouco sóbrio e ele olhou para longe. Eu não sabia bem como sair daquela conversa, mas não ia me desculpar.

— Tem razão — recomeçou, com a voz rouca e uma lágrima escorrendo pelo rosto. — Minha esposa teria vergonha de mim.

Concordei com a cabeça.

— Então tome jeito para que eu e Lucien não precisemos ter.

Ele apertou os lábios, mas concordou com a cabeça uma vez, fazendo mais lágrimas escorrerem.

Eu não estava preparada para aquelas lágrimas. Seria arrependimento pela forma como tinha tratado Lucien? Parte da embriaguez? Ou ele só sentia saudade da esposa? Eu estava dividida entre querer dar uns sopapos no homem ou abraçá-lo. Então decidi que era hora de encerrar a conversa.

— Vou providenciar sua estadia na enfermaria de sobriedade dos elfos — decretei, saindo em seguida.

Quando abri a porta, soltei um gritinho. Fiquei cara a cara com Lucien. Ele olhou para o pai com os olhos arregalados e depois para mim.

Oh, Criador.

Será que ele tinha ouvido tudo? Ou só a última parte? Ele parecia... assustado, e zangado, e... algo mais. Não era como o que havia acontecido com Marcelle, quando o defendi. Isso era com o pai dele e eu sabia que tinha exagerado bastante.

Fechei a porta e me vi parada no corredor mal iluminado, sozinha com Lucien Almabrava. Seus olhos brilharam em um cinza-escuro, e um calafrio varreu o corredor, disparando um tremor pela minha espinha.

Era impróprio estar sem acompanhante. Se os funcionários da casa nos apanhassem, poderiam começar boatos. Mas eu não ligava. Ligava mais com o que ele tinha ouvido e com o que pensava.

— Desculpe por me intrometer nos seus assuntos de família — comecei sob o escrutínio daqueles olhos brilhantes, uma tempestade sem dúvida o assolava por dentro. — Mas se eu quiser ser sua rainha, sua esposa, mãe de seus filhos, devo me sentir segura na minha própria casa.

Seu peito subiu e desceu; parecia que ele estava tendo dificuldade para respirar. Engoli em seco, incapaz de ler sua reação, então continuei:

— Eu e seu pai conversamos e ele concordou em ir para uma discreta enfermaria de sobriedade élfica que conheço. Se mesmo assim ele não conseguir largar o vinho, irá para as montanhas e viverá o resto da vida sozinho.

Lucien não se mexia nem falava. Eu estava começando a entrar em pânico. Será que ele cancelaria o casamento? Será que fui longe demais?

Mas quando olhei para ele, olhei *mesmo*, vi como ele estava apavorado. Dei um passo à frente e apoiei seu queixo nas mãos.

— Ele não pode mais te machucar. Não enquanto eu estiver aqui — sussurrei.

Eu não achava que Lucien tivesse medo do pai — ele era mais poderoso que o velho —, mas ele tinha medo de si mesmo. O poder de Lucien, assim como o meu, estava ligado às emoções. No entanto, tive uma infância maravilhosa, e minhas emoções eram equilibradas e controladas. As de Lucien não. Esse medo era de que, se ele reagisse com muito vigor com o pai, como de fato queria, como havia feito anos atrás, poderia matar todos nós, nos congelar até restar apenas gelo. Aquele medo o paralisava, e estava na cara que já o vinha paralisando por anos quando se tratava do pai.

Ele se inclinou e se aproximou de mim, e eu congelei.

— Estou apaixonado por você — sussurrou na minha boca, então nossos lábios colidiram.

Pega de surpresa, choraminguei de surpresa e alegria.

Eu havia expulsado o pai dele da própria casa e ele me amava? As coisas que eu via como falhas e excessos, ele *amava*. Entreabri os lábios, sua língua veio acariciar a minha e ele tropeçou para trás em uma dupla de portas presas a dobradiças barulhentas. Abri os olhos por um instante e descobri que estávamos de volta à biblioteca. Ele agarrou meu quadril com uma urgência quase dolorosa e um calor floresceu entre minhas pernas. Quando minhas costas bateram na estante, gemi de surpresa. Lucien estava sendo bruto, e eu estava gostando. Aquela necessidade desesperada de estarmos juntos só fomentou minha paixão. Com ousadia, passei a mão pela barra de sua túnica e me permiti acariciar os músculos nus de seu peito.

O gemido gutural que escapou de sua garganta me deixou sem fôlego.

Isso tinha sido *tão* indecoroso, *tão* contra os protocolos para um casamento real, e ainda assim... eu queria dormir com ele aqui e agora. Na biblioteca. Depois de guardar minha pureza para a noite de núpcias por tantos anos, aquele beijo de Lucien Almabrava me fez querer desistir de tudo ali mesmo, no meio daqueles livros.

Minha mãe me havia dito que a primeira vez seria como uma pontada forte, às vezes com um pouco de sangue, depois muito prazer, se estivesse com um homem que soubesse o que estava fazendo. E minha sensação era de que Lucien conhecia bem o corpo de uma mulher.

Mas eu também queria que fosse especial, algo guardado para um homem que eu amava. Jamais tive esperanças de me casar por amor, sabendo que um dia meu pai escolheria um pretendente para mim, mas agora... descobri que era possível.

Afastei o rosto e olhei em seus olhos.

— Também estou apaixonada por você. E com certeza iremos para a cama para mais do que só fazer filhos.

O sorriso de orelha a orelha que ele abriu fez meu estômago dar uma cambalhota. Causar esse efeito nele me trazia grande alegria.

Os lábios de Lucien estavam rosados e inchados. Ele me soltou e desamassou sua túnica. Então foi passando os olhos pelo meu vestido.

— É melhor sair daqui antes que eu arranque esse vestido e faça alguma travessura.

Minhas bochechas coraram. De repente, fiquei triste ao pensar em deixá-lo.

— Vamos nos casar no mês que vem. Não quero um noivado longo — confessei com ousadia.

Lucien semicerrou os olhos.

— Não. Um mês é tempo demais. Vamos nos casar logo na semana que vem. Farei minha equipe trabalhar horas extras para aprontar tudo.

Meu rosto inteiro se abriu em um sorriso.

— Na semana que vem então.

Sete dias para voltar à Corte do Outono, juntar minhas coisas e me despedir da casa em que cresci. Eu ficaria triste em deixá-los, mas agora sabia que Lucien não se importaria em fazer visitas frequentes. E agora que eu tinha uma ideia de como seria minha vida como mulher casada, eu queria vivê-la.

Logo.

— Boa noite, Lucien — disse sem fôlego da porta da biblioteca.

— Boa noite, meu pequeno vendaval.

Fui sorrindo durante todo o caminho de volta para o quarto.

9

Pela manhã, quando Piper e eu descemos para tomar café da manhã, havia uma urgência no ar. Lucien estava dando ordens para um guarda e os funcionários do palácio corriam num frenesi. Minha mente entrou em parafuso. Depois de ir para o quarto na noite anterior, eu tinha escrito uma carta ao meu amigo elfo para organizar discretamente uma estadia para o pai de Lucien, e a entreguei para ser enviada por um dos Guardas Reais. Será que aquilo, de alguma forma, havia causado algum problema?

— O que houve? — perguntei.

Lucien se virou quando me viu, com os olhos um pouco agitados. Ele me segurou pelo cotovelo e me levou para uma alcova longe dos funcionários.

— Algumas semanas atrás, alguns feéricos da Corte do Inverno desapareceram.

— Na do Outono também. Presumimos que haviam fugido para a Montanha Cinzaforte.

Quando uma pessoa não estava satisfeita com seu destino e queria ir embora, ela ia para Montanha Cinzaforte, em Escamabrasa. O lugar tinha se tornado uma espécie de porto seguro para todas as diferentes raças e híbridos.

Lucien balançou a cabeça.

— Uma semana antes, um de meus soldados mais poderosos desapareceu. Então Raife, o rei elfo, apareceu aqui dizendo que a rainha de Obscúria tinha um dispositivo capaz de eliminar a magia de uma pessoa.

Prendi a respiração. A rainha humana e seus malditos dispositivos! Eles eram horríveis, mas tirar a magia de uma pessoa? Parecia impossível e particularmente perverso.

— Eu só liguei os pontos quando meu soldado reapareceu hoje de manhã, ensanguentado e quase morto. *Sem* magia.

Outro suspiro me escapou. Eu estava em choque, incapaz de falar.

— Isso é terrível. Lamento pelo soldado. Vocês devem ser próximos.

Lucien parecia de fato fora de si de tanta aflição. O rei do inverno engoliu em seco, se aproximou de mim e sustentou meu olhar.

— Sim, me sinto mal por Dominik, mas não é nem isso que me preocupa tanto.

— O que é, então? — Franzi o cenho.

Lucien ficou sem cor, o que parecia impossível visto como já tinha a pele tão clara.

— Dominik disse que viu a rainha de Obscúria *consumir* o poder dele depois que foi tirado de seu corpo.

A sala oscilou conforme o pânico me tomava.

— Do que você está falando, Lucien?

— Estou falando... — Ele se aproximou mais um pouco. — Parece que Zafira agora tem poderes feéricos do inverno e seja lá mais do que ela... se apropriou.

Eu me recusava a acreditar. Queria perguntar se aquilo poderia ser má notícia, de alguma forma, ainda que, ao mesmo tempo, já soubesse que era. A rainha de Obscúria era aclamada como um gênio criativo. Suas máquinas variavam de engenhocas voadoras para imitar os dragões, até lança-chamas e disparadores de projéteis. Eu até tinha ouvido que ela havia inventado carruagens sem cavalos! Portanto, a notícia era muito plausível e me deu um arrepio na espinha.

— O que faremos agora?

Ele suspirou e passou a mão pelo cabelo.

— Acho que preciso conversar com os outros reis de Avalier. Precisamos unir forças contra a rainha Zafira.

Eu engoli em seco.

— Para uma guerra?

Era exatamente disso que Sheera e Marcelle o acusaram.

Ele abriu bem as mãos.

— Está vendo algum outro jeito? Agora a rainha de Obscúria pode ter magia do vento, fogo, gelo! Pode ser que agora ela consiga até curar como um elfo, cuspir fogo como um dragão e ter garras afiadas como um lobo. — A ideia era aterrorizante. — E se ela pode fazer isso, por que o exército dela não poderia? Se deixarmos passar muito tempo, em breve estaremos travando uma guerra não contra humanos, mas contra... usuários de magia adulterada!

Lucien tinha razão, por mais aterrorizante que fosse. Se permitíssemos que a rainha reforçasse seu exército com aquelas... infusões mágicas, em breve estaríamos travando uma guerra que talvez não pudéssemos vencer.

— Acha que os outros reis se juntarão a nós?

Se uníssemos os elfos, os dragões *e* os lobos, daria certo.

Lucien suspirou, parecendo cansado.

— Sei que sim.

— Como pode ter certeza? Presunção não levará a gente a lugar nenhum — repreendi.

— Porque Raife veio me ver com a nova esposa dele na semana passada e perguntou se eu me juntaria a ele e ao rei dragão numa guerra contra Zafira.

Todo o meu humor vibrou.

— Que maravilha! E o que você disse?

Ele beliscou a ponte do nariz.

— Eu disse não e dei um soco na cara dele.

— Lucien!

Podíamos estar noivos havia menos de uma semana, mas eu já me sentia à vontade para repreendê-lo.

Lucien deu de ombros.

— Ele dormiu com a minha... Olha, não importa. Enquanto eu e você estávamos na Corte da Primavera, Raife voltou com o rei dragão, imagino que com o intuito de me pedir ajuda de novo.

Meu corpo todo ficou tenso.

— E?

— E meus guardas foram instruídos a não deixar que eles entrassem no reino.

— Não parece uma parceria muito promissora — resmunguei.

Lucien sorriu, mas eu não conseguia entender qual era a graça.

— Por que está sorrindo?

Uma risada explodiu do rei do inverno.

— O que eu não daria para ter visto a cara do Raife e do Drae quando foram barrados.

Bati em seu peito, mas ele pegou minha mão e a levou aos lábios.

— Relaxa. — Lucien sustentou meu olhar. — Eles são meus amigos mais antigos e, apesar de a gente ter passado por provações, não vão negar meu pedido de ajuda.

Levantei uma sobrancelha.

— Então vai pedir ajuda?

— Não. Vou esperar até *eles* pedirem, fingir que preciso pensar a respeito e então unir forças com eles — zombou Lucien.

Não pude deixar de sorrir ao pensar em como seria uma jogada típica de Lucien. Eu sabia que os quatro príncipes de Avalier costumavam realizar encontros anuais quando eram mais jovens, uma tradição que seus pais estabeleceram para aproximar as raças mágicas do reino. Mas circulavam boatos de que aqueles retiros desmoronaram quando a família do rei elfo foi assassinada pela rainha Zafira.

Suspirei.

— Acho que isso vai acabar adiando nosso casamento.

Ser da realeza significava nunca parar de se sacrificar pelo povo, e eu estava prestes a aprender isso da maneira mais difícil. Ninguém se casava durante uma guerra. Era desagradável gastar dinheiro em uma cerimônia luxuosa enquanto homens morriam nos campos. Eu teria que esperar pelo menos um ano agora.

Lucien segurou meu queixo e levantou meu rosto para olhá-lo nos olhos.

— Vá para sua casa, reúna suas coisas e sua família e volte amanhã. A gente vai se casar de imediato. *Antes* de a guerra ser declarada.

Prendi a respiração, com o coração batendo forte ao mesmo tempo em que uma leveza se espalhava pelo meu corpo.

— Mas... não dá tempo suficiente de organizar um casamento real de verdade até amanhã. Você é o rei e...

— E eu quero minha rainha, não uma refeição de sete pratos e um bolo mais alto do que eu. Qualquer coisa que minha equipe consiga organizar vai servir para mim. Os cortesãos do inverno estarão lá como testemunhas, e quem mais da sua corte que você quiser que compareça. Não preciso de um espetáculo, só preciso de *você*.

Só preciso de você. As palavras penetraram no coração e o preencheram até transbordar.

Sempre me orgulhei de esconder bem as emoções, algo que aprendi treinando com meus poderes. Visto que emoção e poder estavam ligados, controlar o emocional significava controlar o poder. Agora, contudo, não consegui controlar a lágrima que desceu pelo meu rosto, nem a rajada de vento que sacudiu a vidraça pelo lado de fora.

Foi a constatação de que Lucien me amava de uma forma que sempre sonhei em ser amada. Sem reservas. Sem se importar com o que os outros pensavam ou com reputações.

Ele estendeu a mão e secou a lágrima.

— Eu não sei bem como interpretar as mulheres. É de tristeza ou felicidade? — Ele me olhava com apreensão.

Dei risada, querendo puxar seu rosto e beijá-lo, mas em uma sala cheia de gente, eu não podia.

— Felicidade. Te vejo amanhã, no nosso casamento.

Ainda era cedo. Se eu partisse agora, cavalgasse rápido e fizesse as malas depressa, poderia estar de volta com minha família na tarde seguinte.

Lucien tinha fogo nos olhos agora.

— Até amanhã.

Ele levou minha mão aos lábios novamente e a beijou.

◆ ◆ ◆

Piper deixou todas as minhas coisas nos meus aposentos do Palácio do Inverno. Não fazia sentido levá-las para a Corte do Outono e ter que trazê-las de volta. Então partimos a cavalo, sabendo que seríamos mais leves e rápidas sem a carruagem. Lucien insistiu em enviar um soldado comigo e, embora estivéssemos em meu próprio reino, obedeci para agradá-lo.

A neve deu lugar a árvores em tons alaranjados e amarelos e, ao passarmos pelo vilarejo da Corte do Outono, acenei aos trabalhadores nas barracas do mercado. Quando chegamos a minha casa, meu corpo estava dolorido e eu estava morrendo de fome, mas não ligava. Estava mais ansiosa do que nunca. Embora houvesse uma guerra no horizonte, havia felicidade também.

Pulei do cavalo, pedi a Piper e ao soldado que o deixassem no celeiro e corri para o pequeno palácio da Corte do Outono, onde morei a minha vida inteira. Não via a hora de contar para os meus pais sobre o casamento que estava por vir. Eles ficariam um pouco escandalizados com a rapidez, mas, com o tempo, eu esperava que ficassem felizes por mim. Sabíamos que a rainha de Obscúria andava quieta havia muito tempo, e agora que tínhamos evidências de que ela tinha roubado poderes feéricos e os assimilado, eu sabia que meu pai concordaria com Lucien quanto a unir todas as forças possíveis e atacar rápido.

Havia uma estranha carruagem no jardim da frente com mais de meia dúzia de homens, todos vestindo capas de viagem na cor cinza. Considerando que meu pai era o líder interino dali e responsável por tudo o que acontecia, visitas de todo o reino eram frequentes, mas... me arrepiei ao passar por aqueles homens. Eles mantinham o rosto escondido e a carruagem tinha um cobertor sobre a porta, ocultando a insígnia.

Girei a maçaneta da porta da frente, entrei, passei por alguns funcionários do palácio e fui direto para o escritório do meu pai.

Ao me aproximar, ouvi murmúrios de uma conversa lá dentro, duas vozes masculinas: uma do meu pai e a outra...

Abri a porta e rosnei:

— Marcelle.

O príncipe do Verão girou com um sorriso falso.

— Olá, querida.

Meu pai deu um pulo ao me ver.

— Você voltou para casa, Madelynn.

Os ventos haviam mudado na sala e meu pai estava com o tique nervoso de dilatar as narinas que sempre fazia quando ele jogava cartas.

— O que está acontecendo? O que veio fazer aqui, Marcelle?

Os olhos dele brilharam para mim ao me ouvir dizer seu nome sem o título.

— O *príncipe* Marcelle... — começou meu pai, se levantando e se afastando da mesa — ... está aqui para oferecer a mão dele em casamento e evitar que você seja obrigada a se casar com aquele *monstro* que é o rei Almabrava, como você mesma disse tão apropriadamente na semana passada.

Oferecer a mão em casamento? *O quê?* As palavras chamaram minha atenção para algo sobre a mesa: um pequeno baú de tesouro, como o que se usava para pagar um dote, em cima de um documento assinado.

Meu coração bateu na garganta.

— Já estou prometida, pai. Acabei de viajar por todo o reino anunciando meu noivado com o rei Lucien Almabrava, que tenho o prazer de informar que *não* é um monstro.

Marcelle saiu do caminho e parou atrás de mim, enquanto meu pai se aproximava pela frente.

— O rei Almabrava ainda não pagou o dote — disse meu pai, incapaz de me encarar. — Portanto, tenho todo o direito de aceitar outra oferta.

— Claro que ele não pagou, pois o dote é pago no dia do casamento! — gritei, puxando o vento pela janela aberta do escritório.

De repente, Marcelle segurou meus pulsos por trás e então algo os beliscou, mordendo a pele. Arfei com uma queimação que foi das minhas mãos até o peito, e o vento que puxei se transformou em ar estagnado e imóvel. Quando puxei as mãos para ver o que ele tinha feito, choraminguei.

— Algemas de *castração*? Marcelle, não. — Tentei convocar minha magia, mas encontrei resistência e depois mais nada, como se estivesse tentando tirá-lo do vácuo. — Papai! — gritei, apavorada.

Um soluço me escapou. Algemas de castração eram para condenados. Elas invertiam a magia e tornavam o criminoso impotente.

Meu pai olhou de olhos arregalados para o príncipe.

— Marcelle, o que pensa que está fazendo, algemando minha filha como se ela fosse uma criminosa!?

— Ela já me atacou uma vez, uns dias atrás. Não posso deixar que se repita. Sua filha é *muito* poderosa. Vou tirar as algemas assim que ela se acalmar. Tem minha palavra — jurou com uma voz doce e melosa.

Saí do transe e caí de joelhos diante de meu pai.

— Não! Por favor, papai. Não faça isso. Eu amo Lucien. A guerra está chegando e ficar do lado dele é o único caminho!

Me agarrei à perna dele como fazia quando era pequena e ele chegava em casa depois de uma longa semana fora.

Ele se abaixou e levantou meu queixo para olhá-lo nos olhos. Quando fiz isso, senti um medo irreparável. Meu pai não estava disposto a mudar de ideia. Eu conhecia aquele olhar, aquela determinação.

— Marcelle foi até a rainha de Obscúria e intermediou um acordo. Ela deixará a Corte do Outono, da Primavera e do Verão em paz se nos separarmos da do Inverno e não nos juntarmos à guerra que está por vir. Tenho que pensar no nosso povo. Na sua mãe e irmã.

Arfei, ficando de pé tão rápido que quase o derrubei.

— Traidor! — gritei na cara dele. — Covarde! — continuei, as lágrimas escorrendo pelo rosto. — Você nos vendeu para a rainha! Você me vendeu para Marcelle!

Meu pai estremecia a cada palavra, o que me deixou satisfeita. Eu esperava que ardesse como Hades e que ele nunca mais conseguisse pregar os olhos.

Marcelle passou o braço pela minha axila e me puxou para trás.

— Vou proteger você, Madelynn. Não vai te faltar nada. Será uma esposa estimada enquanto eu viver.

Mentira. As mentiras que saíam de sua boca eram o suficiente para me levar à loucura. Resisti, mas isso só o fez me segurar com ainda mais força. Meu pai havia desistido e agora apenas olhava para a parede, parecendo derrotado. Eu queria dar um tapa em seu rosto.

— Cadê a minha mãe? — exigi. — Ela jamais toleraria uma coisa dessas.

Marcelle me puxou da porta.

— Providenciei um chá na cidade para sua mãe e sua irmã enquanto eu conversava com seu pai. Estão com minha governanta de maior confiança.

— Pai, eu imploro, não aceite uma coisa dessas. Eu escolhi o Lucien. Ele pode pagar o dobro do que Marcelle está dando.

Mas meu pai apenas suspirou, ainda sem me encarar.

— Não se trata de dinheiro, Madelynn. — Sua voz estava arrasada, e eu só entendi isso quando Marcelle falou:

— O senhor é um homem bom. Está fazendo o que é certo para sua família e o povo.

Fiquei boquiaberta e olhei para Marcelle.

— Você disse para o meu pai que não assinaria o acordo com a rainha de Obscúria a menos que eu me tornasse sua esposa.

Então Marcelle sorriu, um sorriso doentio que embrulhou meu estômago.

— Você sempre foi tão inteligente.

Meu pai tinha tanto medo da guerra que havia vendido a própria filha para evitá-la. Mal sabia ele que a guerra acabaria por vir de qualquer maneira, só não no dia em que ele esperava.

— Eu te perdoo, papai. — Foi a última coisa que lhe disse antes de Marcelle me arrastar porta afora e eu ouvir meu pai chorar como um menininho. Eu não queria deixá-lo em más condições. Naquele momento, o odiava, mas ainda o amava. Ele estava equivocado, confuso, e se arrependeria, eu tinha certeza.

Enquanto Marcelle me conduzia pela minha própria casa, meu cérebro funcionava a mil por hora. Como escapar desta situação? Com meus poderes limitados, eu não podia lutar. Mas será que havia alguma coisa que eu pudesse dizer?

— Isso não é permitido — observei com calma.

— É, sim. Seu pai pode negociar muitos dotes, e o negócio só é fechado quando o montante prometido é pago — afirmou Marcelle.

Será que era verdade? Nunca me preocupei em ler a papelada sobre o dote, mas, na prática, não era assim.

— Eu e Lucien já anunciamos nosso compromisso por todo o reino. As pessoas vão se perguntar...

— As cortes serão informadas de que o rei Almabrava maltratou você, o que não é difícil de acreditar — interrompeu ele. — E quando o tratado com a rainha de Obscúria for anunciado, ninguém vai se importar com o que o rei faz ou deixa de fazer. Não faremos mais parte de Fadabrava. Ele pode fazer o que quiser com os soldados do inverno e nos deixar fora disso.

O pânico cresceu dentro de mim. Quanto mais ele falava, mais eu percebia que seu plano era crível. Tirei a aliança de noivado que Lucien havia me dado e a guardei no bolso sem deixar Marcelle notar.

— O dote é pago no dia do casamento.

Disso eu tinha certeza, era uma regra.

Ele concordou.

— E vamos nos casar hoje. Agora mesmo, na verdade.

Quando ele abriu a porta da frente, seus homens abaixaram os capuzes, exibindo a insígnia da Corte do Verão nos capacetes. O soldado do inverno que Lucien tinha enviado comigo estava inconsciente, caído no chão, e eu choramingei ao pensar em Piper, que não estava em lugar nenhum.

A manta que cobria a carruagem foi arrancada e eu fui empurrada para o interior.

— Minhas coisas! — gritei.

— Serão levadas pela minha equipe. — Marcelle tinha uma resposta para cada pergunta, o que me deixava possessa.

Quando entrei na carruagem e vi um padre sentado ao lado de um homem da Corte do Verão, meu estômago embrulhou de novo.

Casar agora mesmo era de fato *agora mesmo*? Numa carruagem?

Marcelle entrou e empurrou meu ombro para baixo, me forçando a sentar. Então olhou para o padre e fez um gesto, indicando para ele prosseguir.

— Lembre-se, o pai de Madelynn estipulou que eu me casasse com a filha e a mantivesse segura, caso contrário ele não se juntaria a nossa separação do reino — disse Marcelle ao padre.

— Mentira! — gritei.

Marcelle se inclinou e sussurrou em meu ouvido:

— Trate de cooperar. Eu odiaria que a pequena Libby sofresse um acidente.

Meu corpo inteiro ficou rígido e minha bravata desapareceu num piscar de olhos. Minha mãe e minha irmã estavam na casa de chá da cidade com funcionários de Marcelle. Ele não as machucaria, não é?

Com uma lágrima escorrendo pelo rosto, me resignei a meu destino. Fiz que sim e lancei um olhar de pânico para ele.

Quando o padre começou a ler os ritos de casamento, senti a bile voltar pela garganta.

Isto não está acontecendo. Isto não está acontecendo. Era como se minha alma tivesse deixado o corpo. Conforme nos afastávamos da cidade, eu concordava para o padre e por fim cedi, me casando com Marcelle. Quando olhei pela janela para me despedir do lugar onde cresci, vi um lampejo de esperança.

Piper estava correndo rumo à floresta, que ficava atrás da casa, em direção a uma trilha secreta de caça que levava à Corte do Inverno.

Fiquei entorpecida durante todo o trajeto para a Corte do Verão. Tudo tinha acontecido tão rápido que eu não conseguia processar. Meus poderes estavam restritos, eu estava legalmente casada com Marcelle, Fadabrava ia se separar, incluindo a Corte do Outono, e Lucien teria que enfrentar a rainha de Obscúria sozinho.

O que mais doía, e eu nem suportava pensar, era a traição do meu pai. O homem que tinha me protegido por toda a minha vida acabou de me vender para o verdadeiro monstro. Eu tinha certeza de que ele julgava estar fazendo a coisa certa. O acordo que Marcelle havia negociado com a rainha de Obscúria era ótimo na superfície. Quem não gostaria de evitar uma guerra? O problema era presumir que Zafira respeitava regras, e eu sabia que não era o caso.

Eu só rezava para que minha mãe e minha irmã escapassem ilesas e que Marcelle só estivesse me testando quando as ameaçou.

A ideia de Lucien a minha espera para o casamento no dia seguinte cortava minha alma e partia meu coração. Sua mãe tinha falecido, o pai era uma causa perdida e agora ele não tinha nem a mim.

Chegamos ao palácio da Corte do Verão, e caminhei como se fosse do povo de Mortósia, desprovida de vida, enquanto atravessava os portões do castelo de cabeça baixa e Marcelle me levava para uma sala. O padre continuava conosco. Por que ele ainda estava ali? Já estávamos casados. Ele poderia...

Tomada de medo, olhei de repente para Marcelle.

— Preciso de tempo para me ajustar, Marcelle...

— O casamento precisa ser consumado para ser considerado legal — interrompeu ele.

Morri de vez por dentro. Cada resquício dos meus poderes murchou e desapareceu. Tentei reunir meu poder, mas não senti nada. Tentei conjurar minha raiva, mas não havia nada. Eu estava em choque. Tinha me tornado uma sombra de quem costumava ser. Devo ter bloqueado tudo, me desligado do que havia acontecido. Tive uma leve consciência quando o padre confirmou minha pureza, porém mal senti quando Marcelle me despiu e me deitou na cama. Ele sussurrou em meu ouvido que, desde que eu cooperasse, minha mãe e minha irmã ficariam bem. Senti uma pontada de dor entre as pernas e então me perdi dentro da minha cabeça.

Me lembrei do dia em que Lucien estava de passagem e tinha me visto. Eu estava brincando com Libby fora de casa. Ela estava praticando a força do vento e andava frustrada por não conseguir fazer as folhas subirem para formar um redemoinho, como eu fazia. Enquanto ela não parava de tentar e recomeçava a chorar, pedi que ela fizesse uma pausa. Ela precisava relaxar e apenas sentir o vento. Fiz as folhas dançarem a nosso redor e rodopiamos despreocupadas em meio à brisa. Ela riu e jogou os braços para o alto e as folhas giraram a nossa volta. Foi um dia feliz. Eu podia pensar em tantos dias felizes.

Como na noite em que Lucien me beijou pela primeira vez. Eu não esperava gostar dele, muito menos me apaixonar, mas, de mansinho, ele foi ganhando meu coração e agora eu estava louca por ele, desesperada com a ideia de que nunca mais o teria.

— Lucien — sussurrei.

Marcelle congelou em cima de mim. Então veio a forte bofetada na bochecha. Por instinto, tentei chamar o vento, mas nada.

Foi ali naquele momento, com o corpo trêmulo de Marcelle sobre o meu, que meu choque se dissipou. Minha raiva voltou à superfície e *eu senti tudo*.

O grito de gelar o sangue que saiu da minha garganta assustou a nós dois. Marcelle saiu de cima de mim e rolou para o lado. Eu me apoiei nos cotovelos, recuando o punho e acertando em cheio seu nariz perfeito e arrebitado.

— Sua vagabunda! — rosnou.

Uma luz brilhante e ofuscante se acendeu diante dos meus olhos, me cegando.

— Eu te odeio! Jamais serei sua esposa — gritei, mesmo não sendo verdade. Eu *era* a esposa dele. Tinha dito sim e agora ele arrancou minha pureza.

Estava feito.

Pisquei depressa. *Brancura*. Foi tudo o que vi. Tentei puxar as algemas em volta dos pulsos, mas nada acontecia, exceto uma dor lancinante. Eu estava nua, gritando feito louca, quando alguém veio por trás de mim e colocou uma capa sobre meus ombros.

— Tranque-a no quarto dela! — vociferou Marcelle.

Eu me sentia como um animal selvagem que tinha acabado de ser enjaulado. Levantava os punhos, atingindo às cegas fosse lá quem me carregava nos braços.

— Minha senhora, por favor, acalme-se — implorou o guarda.

Eu não conseguia ver. Estava impotente e havia acabado de consumar meu casamento com Marcelle.

Raiva não chegava perto de descrever o que eu sentia.

Gritei e me debati de novo contra o gigante que me confinava. Eu ainda estava nua, coberta apenas pela capa, mas não ligava.

— Princesa, pare! — sibilou o guarda.

Eu não sabia se conseguiria dormir em paz se não lutasse agora. Se não fizesse todo o possível para sair dali, não sabia se conseguiria viver comigo mesma no futuro.

Apesar de todos os socos e chutes, não adiantou. Eu nunca tive que lutar fisicamente antes; sempre tive minha magia do vento. Eu estava fraca demais.

O guarda me jogou na cama e, pouco a pouco, minha visão foi voltando. Vi sombras se moverem pelo quarto e depois uma porta bateu e um trinco se fechou.

O desespero total pelo que tinha acabado de acontecer veio à tona e, com ele, uma onda de vergonha. Por que permiti aquilo? Será que eu poderia ter lutado e impedido? Marcelle faria mal a minha mãe ou irmã?

Eu estava impotente.

Eu estava casada.

E não era com Lucien.

Meu corpo convulsionava com meus soluços e choro no cobertor. Peguei o travesseiro, levei-o à boca e berrei, lamentando a perda de algo que havia guardado para Lucien. Eu queria experimentar aquilo com ele, mas jamais aconteceria. Alternei entre soluços e gritos por quase uma hora até que, enfim, desmaiei.

◆ ◆ ◆

Acordei com o rangido das dobradiças da porta. Por um momento, esqueci onde estava, mas logo o pesadelo da realidade voltou de uma só vez. Meu coração disparou enquanto eu olhava às pressas para ver quem estava entrando no quarto.

Por favor, que não seja Marcelle.

Quando vi uma criada despretensiosa, relaxei um pouco. Ela fechou a porta e fez uma profunda reverência para mim. Seu cabelo loiro estava preso em duas tranças e ela parecia ter no máximo dezessete invernos. Usava o brasão dos feéricos do verão no avental marrom, que alisou com as mãos enquanto se aproximava.

— Olá, princesa Madelynn. — Sua voz era branda e calma. — Meu nome é Andora e fui designada como sua dama de companhia.

— Andora? — Eu não queria ter usado aquele tom, mas era um nome peculiar.

Ela sorriu e se aproximou sem jeito da cama.

— Minha mãe morreu no parto, então meu pai me batizou pensando no que ela mais gostava de fazer: observar as andorinhas. Sei que não é um nome comum, mas gosto bastante.

Sua inocência infantil me doeu o peito, porque me lembrou de mim mesma, poucos dias antes.

— Não preciso de uma dama de companhia. Jamais vou sair deste quarto.

Caí de costas na cama e rolei para lhe dar as costas. Já que eu estava sendo forçada a ir para a cama com Marcelle e depois trancafiada como uma prisioneira sem poderes, eu não o deixaria me insultar com uma dama de companhia, como se eu fosse alguma convidada de honra do palácio ou esposa de verdade.

Pude ouvi-la engolir em seco e, por um tempo, ela não disse mais nada. Me perguntei se eu a havia deixado atordoada, sabendo que me sentiria mal se a magoasse, mas também não podia jogar os jogos de Marcelle e viver comigo mesma.

Então a cama afundou, e de repente ela estava pairando sobre mim, com a boca no meu ouvido.

— A votação foi realizada durante a noite. Verão, Primavera e Outono se separaram do Inverno. Marcelle é o novo rei de Solária, e assim que a coroação for realizada, a senhora será nossa rainha.

Até aquele exato momento, nem passava pela minha cabeça ficar mais chocada do que já estava. Um gemido ficou preso na garganta, mas não consegui conter o choro. Meu pai tinha votado pela ruptura com Fadabrava. Lucien acabou de perder três cortes. Se a rainha atacasse, o Inverno seria aniquilado.

Ela descansou a mão em meu braço e o apertou de leve.

— Ouvi o rei Marcelle conversando com um conselheiro. Ele disse que deseja manter o controle sobre sua mãe e irmã, e se a senhora não cooperar na sua nova posição como esposa e rainha, ele fará com que elas sofram um... *acidente*.

Eu me virei tão rápido que a criada deu um salto para trás.

— Por que está me contando isso?

Olhei para ela com ceticismo, minha mente a mil enquanto pensava em como Marcelle poderia machucar minha mãe e minha irmã. Eu não deveria ter revidado na noite anterior, foi tolice da minha parte, mas não era da minha natureza aceitar injustiças calada e com um sorriso no rosto.

Ela suspirou.

— Eu estava servindo no refeitório na noite em que a senhora chegou com o rei Almabrava. Fiquei impressionada com o legítimo pedido de desculpas dele e não concordei com a postura de Marcelle no dia. A senhora já estava prometida ao rei Almabrava e ele simplesmente... Está na cara que a senhora está aqui contra a vontade, e isso não me agrada.

Pelo visto, desafiando todas as probabilidades, eu tinha uma aliada naquele lugar. Estiquei o braço e apertei a mão dela.

— Obrigada.

Ela abriu um sorriso discreto.

— Espero poder tornar o seu tempo aqui como nossa rainha mais agradável.

Tempo aqui como nossa rainha. Ou *vida*. Aquele era o tempo que eu passaria ali. Eu havia me casado com Marcelle, mesmo que ainda não parecesse verdade.

Como foi acontecer tão rápido? Será que Lucien já sabia? Sem dúvida a notícia da separação já havia chegado a seus ouvidos. A traição por parte de três dos quatro territórios o mataria, mas não tanto quanto eu não ter voltado para o casamento.

Com outro soluço se formando na garganta, desabei de volta no travesseiro. Uma mão quente e reconfortante pousou em minhas costas, funguei e levantei a cabeça para olhar Andora nos olhos.

— Alguma notícia sobre o rei Almabrava?

Ela franziu os lábios e balançou a cabeça.

— Agora que nos separamos, nenhum mensageiro nosso entra ou sai do Inverno. O Outono e a Primavera fecharam as fronteiras e o Inverno agora é considerado... um inimigo.

Arfei.

— Inimigo? O rei nos mantém seguros por anos e agora o tornamos um inimigo?

Ela baixou o rosto, que estava vermelho de vergonha.

— Ninguém quer guerra com a rainha de Obscúria. Marcelle fez um acordo...

— Já sei do acordo. — Me sentei e olhei para minha nova dama de companhia. Era apenas alguns anos mais nova que eu e, ainda assim, parecia muito mais ingênua. — Acha mesmo que Zafira poupará a gente? A rainha que declarou publicamente o desejo de eliminar todas as criaturas mágicas de Avalier?

Andora engoliu em seco.

— Suspeito que não.

— Marcelle só ganhou tempo para a corte dele. E nesse tempo, a rainha de Obscúria vai se fortalecer mais do que nunca. Marcelle condenou todos vocês.

Não conversamos mais depois disso. Ela arrumou meu novo quarto em silêncio, depois me deu banho e escovou meu cabelo.

Eu gostava dela, claro, mas queria Piper. Fiquei imaginando se minha querida amiga teria ido à Corte do Inverno para contar a Lucien o que tinha acontecido. Ela ao menos sabia o que havia acontecido? Na certa tinha testemunhado Marcelle me levar algemada e me jogar numa carruagem com o emblema do sol. Não era tão difícil especular. Me perguntei se Lucien teria explodido de raiva por eu ter aceitado outro homem, seu rival, e depois tê-la mandado embora. Imaginei se existia alguma possibilidade de Piper vir até ali para, pelo menos, viver a meu lado, enquanto eu navegava por essa nova vida nas profundezas de Hades.

Mas não, as fronteiras estavam fechadas, como Andora tinha acabado de revelar. Ninguém viria até mim. Senti as lágrimas brotarem outra vez, mas as contive. Chega de chorar. Era hora de planejar uma forma de sair dali.

De três coisas eu estava certa:

1. Eu amava Lucien Almabrava. Ele nunca me perdoaria por eu ter me casado com Marcelle e entregado minha pureza, mas eu não podia trair Lucien bancando a rainha de seu inimigo.

2. Eu precisava sair dali e levar minha mãe e minha irmã para a Corte do Inverno, onde imploraria a Lucien que nos protegesse. Nem que para isso eu tivesse que perder meu título e trabalhar como criada de qualquer nova esposa que ele escolhesse.

3. Para conseguir tudo isso, eu precisava matar Marcelle Sollarius.

Com o plano traçado, decidi que me portar bem seria a forma mais fácil de fazer com que Marcelle voltasse a confiar em mim. Talvez ele até tirasse as algemas e me permitisse recuperar meu poder, que depois eu usaria para tirar o ar de seus pulmões até ele ficar roxo e morrer — e sonhava acordada a cada momento com isso.

Minha outra ideia era esconder uma faca comigo e solicitar uma noite a sós com ele para dormirmos juntos. Mas ele era mais forte do que eu, e eu temia que tirasse a arma das minhas mãos e nunca mais confiasse em mim.

Não. Era preciso jogar uma partida longa e fazer com que ele me tirasse as algemas, devolvendo meu poder.

Andora saiu e, quando voltou, carregava um punhado de vestidos chiques. Quando a vi guardando as peças no armário, fiquei aliviada por pelo menos ter meu quarto e não precisar dormir ao lado de Marcelle, nem… dormir com ele todas as noites.

— Então vou ficar com um quarto só meu? — perguntei.

Ela sorriu com um pouco de malícia para mim.

— Informei ao chefe da equipe de Marcelle que a senhora entrou naqueles dias e que, portanto, precisará do próprio quarto pela próxima semana. Isso te dará algum tempo para… se ajustar.

Fiquei tão aliviada que mordi a bochecha só para não chorar. Andora era bem do que eu precisava no momento, alguém que lutava por mim quando eu mesma não conseguia fazer isso. Mas eu não precisava de tempo para me *ajustar*; precisava de tempo para planejar o assassinato de Marcelle. Mas é claro que eu não revelaria isso. Quanto menos gente soubesse o que eu pretendia fazer, melhor.

Ela tinha acabado de me dar uma semana para ganhar o bastante da confiança de Marcelle para convencê-lo a tirar as algemas. Ou para que eu encontrasse um veneno e adicionasse na bebida dele. Eu não tinha preferência quanto a como ele morreria, desde que morresse.

— Pode me escolher um vestido? Eu gostaria de jantar com meu novo marido.

Andora pareceu surpresa, mas fez que sim. Ela optou por um vestido de seda azul-claro, e eu fiquei horrorizada ao descobrir que foi feito sob medida para mim. Pelo visto, no dia em que meu pai enviou um mensageiro para anunciar meu noivado com Lucien, Marcelle pediu à costureira do palácio que se preparasse para eu ser esposa dele. O desgraçado vinha planejando isso durante todo esse tempo. Não foi essa a primeira coisa que ele me disse quando me viu, afinal? Que se soubesse que eu estava aceitando propostas, teria feito uma a meu pai? Marcelle havia revelado seu jogo ali mesmo e eu não vi.

Agora… como fazê-lo pensar que eu não estava fingindo ser submissa? Por que eu pediria para jantar com um homem que eu tinha arranhado e golpeado na noite anterior?

Depois de Andora me vestir, maquiar e arrumar meu cabelo, pedi que ela chamasse Marcelle a fim de conversarmos a sós antes do jantar. Eu teria que contar alguma verdade, caso contrário, ele não cairia nesse meu novo plano.

Quando ele bateu à porta, alguns minutos depois, cruzei os braços e fiz cara amarrada.

— Entre — anunciei, seca.

Ao entrar, seu semblante estava quase idêntico ao meu. De leve irritação. Quando reparou em meu cabelo, maquiagem, vestido, amansou um pouco. Ele fechou a porta e percebi que, pela primeira vez, eu estava sozinha com um homem em um quarto. Sem acompanhante. Porque esse homem era meu *marido*.

Engoli em seco.

— Você fez tudo errado! Devia ter me dito que queria se casar quando eu estava aqui com Lucien. Eu não fazia ideia do seu desejo de ser meu marido. Fui pega de surpresa.

Minha verdadeira raiva era muito maior do que eu estava demonstrando, mas ele precisava ver um pouco dela para acreditar no meu desejo de mudar as coisas.

Ele franziu a testa.

— E se eu tivesse contado, você teria aceitado minha proposta? Vi como você defendeu Lucien. Você gostava dele. Como foi que ele conseguiu isso, não faço ideia.

— Como, em nome de Hades, você espera que eu preveja o que eu teria feito? Nunca tive escolha. Eu *gostava* de Lucien, é verdade. Ele foi gentil comigo e achei que passaria o resto da vida com ele, então o defendi. Se eu soubesse que *você* era uma possibilidade, poderia ter sido diferente.

Ele franziu os lábios, como se não soubesse o que pensar da reviravolta nos acontecimentos, e ergueu um pouco as sobrancelhas.

— Fui informada de que os três territórios se separaram de Fadabrava e agora serei rainha de Solária a seu lado, até o dia de nossa morte.

Ele fez um rápido aceno.

— Sim. — Parecia orgulhoso. — Gostaria de providenciar sua coroação para amanhã à noite.

Canalha presunçoso; ele não tinha ideia do estrago que havia causado.

Concordei com a cabeça, mas, do fundo do meu coração, odiava a ideia de me tornar a rainha que simbolizava a traição a Lucien.

— Pois bem, podemos então tentar reparar o dano que você causou ao perder minha confiança, pois não quero odiar meu marido pelo resto da vida.

Ele abriu um sorrisinho.

— Devo admitir que te ouvir me chamando de marido me traz grande satisfação.

Já prestes a vomitar, consegui apenas suspirar e levantei as mãos algemadas.

— Depois disto aqui e de suas ameaças a minha mãe e irmã, vai demorar muito para que *eu* também sinta grande satisfação.

Marcelle relaxou ainda mais, como se contente com o andamento da conversa.

— Devo ter algo a oferecer que possa te trazer alguma felicidade.

Tire estas algemas de mim e deixe minha mãe e minha irmã em paz!, foi o que quis gritar, mas isso significaria mostrar minhas cartas cedo demais.

Então mordi o lábio.

— Ouvi dizer que a Corte do Verão tem as joias mais belas de todo o reino.

A ideia de eu querer diamantes em um momento como aquele era uma loucura, mas ele caiu nessa.

— Vou pedir ao joalheiro do palácio que leve você ao cofre. Tudo o que quiser é seu.

Me mantive desinteressada.

— Um bolo de chocolate também não faria mal.

Quando Marcelle pegou minha mão, precisei juntar todas as minhas forças para não recuar de nojo. Ele levou meus dedos aos lábios e os beijou.

— Feito.

— Tudo bem. Nos vemos no jantar?

— Nos vemos no jantar.

Ele saiu com um sorriso no rosto, e eu me odiei pelo que tinha acabado de fazer. Mas cuspir na cara do homem e ser jogada numa masmorra não me tiraria dali. E eu faria o que fosse necessário para sobreviver.

◆ ◆ ◆

O jantar foi um tédio. Marcelle e eu a sós. Eu esperava a presença de alguns integrantes da corte, mas, não, ele queria falar sobre todas as suas conquistas e o que fez desde a última vez que havia me visto, no Festival de Verão, quando eu tinha treze anos.

— Ainda me lembro do que você estava usando naquela noite — confessou.

Tentei não reagir ao arrepio que percorreu minha espinha. Eu não imaginava que ele havia ansiado por mim por todo esse tempo.

— Lembro de sua roupa laranja e creme também. O raio de sol bordado nas costas era impressionante — falei.

Na verdade, eu me lembrava *mesmo* da roupa porque era horrível, e Piper e eu falamos sobre ela durante dois dias.

Marcelle sorriu, parecia encantado.

Meu plano estava surtindo muito mais efeito do que eu esperava. Imaginei que em mais três dias poderia, casualmente, usar minha magia para levantar alguma coisa da mesa, como se tivesse esquecido que não funcionaria para deixá-lo ver minha decepção. Então ele se ofereceria para tirar as algemas. Até lá, eu teria que continuar na personagem.

Estávamos saboreando o prato principal quando um dos guardas entrou no salão, parecendo em pânico. Ele caminhou depressa até o rei.

— Milorde, trago notícias delicadas.

O homem olhou para mim.

Marcelle também me olhou, como se estivesse ponderando. Eu apenas revirei os olhos, como se não me importasse e enfiei um pedaço de pão na boca.

— Pode falar — ordenou Marcelle.

— Uma onda de frio está varrendo toda a terra. — A notícia quase fez o pão entalar na minha garganta. — O rei do inverno soube sobre o casamento e agora o exército dele está cavalgando para a Corte da Primavera, deve estar a caminho daqui.

Congelei, incapaz de fingir qualquer tipo de reação.

Marcelle olhou para mim.

— O quanto ele se encantou com você? Lucien congelaria o reino de novo, sabendo que você também correria o risco de morrer?

Eu não sabia o que dizer.

— Sinceramente, não sei o que ele faria. Agora que estou casada com você, ele deve me odiar e pode ser que queira me congelar para atingir a nós dois.

Foi uma avaliação honesta, na qual acreditava, por mais que odiasse admitir. Lucien *poderia* estar sentindo aquilo. Ele devia estar se sentindo *tão* traído.

Marcelle fez um gesto com a cabeça e olhou para o guarda.

— Distribua a lenha armazenada para emergências. Instale um toque de recolher. Ninguém deverá sair depois de escurecer. Se a temperatura cair, estaremos prontos.

Lenha de emergência? Então Marcelle tinha se preparado para isso? Provavelmente desde o Grande Gelo.

— Envie a Guarda Solar para se juntar às defesas da Corte da Primavera. Podemos queimar os soldados do inverno antes mesmo de pisarem aqui — continuou, sorrindo.

Queimá-los. Meu coração martelava no peito. Se Lucien estivesse ocupado, lutando contra seu próprio povo, a rainha de Obscúria poderia escolher justamente aquele momento para atacar e derrubar a Corte do Inverno. Minha esperança era que ela não fizesse ideia do que estava acontecendo.

Assim que o guarda saiu correndo, Marcelle se voltou para mim.

— Almabrava está mostrando quem de fato é. Depois de todo aquele discurso sobre ter se arrependido do Grande Gelo, está prestes a repetir o erro.

Então me ocorreu que Marcelle poderia estar só esperando que aquilo acontecesse: que Lucien descobrisse que Marcelle havia roubado a noiva dele e reagisse de uma forma que o dividiria ainda mais do povo do Verão.

— Para o nosso bem, tomara que não.

Esfreguei os braços, me perguntando se estava imaginando uma brisa fria e repentina que tinha invadido a sala.

Marcelle esticou o braço e segurou minha mão, pulsando a energia quente da luz solar para meu braço. Eu queria tirá-la dali, mas me forcei a não me mexer.

— Você não tem nada a temer a meu lado — prometeu.

Ele não fazia ideia. Ele não sabia mesmo do que Lucien era capaz. Será que sua Guarda Solar poderia queimar os soldados invernais de Lucien? Durante o dia, talvez, mas se Marcelle pensava que venceria uma batalha contra o próprio Lucien, estava *redondamente* enganado.

O rei do inverno seria capaz de matar Marcelle a quilômetros de distância, congelando todo o Palácio do Verão e todos que o habitavam.

Mas por que ele já não tinha feito isso?

Uma pequena parte minha se perguntava se era porque Lucien não queria me fazer mal. Por saber que eu estava ali e não querer me congelar também. Mas então por que enviar uma onda de frio por todo o reino?

Um arrepio percorreu meus braços — a temperatura com certeza estava caindo. Seria um sinal? Para me avisar que ele estava a caminho?

Suspirei. Seria um sonho, mas, às vezes, sonhos eram tudo o que tínhamos para seguir em frente.

Durante a noite, Andora teve que me visitar duas vezes para atiçar o fogo do quarto e acrescentar mais lenha. Estava frio, embora não o suficiente para matar. Era como se Lucien quisesse que todo o reino soubesse que ele estava irado por tê-lo abandonado e separado, e que ainda tinha controle sobre todos, quer gostassem ou não.

Mal dormi, me revirando a noite toda, esperando que Lucien chegasse e me salvasse, que marchasse castelo adentro e dissesse que ainda me queria e que não se importava por eu não ser mais pura e por estar casada com outro homem.

Mas essas esperanças não eram realistas, e ele não apareceu. Pela manhã, vesti uma pesada capa de lã e desci para o salão de refeições. Fiquei satisfeita ao ver que minha porta não estava mais trancada, embora as algemas ainda continuassem intactas, então na certa ainda era prisioneira.

Marcelle já estava comendo quando entrei.

— Desculpe pelo atraso. Mal preguei os olhos. — Bocejei para reforçar meu argumento, como se não acordar cedo para comer com ele me incomodasse de verdade.

Ele deu de ombros, parecendo irritado.

— E quem consegue dormir nesse frio? Não entendo como aquele monstro vive sempre no frio.

Engoli em seco. Estava na cara que Marcelle também não andava muito feliz com o tempo.

— Você pode fazer esquentar? Trazer o sol? — questionei.

Marcelle me lançou um olhar.

— Claro que posso, mas não quero esgotar meu poder para todo mundo acabar saindo por aí só para brincar.

Hum, interessante. Eu não sabia que usar energia demais era um problema para ele. Eu nunca ficava sem energia. Sempre haveria vento; o ar estava por toda parte. A energia de Marcelle, no entanto, devia ficar enfraquecida quando o sol se punha ou era obstruído pelas nuvens. Será que Lucien sabia disso? Será que aquele era o motivo por trás da onda de frio? Ele havia direcionado as nuvens para ali a fim de cobrir o sol e enfraquecer Marcelle?

— Entendido. — Me sentei e comecei a passar manteiga em um pãozinho. — Alguma notícia sobre os soldados do inverno na fronteira?

Marcelle me encarou com leve suspeita, mas revirei os olhos.

— Você não pode me dizer que minha terra natal está sendo atacada e não me dar notícias! São o Outono e a Primavera que estão adiando o Inverno! Estamos falando do meu povo.

Ele relaxou um pouco.

— As três cortes lutaram contra o Inverno a noite toda e a guarda do rei recuou. Eles não são páreo para as três cortes juntas.

Assim como a rainha de Obscúria não seria páreo para as quatro cortes juntas, tive vontade de dizer. Ele não queria a guerra e ainda assim tinha conseguido uma. Quanta ironia.

— Marquei um encontro para você com o joalheiro do palácio depois do café da manhã. Ele fez uma coroa para sua coroação, mas você também pode pegar qualquer outra joia que chame sua atenção. Minha mãe tinha um gosto requintado.

A menção de sua falecida mãe me lembrou de seu irmão, Mateo.

— Cadê o Mateo? Eu não o vi — comentei, me perguntando se talvez eles tivessem escolhido morar separados ou se o caçula teria se casado, embora fosse jovem demais para isso.

O canto da boca de Marcelle tremeu.

— Ele era rebelde demais. Tive que mandá-lo embora para que fosse reeducado.

Reeducado? Rebelde demais? Marcelle parecia ter mudado desde que o vi no Festival de Verão, todos aqueles anos antes. E embora eu tivesse gritado com meu pai por ter me prometido a Lucien, quando ainda não o conhecia bem e o considerava um monstro, estava claro que o verdadeiro monstro estava sentado bem ali na minha frente.

◆ ◆ ◆

Me senti entorpecida durante toda a coroação. Sorrisos falsos, agradecimentos falsos pelos bons votos dados a nossa união. Tudo me deixou doente. A cada momento que passava, eu odiava Marcelle um pouco mais. Fiquei me perguntando a que ponto tinha chegado. As coisas haviam ido longe demais, e eu havia acatado tudo calada, difícil voltar atrás agora. Estava presa na situação e vivia preocupada com o bem-estar da minha mãe e da minha irmã, então não revidei. Segui o plano.

Fazer Marcelle confiar em mim o bastante para tirar estas algemas era meu mantra.

Jurei também aprender a usar uma espada quando estivesse livre. Eu nunca mais queria me sentir tão indefesa. Sem meu poder, eu era fraca. Odiava admitir, mas era.

Quando a coroa foi posta em minha cabeça e fiz o juramento sobre liderar um povo que se opunha ao homem que eu amava, morri um pouco por dentro. Eu tinha acabado de me tornar oficialmente inimiga de Lucien.

Depois de aceitar calada o máximo de bênçãos que podia aturar, implorei a Marcelle que me deixasse dar um passeio.

— Gostaria de ver as pessoas da cidade e dar uma olhada nas lojas. Mostrar quem sou para quem não pôde comparecer à cerimônia.

Na verdade, eu só precisava dar o fora dali. Queria ficar sozinha, respirar ar puro, por mais frio que estivesse.

Todos na coroação estavam agasalhados. O frio gélido de Lucien ainda assolava a terra, mas não o suficiente para ferir, apenas para não deixar ninguém esquecer que o rei estava furioso com a separação.

Marcelle olhou para a multidão, que diminuía cada vez mais conforme as pessoas voltavam para casa, e depois para mim.

Levantei as mãos algemadas.

— Prometo não me meter em encrenca — anunciei docemente. Ele não respondeu. Eu odiava que o poder estivesse todo nas mãos dele. — Estou mesmo tendo que pedir permissão para passear, Marcelle? Sou sua esposa e rainha ou sua *prisioneira*? — Quase cuspi a última palavra, fazendo um dos guardas se virar na nossa direção.

Marcelle deu uma risada nervosa e chamou dois guardas.

Quando os dois pararam em posição de sentido diante dele, ele apontou para mim.

— Sua nova rainha quer ir à cidade para estar entre o povo. Por favor, mantenham-na segura e não a percam de vista. — Ele deu uma olhada em mim. — Comporte-se. Sua mãe e sua irmã ficariam arrasadas se algo te acontecesse.

Fiquei sem reação diante da ameaça velada à vida de mamãe e de Libby.

Canalha. Aquele canalha maldito, desgraçado, odioso e asqueroso!

Convoquei minha força eólica, mas não havia nada. Eu queria gritar, queria dar um soco no lindo rosto de Marcelle até ver o sangue escorrer pelo nariz e entrar em sua boca.

Então me dei conta de que havia um instinto assassino e furioso dentro de mim, e me perguntei se, quando chegasse a hora, seria capaz de matar uma pessoa, de matar Marcelle.

Agora eu sabia.

Sim.

Seria, sim.

Aquela imitação fajuta do bom povo feérico sofreria nas minhas mãos.

Terrivelmente.

— Sim, querido — respondi com o mínimo de veneno que pude.

Dei meia-volta. Marcelle Sollarius ia se arrepender do dia em que me tomou como esposa.

◆ ◆ ◆

O ar fresco fez maravilhas para o meu humor. Estava gelado e eu precisava de uma camada mais grossa sob o manto de lã, mas sentir aquele frio foi bom. O clima me lembrou de Lucien, da Corte do Inverno, dos flocos de neve que cobriam meus cílios enquanto eu o beijava.

Era surreal ainda sonhar acordada com os beijos de Lucien mesmo estando casada com outro homem. Eu tinha medo de estar perdendo a cabeça enquanto tentava lidar com tudo o que me havia acontecido tão de repente.

Os dois guardas que Marcelle mandou atrás de mim de fato se tornaram sombras. Eles caminhavam a um metro atrás de mim o tempo todo, enquanto Andora seguia a meu lado em silêncio. Eu gostava dela e de como parecia ter o mesmo talento de Piper em interpretar meu humor, além de saber quando ficar quieta.

As pessoas me parabenizavam, sorriam e acenavam quando eu passava. Enquanto isso, eu me perguntava o que elas achavam de todo aquele cenário. Há poucos dias estavam acenando para Lucien e para mim, embora sem sorrir. Agora isso? Elas conseguiam aceitar tão bem assim que Marcelle roubou a noiva de outra pessoa só porque odiavam Lucien?

— Fico surpresa de o povo ter aceitado isso tão bem — confessei a Andora, falando pela primeira vez no passeio.

Andora olhou para as mulheres que me desejavam boa sorte e concordou.

— Marcelle deixou claro que tinha uma queda pela senhora desde que eram jovens. As pessoas acham que é um casamento por amor e que a senhora estava sendo forçada a se casar com Lucien.

Parei de andar e olhei para ela, mais uma vez puxando minha força do vento e mais uma vez nada veio. A raiva que fervilhava dentro de mim naquele momento parecia crua demais para ser contida. Era como se eu fosse feita de fogo e pudesse entrar em autocombustão se não descarregasse aquilo.

Andora deve ter notado a mudança em minha postura, porque pareceu espantada.

— Vamos dar uma olhada na boutique feminina da cidade — sugeriu, apontando para uma loja atrás de mim.

Respirei fundo três vezes, me recusando a processar o que ela tinha acabado de dizer, e engoli o nó na garganta. Foi quando uma neve delicada começou a cair do céu.

As pessoas reunidas na rua levantaram o capuz e olharam para o céu como se amaldiçoando Lucien.

Elas não tinham ideia. Elas nem sonhavam que Marcelle tinha me tomado contra a minha vontade e que eu era basicamente uma prisioneira.

— Eles vendem lindas velas, perfumes, luvas de tricô... — Andora foi parando de falar, interrompendo meus pensamentos.

Dei um rápido aceno de cabeça, decidindo que era melhor entrar na loja e desafogar a mente daqueles pensamentos assassinos. Caso contrário, eu voltaria para o castelo com uma pedra na mão e tentaria golpear Marcelle até a morte.

Quando chegamos à vitrine da loja, os guardas avançaram para nos seguir, mas Andora levantou a mão para detê-los e apontou para uma placa na porta que avisava: *Somente as damas*.

— Não é adequado. Terão que esperar do lado de fora.

Foi uma pequena vitória, mas, em meio a tanta tristeza e desolação, também um alento ver os guardas recuarem para esperar do lado de fora, enquanto entrávamos sozinhas.

E Andora não havia mentido: a boutique era mesmo adorável. Velas perfumadas de sândalo e lavanda, luvas delicadas com bordados de flores. Havia até uma costureira nos fundos, tirando as medidas de uma mulher em pé sobre um pedestal, só de roupa íntima. Daí a restrição à entrada de homens.

Andora estava do outro lado da loja, experimentando as velas, e eu admirava um broche de vidro ornamentado quando a campainha da porta tocou. Ao me virar para ver quem era, fiz contato visual com uma jovem de cabelo preto e pele clara. O capuz de sua capa estava levantado, coberto de neve, e ela sorriu para mim.

Ela parecia ter a pele clara demais para ser uma feérica do verão, mas as cortes se casavam entre si, então presumi que fosse uma feérica do inverno ou mestiça. Me voltei para o broche, mas me assustei quando ela se dirigiu a mim:

— Que lindo. — Ela estava bem atrás de mim, e senti um puxão no bolso da minha capa. — O tempo está ótimo — sussurrou em meu ouvido, então passou por mim e saiu da loja como se fosse um fantasma.

Minha mente tentava processar o que havia acontecido ali e me perguntei se ela tinha acabado de me roubar. Mas eu não tinha nada de valor e o comentário sobre o tempo havia sido incomum.

O tempo estava horrível para alguém que morava na Corte do Verão.

A menos que ela não fosse dali.

Meu coração batia feito louco quando, devagar, enfiei a mão no bolso e senti um bilhete dobrado ali dentro.

Andora olhou para mim e levantou uma vela para me mostrar.

— Tem o cheiro do solstício de verão! — exclamou, toda feliz.

Sorri, mas com a cabeça no possível conteúdo do bilhete. Dei uma espiada na costureira e na cliente, satisfeita ao ver que não haviam notado nada.

Eu não ousaria ler nada ali, havia olhos demais voltados para mim, a nova rainha. Então caminhei depressa até Andora, peguei a vela do solstício de verão da mão dela e coloquei o broche em cima.

— Vou comprar para você. Depois eu gostaria de voltar e me deitar. Foi um longo dia.

Ela sorriu com a perspectiva de ganhar a vela. Mandei os dois itens serem cobrados da conta de Marcelle, aproveitando para não levantar suspeitas dos guardas, que esperavam do lado de fora, por termos demorado tanto sem comprar nada.

Assim que saímos, procurei a mulher pelas barracas do mercado e lojas de rua, mas ela havia desaparecido.

Caminhando depressa, mas não rápido demais, voltamos para o castelo e, assim que chegamos, me tranquei sozinha no quarto.

Depois de tirar o papel do bolso, me sentei na cama e o desdobrei. Quando reconheci a caligrafia de Piper, um soluço se formou na garganta.

M,

Estou segura na Corte do Inverno. Estamos tentando te resgatar, mas as três cortes estão contra o Inverno! Vou tentar tirar sua irmã e sua mãe do Outono por túneis subterrâneos secretos que só eu conheço. Aguente firme. Não descansaremos até que você esteja livre.

— P

A carta dizia tanto e, ao mesmo tempo, tão pouco. Foi errado meu coração querer que tivesse sido uma carta de Lucien? Que tivesse sido uma carta escrita por ele? Piper escreveu *estamos*. *Estamos tentando te resgatar*. Ela e Lucien? Ela e os Guardas Reais? Lucien estava fazendo isso por gentileza ou por... algum outro motivo? Pelo menos ele estava protegendo Piper e parecia ter aprovado a ida de minha mãe e Libby para a Corte do Inverno se fossem resgatadas também. A Corte do Outono tinha dois túneis de fuga subterrâneos, cavados para os tempos de guerra. Eles seguiam para as profundezas da floresta perto da fronteira do Inverno, de modo que seria perfeito se Piper conseguisse levar mamãe e Libby por eles.

As notícias eram boas, mas... eu estava louca para saber o que Lucien pensava de minha união forçada com Marcelle...

No entanto, eu não precisava de uma carta. A neve caindo do céu, o frio intenso no ar, isso já me dizia tudo.

Ele estava mais furioso que Hades.

Joguei a carta na lareira e rolei pela cama. Quase nunca tirava um cochilo, sempre repleta de energia, mas, desde que tinha chegado à Corte do Verão, só queria saber de dormir o dia todo e chorar. Eu estava tentando ser forte, seguir o plano, mas a situação estava começando a parecer um pouco desesperadora.

No entanto, a carta me deu o que eu precisava para não desistir. Assim, depois de me levantar, fui jantar com meu marido e bancar a esposa que aceitava tudo.

Eu o faria remover aquelas algemas, e então todo o seu exército assistiria enquanto eu tirava cada vestígio de ar de seus pulmões.

Se o povo de Solária queria uma liderança forte, seus pedidos haviam sido atendidos.

Era eu.

No jantar, discorri sobre como as lojas locais eram incríveis e sobre o lindo broche que comprei e estava usando. Marcelle sorriu, elogiando a joia e me dizendo como estava feliz por eu adorar a Corte do Verão e estar me encaixando em meu papel.

Estávamos comendo a sobremesa quando a temperatura despencou de repente. O fogo crepitou e Marcelle lançou um olhar inquieto para o criado.

O pobre menino colocou mais lenha no fogo e esfregou as mãos. Estremeci, fechando o manto de lã em volta dos ombros.

Marcelle tamborilou os dedos na mesa, olhando para mim.

— Fico imaginando, Madelynn, se você poderia combater um frio congelante com seu poder do vento? Quem sabe afastá-lo?

Só a menção disso, que levaria à retirada de minhas algemas, quase me fez chorar de alívio, mas eu precisava manter a calma.

Apenas fiz um gesto com a cabeça.

— Sim. Tenho certeza de que soube como, quando Lucien perdeu o controle da última vez, eu e minha mãe conseguimos proteger meu reino da melhor maneira possível graças a nosso poder do vento. Afastamos um pouco o frio. Eu era mais nova e meus poderes não estavam totalmente treinados na época. Mas se ele criar neve, posso afastar os flocos da Corte do Verão; mandá-los de volta. E se a temperatura baixar, posso abrir as nuvens para desobstruir o sol.

Marcelle acenou com a cabeça.

— Foi o que pensei. *Mas* você também poderia arrancar a pele do meu corpo, como disse com tanta propriedade antes.

Por Hades. Ele lembrava.

Enfiei um pedaço de chocolate na boca e fingi indiferença.

— Poderia. Assim como você poderia atear fogo em mim. Acho que simplesmente terá que confiar em mim em algum momento, Marcelle. Estamos presos um ao outro para sempre agora.

Ele me observou com atenção, mas não disse mais nada sobre o assunto. Eu esperava estar desempenhando bem meu papel de esposa um pouco contrariada, mas resignada. Marcelle parecia estar tão perto de me libertar e me ver como uma aliada. Se esfriasse mais, se ele pensasse que o Grande Gelo se repetiria, sem dúvida tiraria as algemas e me deixaria salvar todo mundo.

Terminamos a refeição em silêncio e rezei ao Criador para Marcelle estar pensando em me libertar. Eu afastaria o frio para salvar o povo? Com certeza. Eram inocentes. Mas não antes de matá-lo primeiro.

— Estou cansada e com frio. Acho que vou encerrar por hoje e ir para o quarto.

— Boa noite — disse ele, distraído, observando o fogo na parede oposta e a geada que revestia as janelas.

Enquanto voltava para o quarto, me perguntei se talvez devesse traçar um plano alternativo. Um plano para o caso de Marcelle não tirar as algemas e mesmo assim eu conseguir fugir do lugar. Sendo a rainha do reino e com meu chamativo cabelo ruivo, poderia muito bem ser vista, mas com a ajuda de Andora na hora de comprar comida e pagar por um lugar para dormir, talvez eu conseguisse chegar à fronteira do Inverno. Era a opção mais arriscada e envolvia conversar com Andora sobre o plano, então decidi arquivá-lo. Se em meu sexto dia ali Marcelle não tivesse me libertado, eu fugiria ou morreria tentando. Só sabia era que jamais dormiria com ele outra vez. O que ele fez não foi certo e eu nunca esqueceria. Jamais seria capaz de me *ajustar* ali.

◆ ◆ ◆

O resto da noite demorou a passar. A temperatura caiu e já estava quase congelante, fazendo com que todas as flores do reino murchassem e parecessem doentes. As nuvens bloqueavam todo o sol e estava escuro como breu. Mal preguei os olhos, me revirando na cama enquanto o frio castigava meu rosto e meu criado alimentava incessantemente o fogo na lareira, me acordando com o crepitar da lenha.

Pela manhã, eu estava mal-humorada e cansada. Quando fui tomar café com Andora, percebi que Marcelle não estava por perto.

— Você pode tomar café comigo? — perguntei, fazendo sinal para que ela se sentasse à mesa posta para dois, com uma travessa de comida no centro e uma lareira acesa.

Ela concordou com entusiasmo e se sentou a meu lado. Eu queria manter meu relacionamento com Andora forte caso tivesse que fugir e precisasse da ajuda dela. Sentia que a lealdade dela para com Marcelle não era forte e que ela ficaria a meu lado, mas não tinha certeza.

— Cadê Marcelle? — perguntei.

Ela parecia saber de muita coisa por ali.

— O rei partiu ao raiar do sol. Algo relacionado à guerra na fronteira.

O fato de Marcelle agora ser chamado de rei me incomodava bastante, mas eu estava mais focada na guerra.

— Brigando entre si. — Estalei a língua nos dentes em desaprovação. — Minha avó ficaria fora de si.

Andora concordou, baixando a voz para um sussurro, embora estivéssemos sozinhas.

— Meu pai acha que o povo feérico deveria continuar unido. Ele votou contra a separação.

Fiquei aliviada com a informação e me perguntei se aquele seria um bom momento para contar sobre meu plano alternativo. Olhei em volta de novo para ter certeza de que ainda estávamos a sós, me inclinei sobre a mesa e olhei bem em seus olhos.

— Andora, você sabe que Marcelle me tirou da Corte do Outono contra minha vontade e me forçou a dormir com ele para legalizar nosso casamento, não é?

Seu rosto ficou vermelho.

— Ele disse que seu pai concordou e que pagou um dote.

Apertei com força o garfo que segurava para tentar manter a calma.

— Tecnicamente, sim, é verdade. Mas ele ameaçou matar minha mãe e minha irmã e pagou o dote para que o processo fosse legal. — Levantei os pulsos algemados. — Sou uma prisioneira, Andora. Você sabe disso, não é?

Ela baixou a cabeça, envergonhada.

— Suponho que sim — finalmente admitiu.

Que bom. Eu não iria querer ajuda de alguém em negação.

— Preciso que saiba que se até o final "daqueles dias" eu não tiver sido libertada daqui, irei fugir.

Eu mal havia terminado de falar e ela levantou a cabeça de repente, olhando às pressas em volta em busca de ouvintes.

Ainda éramos só nós duas. Portas fechadas. Fogo rugindo.

— Mas... Marcelle poderia te encontrar. — Ela parecia apavorada.

Fiz um gesto com a cabeça, segurando sua mão e sustentando seu olhar.

— O que estou dizendo é que prefiro morrer a ficar aqui e bancar a esposa e rainha daquele monstro.

Andora engoliu em seco e observei a veia em seu pescoço pulsar de forma irregular. Ela franziu a testa.

— Não quero que a senhora morra.

Ótimo. Dei um tapinha na mão dela.

— Então, quando chegar a hora, se ajudar a me libertar daqui, vou recompensar você com bastante generosidade.

Eu forçaria meu pai a pagar o que ela quisesse.

Ela continuou olhando para mim, analisando meu rosto.

— A senhora o amava? — perguntou de repente.

Por um segundo, fiquei confusa com a pergunta, pensando que ela se referia a Marcelle, mas o uso do passado esclareceu de quem ela estava falando.

Lucien.

— Sim. Eu e meu pai demos a Lucien minha palavra de que eu me casaria com ele. E Marcelle tirou isso de mim. Para sempre.

A fatalidade disso me matava. Reis não se casavam com mulheres desonradas. Nem divorciadas. Muito menos viúvas. Ou mesmo uma mulher com um escândalo ligado ao nome. Devemos ser perfeitas para sermos rainha, e eu não era. Mesmo que Lucien ainda quisesse ficar comigo, ele não podia.

Ficar comigo mancharia toda a sua linhagem e todos os filhos que tivéssemos.

— Isso não é certo. Lamento — afirmou Andora.

Terminamos a refeição em silêncio. Depois, passei a tarde alternando passeios no jardim e com leitura no meu quarto diante da lareira. Estava gelado demais lá fora. Uma fina camada de neve tinha se acumulado e se recusava a derreter. Eu sabia que Lucien poderia matar toda a Corte do Verão simplesmente congelando todos nós até a morte, mas ele estava se controlando.

Eu tinha que torcer para que sua intenção fosse a de não me fazer mal.

◆ ◆ ◆

Naquela noite, Marcelle estava de volta da tal reunião na linha de frente à qual havia comparecido. Ele mandou servir o jantar bem perto do fogo, mas ainda assim continuava frio. Era como se o poder de Lucien pudesse penetrar nas paredes e quisesse atingir o palácio. Ah, como eu gostaria de ter pleno uso do meu poder... Mesmo sem uma janela aberta, poderia fazer o ar circular pelo salão. Em geral era isso que eu usava se precisasse quebrar uma janela e depois obter acesso ao vento. Olhei para meus pulsos algemados e franzi a testa. Acho que nunca tinha passado tanto tempo sem usar meu poder. Éramos incentivados a usá-lo o tempo todo, visto que a prática nos ajudava a aproveitá-lo e controlá-lo. Passávamos o sal na mesa de jantar com a força do vento ou fazíamos folhas de papel voarem. E agora eu, uma das feéricas mais poderosas, havia sido reduzida a nada.

Nadica de nada.

Olhei para Marcelle do outro lado da mesinha montada junto à lareira, enquanto ele devorava o ensopado como um porco. Era difícil compreender como ele tinha sido criado nobre. Eu não perguntei sobre a guerra e ele não ofereceu nenhuma informação. Embora eu não quisesse parecer ansiosa demais para receber notícias sobre Lucien, estava morrendo de vontade de saber qualquer coisa.

Marcelle começou a levantar a cabeça para olhar para mim, então parei de encará-lo e assumi o que esperava ser uma expressão curiosa.

— Gostaria de dividir a cama hoje? — perguntou. — Vai nos manter mais aquecidos. — Seus olhos estavam semicerrados e eu não pude evitar uma pequena contração muscular em reação, mas rezei para que ele não percebesse a resposta visceral que meu corpo estava tendo à pergunta.

— Estou naqueles dias.

Apertei a barriga, fingindo constrangimento.

Graças ao Criador por Andora e aquela ótima ideia.

Ele inclinou a cabeça.

— Eu sei. Seria só pelo calor. Prometo.

Não. Não. Não. Sentir seu abraço a noite toda me levaria à loucura. Eu queria cortar seu membro pela violência com que ele roubou minha pureza. Minha mãe me disse que mesmo num casamento arranjado o marido seria paciente com a consumação, ainda mais na primeira vez. Explicou que seria um pouco estranho e poderia acabar rápido, mas que nunca seria forçado ou assustador. Mas Marcelle tinha me assustado. Ele era um bruto e o que fez foi *errado*. Eu até podia não saber muito sobre dormir com um homem, mas daquilo eu sabia. Só que eu também precisava sair dali. Precisava que ele confiasse em mim o suficiente para eu readquirir acesso a meu poder. E talvez fosse esse o caminho.

Eu havia demorado demais para responder e agora ele me olhava com ceticismo. Tive que pôr um pouco da verdade na minha resposta, senão ele saberia que eu estava mentindo.

— Você me assustou com sua ansiedade quando... dormimos juntos. Perdoe meu nervosismo ao pensar em ficar sozinha com você na cama. Nunca estive com um homem antes e sou... tímida e insegura sobre como essa parte deveria se desenrolar num casamento.

Seu rosto se abrandou e ele estendeu a mão para a minha.

— Me perdoe, fui afoito demais. Achei que você tentaria desistir do acordo e só queria que fosse feito logo. Serei mais lento da próxima vez. Você vai gostar.

Uma raiva desenfreada, misturada com náusea, cresceu dentro de mim. Nem passava pela cabeça dele o quanto eu o odiava. Eu o queria morto. Pensar nele me tocando outra vez me fez apertar a faca de carne, mas me forcei a relaxar os dedos.

— Se for só para nos aquecermos, eu adoraria — menti, tentando manter a voz tímida e não tão sanguinária quanto me sentia.

Se ele tentasse qualquer coisa com a qual eu não me sentisse à vontade, eu simplesmente teria que recorrer à tentativa de estrangulá-lo e torcer para ser mais forte do que ele na hora.

Deixei escapar um bocejo.

— Estou cansada. Vou me retirar para o seu quarto e você pode se juntar a mim mais tarde.

Eu queria entrar e fingir que estava dormindo para que ele não pudesse tentar nada além de nos manter aquecidos.

Marcelle concordou com os olhos brilhando.

— Estou contando os minutos.

Meu coração batia forte quando me afastei. Sentia tanta raiva dele e de mim mesma por ter que desempenhar aquele papel. Sem contar do meu pai. Eu estava tão furiosa com todos. Lucien não teria me forçado a nada. Na verdade, eu sabia que ele não teria me pressionado a fazer nada até eu estar pronta. Minha tristeza só crescia, lamentando por um casamento e uma vida que nunca aconteceria. Todos os sentimentos que me permiti nutrir pelo rei do inverno resultaram em um amor profundo pelo qual eu não esperava em tão pouco tempo. Ver como seu pai o maltratava só me fez gostar ainda mais dele. Imaginei uma vida na Corte do Inverno como sua esposa e rainha, e agora esse sonho estava enterrado.

Quando cheguei ao quarto, toquei os lábios, me lembrando da sensação da língua quente de Lucien em minha boca. Aquele tipo de paixão era diferente de tudo que eu tinha experimentado na vida e, eu suspeitava, jamais experimentaria outra vez. Com certeza não com Marcelle.

Andora entrou no quarto pouco depois, segurando uma camisola branca.

— Fui informada de que a senhora dividirá a cama com o rei hoje.

Ela soltou uma risada nervosa, na certa surpresa após nossa conversa anterior.

Meu olhar encontrou o seu e a risada morreu em sua garganta.

— Estou sobrevivendo — declarei.

Seus lábios formaram uma careta e seus olhos foram para o chão.

— Sim, minha rainha. Sinto muito.

Me aproximei e peguei seu queixo até que ela estivesse olhando para mim.

— Não se desculpe. Apenas saiba de uma coisa: *jamais* serei feliz casada com aquele homem, não importa quanto tempo eu tenha para me ajustar.

Sua testa franziu ainda mais, parecendo triste de verdade por mim. Eu quis ressaltar isso porque Andora poderia acabar sendo minha maior chance de fuga.

— Então farei o que for preciso para ajudar a senhora a sair daqui — respondeu com ousadia, fazendo com que arrepios percorressem meus braços. — Eu *não* fui criada para ajudar a manter prisioneiros. Sou a dama de companhia de uma rainha e isso significa que coloco os interesses e o bem-estar *da rainha* em primeiro lugar.

Minha garganta ficou apertada de comoção. Achei que ela não soubesse o quanto era importante ter alguém do meu lado ali.

— Obrigada — consegui dizer.

Ela olhou para trás, como se para verificar se a porta estava mesmo fechada e que ainda estávamos a sós.

— Quem sabe a senhora não possa ir até o rei do inverno e perguntar se ele te aceitaria de volta, se conseguirmos tirar a senhora daqui. Tenho certeza de que Marcelle pode encontrar outra esposa. Todas as mulheres gostam dele...

Soltei uma risada sarcástica, chocando a nós duas.

— Andora, o rei do inverno não aceitará uma divorciada que já entregou a pureza para outro homem. Sou da realeza, vivemos sob um conjunto de regras diferentes das suas.

Ao constatar sua decepção, odiei estar tirando um pouco de sua inocência com aquela conversa. Na certa ela era uma romântica incorrigível.

— Eu só pensei...

— Estou arruinada.

Arranquei a camisola das mãos dela e fui para o banheiro. Assim que fechei a porta, me apoiei nela e deixei escapar um soluço.

Estou arruinada agora. Eu nunca havia articulado palavras tão verdadeiras, e a tristeza me cortou como uma faca.

Pensei em pedir a Andora que me trouxesse uma faca da cozinha para esconder sob o vestido, mas se Marcelle encontrasse, mandaria todo o plano por água abaixo. Eu seria atirada e esquecida em uma masmorra e nunca mais veria a luz do sol. O poder do vento ainda era minha melhor chance de derrotá-lo. E mesmo à luz do dia, tinha a sensação de que ela venceria a magia do sol.

Depois de vestir a camisola, fui até o quarto de Marcelle. Olhei para a cama onde ele me despojou com tanta força da minha inocência, engoli em seco e me deitei, virada para a parede. O fogo crepitava, mas o gelo continuava entranhado nas paredes e nas janelas. Estava ficando mais frio. Lucien ainda estava exercendo seu poder de longe para mostrar a Marcelle como estava furioso.

Isso me dava algum conforto. Olhar para a janela coberta de gelo significava que, embora Lucien não pudesse mais me ter, estava fazendo algum tipo de justiça pelo que foi tirado de nós. Fazia apenas alguns dias, mas me perguntei se meu contato elfo havia levado o pai de Lucien para o centro de reabilitação. Me perguntei se Lucien tinha contatado seus amigos, o rei dragão e o rei elfo, para contar que a rainha de Obscúria estava se apropriando dos poderes dos outros.

Me perguntei se a equipe de Lucien teria preparado o palácio para um casamento e depois se perguntado por que não compareci.

Eu esperava que ele soubesse que eu tinha sido levada a me casar com Marcelle contra a minha vontade. Me deixaria arrasada se ele acreditasse no contrário. Pensei no bilhete de Piper que eu havia queimado e, com o pouquinho de fé que me restava, pedi ao Criador para que minha mãe e minha irmã tivessem escapado. Assim que eu matasse Marcelle, precisaria colocar minha família em segurança para que os homens dele não retaliassem. Eu não sabia se eles ainda me aceitariam como rainha depois que Marcelle morresse.

A porta se abriu, fechei os olhos com força, acalmando a respiração. Passos se aproximaram da cama e então o som de sapatos e possivelmente um cinto caindo no chão.

Assim que o colchão afundou, prendi a respiração. De repente, os braços de Marcelle me envolveram e murmurei algo sem sentido, esperando dar a impressão de que estava dormindo.

Minha vontade era de gritar: *não me toque!* Seu braço pousou sobre minha cintura e ele se aconchegou por trás, colando o tórax nas minhas costas, e eu decidi que *precisava* dar um fim em tudo naquela noite. Era agora ou nunca. Eu não poderia bancar a esposa desse monstro e ainda me respeitar pela manhã. Embora estivesse disposta a fazer muita coisa para sobreviver, minha dignidade tinha limites.

Estar deitada ao lado do homem que me roubou a chance de estar com quem eu amava *de verdade* me levou a um estado de espírito sombrio. Dava para sentir minha perspectiva em geral otimista da vida morrendo aos poucos ao me imaginar presa naquela corte para sempre.

Não.

Conforme a respiração de Marcelle se aquietava, um plano ia ganhando forma em minha mente. Eu não conseguiria dormir, mesmo que tentasse, então fiquei acordada enquanto o frio permeava o quarto e meu rosto ardia com o ar gelado. Comecei a tremer, batendo os dentes para maior efeito.

Marcelle acordou e se sentou. Ele estremeceu também; estava frio *mesmo*, mas não tanto quanto eu estava fingindo.

Ele olhou para o fogo apagado, se levantou, foi até a porta e a abriu.

— Acenda o fogo — comandou a um guarda de plantão.

O guarda entrou, mas continuei batendo os dentes alto.

— Marcelle, por favor, me deixe afastar o frio, pelo menos do palácio. Estou congelando.

Marcelle me olhou com ceticismo.

— Só precisamos de mais lenha.

Outro guarda entrou correndo, coberto por uma fina geada branca da cabeça aos pés.

— Meu rei. Acabamos de ter nossa primeira morte: um velho agricultor bem na fronteira. O gelo está começando lá e vindo para cá.

O pânico tomou conta do rosto de Marcelle, e fui tomada por uma medida igual de esperança e horror. Esperança de Marcelle me libertar, soltar as algemas, e horror por Lucien ter tirado outra vida. Eu sabia que isso pesaria sobre ele e que ele tinha pouco controle sobre o próprio poder. Ele devia estar tão furioso pelas cortes terem votado pela separação do reino e por Marcelle ter me roubado que finalmente perdeu o controle. Será que seu pai estava lá no Palácio do Inverno para lhe dizer coisas terríveis? Por Hades, tomara que não. Como doía não estar lá para protegê-lo.

Fiquei de pé, atirando longe as cobertas.

— Já chega, Marcelle! Não há mais necessidade de perder vidas. Sou a única poderosa o suficiente para combater o gelo de Lucien.

Marcelle parecia em conflito.

— Milorde, as crianças estão chorando em casa — implorou o guarda. — Dá para ouvi-las quando caminhamos pela cidade. Alguma coisa precisa ser feita.

Marcelle olhou para meu rosto e depois para as algemas nos pulsos.

Após os dez segundos mais longos da minha vida, ele olhou de volta para o líder da guarda.

— Me traga cinco de seus melhores homens. Vou liberar o poder de Madelynn, mas quero proteção caso ela cumpra a promessa de arrancar a pele dos meus ossos.

Puxa, ele jamais deixaria aquilo morrer. Desejei nunca ter dito aquelas palavras. A ideia de ter *cinco* habilidosos Guardas Solares a minha volta *não* estava nos meus planos.

Eu havia treinado com minha mãe e meu pai ao mesmo tempo, lançando o vento em diversas direções, mas nunca para mais de duas pessoas.

Contudo, estávamos no meio da noite, o que significava que eles não poderiam tirar proveito do sol e usar seu poder de forma ilimitada. Só poderiam usar as reservas, armazenadas no dia anterior. Se eu pudesse fazer com que usassem o poder em mim, mas de alguma forma me protegesse, eu poderia atacar assim que o esgotassem.

Mas como me proteger do fogo quando meu poder era o vento? O vento alimentava o fogo, tornando-o ainda maior.

Eu precisava de Lucien.

Engoli o gemido alojado na garganta e cheguei à conclusão de que com certeza poderia matar Marcelle, mas seria dominada pela guarda e, no fim, sucumbiria. Eu queria viver, mas não podia deixar Marcelle envenenar o reino com a separação e seu acordo com a rainha de Obscúria. Não era certo. Tirá-lo de cena permitiria que Lucien reassumisse o controle. Minha família e Piper estariam em segurança.

Houve uma batida à porta aberta, e Marcelle e eu olhamos para ver quem era. Andora. Ela parecia sonolenta, mas trazia uma capa pesada.

— Ouvi o guarda. Milady não deve ser vista de camisola por ninguém além do marido. — Andora olhou para o rei. — Não é apropriado.

Que o Criador a abençoe por pensar que eu me importava com o que era apropriado em um momento como aquele. Eu simplesmente estava exultante pela perspectiva de me ver livre das algemas malignas e sugadoras de poder.

Marcelle acenou para ela entrar, embora com uma expressão irritada no rosto.

Quando Andora se aproximou de mim, sacudiu e abriu a capa para que eu pudesse ver o forro. Franzi a testa ao me dar conta de que ela havia escrito alguma coisa em carvão no revestimento de seda creme.

O rei do inverno está aqui, dizia.

Meus olhos quase saltaram das órbitas, mas, por sorte, Marcelle não estava me observando na hora, porque também quase desmaiei. Andora fechou a capa em meus ombros e a abotoou, perscrutando meus olhos para ter certeza de que eu havia lido a mensagem.

Ele está aqui? No palácio? Como ela sabia? Será que ele estava bravo comigo? Tantas perguntas se passaram na minha mente e eu não podia fazer nenhuma.

— Minha rainha, seu poder não funciona melhor ao ar livre? — perguntou Andora, ainda me olhando.

Ela não precisou dizer mais nada. Mensagem recebida em alto e bom som. Lucien estava lá fora.

— Sim — respondi depressa. — Uma janela quebrada não é suficiente para expulsar o ar congelado de toda a Corte do Verão.

Marcelle suspirou, caminhou até o guarda-roupa e vestiu uma capa também.

— Isso leva tempo? — perguntou.

Dei de ombros.

— Depende se o rei do inverno irá revidar ou não.

Marcelle parecia nervoso com a ideia, mas concordou. Quando o chefe da guarda voltou, olhei com atenção para o grupo de cinco guardas que ele havia trazido e fiquei surpresa ao ver que três eram mulheres.

Não foi ver mulheres entre os melhores na guarda que me surpreendeu, e sim o fato de que talvez eu tivesse que matar ou ferir uma delas. Na minha opinião, seria mais fácil matar um homem. Eu não sabia o que isso dizia a meu respeito, mas matar outra mulher não me parecia certo.

Eu tentaria nocauteá-las ou lançá-las para longe, mas se fosse necessário... faria qualquer coisa para me livrar das algemas e nunca mais olhar para elas.

Era difícil acreditar que eu estava pensando em matar pessoas. Tudo começou com Marcelle e agora cinco outras vidas em breve estariam a minha mercê.

Será que eu conseguiria tirar a vida desses guardas?, me perguntei, enquanto Marcelle nos guiava do quarto para o corredor.

Olhei para as algemas nos pulsos. Minha sensação de vazio era um forte lembrete de que eu não tinha acesso a minha magia e não sabia se era uma sensação com a qual poderia conviver.

Sim, pensei. Se ameaçada de voltar para essas correntes, eu poderia matar pela minha liberdade.

Ao chegarmos à porta de saída, Marcelle se voltou para Andora.

— Você não é mais necessária. Boa noite — dispensou-a.

Andora olhou para mim, mas não demonstrou nada. Ela apenas baixou o queixo uma vez e voltou pelo corredor na direção de seu quarto.

O rei do inverno está aqui.

As palavras escritas no forro da capa me traziam ansiedade e alívio. Conhecendo o temperamento do homem, eu sabia que se Lucien pensasse que eu havia partido com Marcelle ou conspirado contra ele de bom grado, eu também poderia acabar morta naquela noite.

Assim que as portas foram abertas, fomos recebidos por uma rajada de ar gelado. Marcelle rosnou de irritação.

A Guarda Solar se posicionou atrás de mim, enquanto eu subia os degraus da frente com vista para a praça da cidade. Todos os telhados estavam cobertos de branco, e minha expiração formava lufadas de ar. A neve caía do céu em flocos pesados e minha pele ardia com o frio que me dominava da cabeça aos pés. A cena me lembrou da noite em que perdi minha avó, anos antes. Tinha feito um frio de rachar que queimava pulmões a cada inspiração. No entanto, dessa vez, não era raiva que eu sentia pelo rei do inverno, e sim compaixão. Ter medo do próprio poder, de que ele pudesse fazer mal às pessoas sem querer, era algo que eu nunca havia experimentado.

Parei no pátio aberto do palácio e levantei os pulsos. Marcelle olhou bem nos meus olhos.

— Tem um arqueiro meu no telhado. Se me atacar, ele cravará uma flecha em seu pescoço. — Então ele se inclinou e plantou um beijo indesejado em meus lábios.

Congelei toda, arregalando os olhos ao mirar o telhado e ver um arqueiro agachado com um arco apontado direto para mim.

A raiva crua e desenfreada me consumiu naquele momento. Marcelle estendeu a mão para usar magia nas algemas. Ele as havia fechado em meus pulsos e apenas ele poderia abri-las. Ouvi um clique e ele se afastou de mim. O metal caiu no chão. Os cinco Guardas Solares se espalharam a meu redor e eu respirei fundo, chamando o vento.

As lágrimas ao sentir a imensidão do despertar do meu poder embaçaram minha visão. Até aquele momento, eu nunca tinha me dado conta de como meu poder me completava, de como definia quem eu era.

Um dos guardas estava bem na minha frente, com as mãos erguidas como se pronto para incendiar minha cabeça a qualquer movimento suspeito.

— Saia da frente, a menos que queira ser lançado até a Corte da Primavera — rosnei.

Ele olhou para Marcelle, parado atrás de mim, e deve ter obtido a permissão de que precisava do rei, porque saiu.

Minha mente estava a mil com todas as possibilidades. Como eliminar Marcelle e evitar o arqueiro até que tudo terminasse? Eu sabia que, para eles relaxarem, primeiro precisava dar a impressão de que estava livrando a cidade do gelo.

Com uma simples expiração, movimentei o ar ao redor. Estava por toda parte, agitando meu cabelo, nas calhas em volta do pátio, em meus pulmões. A neblina que havia chegado e se assentado junto ao chão se deslocou com uma rajada gigante de vento e rolou pela cidade a meu pedido. As lufadas de neve se moveram com a névoa e as nuvens, abrindo caminho para um ar mais quente. Meu cabelo se levantou e começou a bater de um lado para o outro quando uma ideia brilhante me ocorreu.

— Marcelle! — chamei por cima do vento. Ele deu um passo à frente e parou a meu lado. — Faça com que seus guardas canalizem os poderes de fogo deles. Vou empurrar o ar quente pela cidade para derreter a geada.

Não consegui ver seu rosto, concentrada demais na tarefa em questão, mas ele deve ter gostado, porque já foi logo ordenando para que fizessem o que pedi.

Se eu pudesse levá-los a esgotar o poder que tinham antes de matar Marcelle, talvez pudesse sair viva no final.

Eu poderia empurrar o arqueiro do telhado, mas não sem que Marcelle visse. Minha mente trabalhava sem parar enquanto os guardas evocavam o poder, um por um, conjurando fogo da palma das mãos.

Enviei o vento de leve por suas mãos, recolhendo o calor e distribuindo-o pela cidade. O gelo nas janelas e nos telhados começou a derreter e a temperatura subiu dramaticamente. A neve que cobria o chão se transformou em poças e um riacho começou a escorrer nas valas à beira da estrada. Por fim, parou de nevar.

— Está funcionando! — Marcelle pareceu empolgado.

Não senti resistência ao que estava fazendo, ou seja, se o rei do inverno estava ali, não estava reagindo. O ar gelado e a névoa estavam se afastando da cidade com muita facilidade.

Facilidade até demais.

Ele está me ajudando.

Onde quer que Lucien estivesse, ele estava... retirando seu poder para parecer que eu estava fazendo a temperatura subir tão depressa.

Marcelle se inclinou para mim, roçando os lábios na minha bochecha.

— Você valeu cada moeda de ouro — ronronou.

E foi então que revidei. O animal assassino e enjaulado que ele tinha despertado dentro de mim se libertou.

Eu nunca havia testado toda a intensidade do meu poder. Sabia que tinha o poder de arrancar a casca de uma árvore em segundos, ou a de uma maçã. Poderia atirar uma pedra de mil quilos do alto de uma montanha ou quebrar uma árvore ao meio. Já tive que lutar contra minha mãe e meu pai ao mesmo tempo, enquanto me atacavam de ambos os lados para treinar. Mas eu não tinha ideia de *como* era poderosa até Marcelle acabar de vez com minha tolerância.

O vento explodiu de mim como se eu fosse feita dele. Naquele momento, foi como se eu não existisse mais. Eu era vento e estava em todos os lugares ao mesmo tempo. Minha magia atingiu o que havia em um raio de seis metros, ocupando tudo, então arrebentou. Os guardas que me cercavam foram parar a três metros de mim, e o corpo de Marcelle voou contra a parede de pedra do castelo e ficou preso.

Como eu era o vento e o vento estava por toda parte, senti assim que o arqueiro disparou a flecha. Ela foi arremessada pelo ar, mas a parti em lascas.

— Seja razoável! — gritou Marcelle, enquanto eu caminhava em sua direção, levando o vento comigo e criando um funil no pátio.

As vigas de madeira que sustentavam a varanda rangeram e a argamassa entre as pedras se transformou em areia. Meus pés se afastaram do chão e tive que me concentrar em não voar para longe.

Razoável? Aquele desgraçado queria que eu fosse razoável com ele depois de tudo pelo que me fez passar? Ele nem merecia uma resposta. Ele merecia apenas a morte.

Joguei o funil de vento direto em seu corpo preso, e seus gritos agoniados atravessaram a noite fria. Nos primeiros segundos, ouvi-lo sofrer me trouxe satisfação, mas quando pedaços de sua pele começaram a se separar do corpo e seus gritos se transformaram em gemidos e pedidos de misericórdia, amoleci.

Isso já estava virando tortura. Eu não era essa pessoa. Uma morte rápida e limpa era mais humana. Eu poderia viver com isso.

Minha raiva se dissipou um pouco. Recuei o vento, mas o mantive suspenso no ar, com os braços e as pernas estendidos como uma estrela, enquanto as costas descansavam na pedra cinza e fria. Ele estava sangrando em alguns pontos no rosto e nos braços. Em suas mãos, segurava chamas bruxuleantes como se quisesse me atacar, mas não tivesse forças.

Me aproximei, sem tirar os olhos dos dele enquanto avaliava sua respiração e a entrada de ar em seus pulmões.

— Marcelle, você...

Não consegui terminar. Uma rajada de vento frio atingiu minhas costas e mais de uma dúzia de pingentes de gelo afiados atingiram o corpo de Marcelle. Seu pescoço, peito, braços, pernas e estômago foram perfurados ao mesmo tempo. Ele estava preso como uma borboleta a uma tábua. Mal soltou um gemido quando o sangue escorreu da boca e a cabeça caiu para a frente, todo o som foi morrendo na garganta.

Ele estava morto.

Naquele momento, soube que Lucien Almabrava estava atrás de mim, mas não tive coragem de me virar e encará-lo.

— Madelynn. — A voz de Lucien era um sussurro, cheio de mágoa e dor.

As lágrimas ameaçavam nublar minha visão, então pisquei depressa, inspirando e expirando fundo.

E apenas fiquei parada ali. Congelada, e chocada, e triste, e *envergonhada*. Eu sabia que Lucien tinha acabado de matar Marcelle para que eu não precisasse fazer isso, e agora eu estava livre.

— Meu pequeno vendaval — tentou Lucien.

Isso devia ter aberto um sorriso em meu rosto, o fato de ele ainda demonstrar algum carinho por mim, de não estar bravo. Mas talvez ele não soubesse. Ele não devia saber a dimensão do que havia acontecido...

Então, finalmente, me virei e encarei o rei do inverno. Parecia ainda mais lindo do que em minhas lembranças, mas minha atenção foi logo tomada pelo dragão negro gigante parado atrás dele.

O rei dragão.

Pelo Criador, ele tinha *voado* até ali com o rei dragão? Então foi assim que passou pelos exércitos das três cortes. Ele *voou*.

Saindo de meu estupor, levantei a cabeça, o lábio inferior trêmulo, e captei o olhar de aço de Lucien.

— Lucien, eu e Marcelle nos casamos numa carruagem com uma testemunha e depois... — Minha voz falhou. — O casamento foi consumado contra a minha vontade. Foi tudo legítimo. Então, lamento informar que não sou mais pura.

A raiva dominou o semblante de Lucien e uma rajada de ar frio arrepiou minha pele, fazendo com que as lágrimas rolassem pelo meu rosto e congelassem no meio do caminho. Novas lascas de gelo dispararam de suas palmas e atingiram o corpo de Marcelle, atrás de mim. Quando me virei para olhar, vi que sua virilha estava agora cravada por quatro pedaços de gelo.

Como eu suspeitava, Lucien não sabia de tudo o que havia acontecido.

Me voltei para o rei, mas fechei os olhos, incapaz de vê-lo daquele jeito. Então o ouvi avançar. Ele segurou meu queixo e pousou os lábios nos meus. Arfando de surpresa, consegui abrir os olhos.

Lucien se afastou e encontrou meu olhar.

— Madelynn Vendaval, *tudo* em você é puro. Seu sorriso, seu coração, suas boas intenções.

Fiquei sem palavras...

— Mas os decretos afirmam que integrantes da realeza devem ser puros...

— Acha mesmo que eu sou puro? — perguntou com honestidade, me fazendo corar. Os homens nunca eram responsabilizados se não fossem, afinal, não havia como verificar. — Eu *nunca* quis você pela sua pureza, Madelynn, e amanhã mesmo vou alterar esse decreto.

Isso me faz abrir um pequeno sorriso.

— Mas eu... sou casada.

Eu não conseguia entender o que Lucien estava dizendo, como ele estava agindo.

Ele apontou para o cadáver de Marcelle, pregado na parede por pingentes de gelo.

— Tecnicamente é viúva agora.

Um soluço escapou da minha garganta.

— Lucien, o que está dizendo? Que ainda me quer?

Eu não podia me permitir ter esperança, mas Lucien olhou para mim como se eu tivesse enlouquecido.

— Não convenci meu velho amigo aqui a me carregar pelo reino inteiro, congelando tudo o que via pela frente, para ser só seu amigo, Madelynn.

Soltei uma gargalhada e corri para seus braços, enchendo seu rosto e sua clavícula de beijos. Ele me abraçou e apenas me apertou, enquanto eu finalmente me sentia segura pela primeira vez em dias.

— Você é um cara legal, Lucien Almabrava.

— Shh. — Ele olhou por cima do ombro como se verificando se havia mais alguém ali. — Tenho que manter a reputação.

A pequena centelha de esperança à qual eu tinha me agarrado desde que Marcelle me tirou de minha casa ganhou vida.

— Eu te amo.

Me inclinei e o beijei outra vez, meus lábios procuraram avidamente os dele, sem me importar por não ser apropriado e por, tecnicamente, eu ser uma viúva enlutada que deveria ficar sozinha por no mínimo um ano inteiro.

Que se danem as regras.

De agora em diante, eu viveria para mim e para minha felicidade.

Lucien devolveu meu beijo com ardor, depois se afastou e olhou para o rei dragão.

— Precisamos ir. A rainha de Obscúria começou uma guerra na minha fronteira e tem um exército inteiro de soldados com poderes feéricos roubados.

Senti meus olhos se arregalarem.

— E você veio me buscar? Está louco?

Ele abriu um sorriso meio torto.

— Um pouquinho.

Então Zafira tinha dado os poderes roubados a seu povo! Não fazia sentido, a rainha odiava magia. Ou talvez ela simplesmente odiasse não ter magia e, agora que tinha, queria ser a única.

— O que será da Corte do Verão? E da Primavera e do Outono? — perguntei, pensando em meus pais, minha irmã, Andora e todos os inocentes do reino.

Lucien me olhou com uma mistura de raiva e mágoa.

— *Solária* fez a própria escolha, agora que arque com as consequências! Esqueça-os. Estão por conta própria.

Ele se virou para o rei dragão, mas puxei seu braço. Quando ele se voltou para mim, seu olhar havia se abrandado um pouco.

— Querido — balbuciei, e ele se preparou como se soubesse que eu estava prestes a pedir alguma coisa. — As pessoas só estavam com medo, e Marcelle pode tê-las forçado ou forjado alguns votos. A gente não sabe.

Lucien balançou a cabeça.

— Não foi forjado. Tive que voar até aqui justamente porque encontrei resistência quando tentei vir a cavalo. Guardas do Outono, da Primavera e do Verão, *todos* se voltaram contra mim.

Franzi a testa, sabendo que ele tinha razão, mas pensando em Andora e no pai, que eram contra a separação. Então tive uma ideia.

— Se a rainha de Obscúria ver que o povo feérico está unido de novo e que Marcelle está morto, pode acabar recuando, e isso te dará tempo para visitar o rei Lunaferis.

Axil Lunaferis era o recluso rei lobo que eu nunca havia encontrado e sobre o qual jamais ouvia falar, apenas sabia que ele era parte do plano de Lucien de unir todas as raças contra Zafira.

O rei do inverno suspirou, parecendo abatido.

— Ela tem o poder do Verão e do Outono. O suficiente para ter me afastado ontem à noite, quando tentei.

O choque se apoderou de mim e logo se transformou em raiva.

— Ela tem magia do vento?

— Muita, imagino que de vários feéricos do outono.

Ladra maldita! Quantos de nossos feéricos desaparecidos haviam sido apenas experimentos científicos para Zafira? Então já fazia meses que ela os vinha raptando? A ideia me dava náuseas.

Atrás de mim, o vento ganhou força, mas tentei aplacar a raiva.

— Marcelle está morto, o que me torna rainha de Solária. Fui coroada. Vou reunir meu povo e encontrar você na Corte do Inverno. Lutaremos a seu lado como um só, depois vamos nos casar para solidificar a junção dos feéricos de volta a Fadabrava.

Lucien engoliu em seco, seus olhos prateados brilhavam sob o luar.

— Só captei a parte em que você disse que ainda quer se casar comigo.

Com uma risada borbulhando no peito, estendi a mão e passei os dedos pelo cabelo dele.

— Claro que ainda quero me casar com você, mas temos que colocar nosso povo em primeiro lugar e fazer a rainha de Obscúria recuar.

Lucien rosnou como se não concordasse em colocar o povo em primeiro lugar.

Pelo canto do olho, vi uma tropa de Guardas Solares se aproximando. Corri para dar um beijo casto em Lucien e o empurrei na direção do rei dragão.

— A gente se vê no campo de batalha.

Ele franziu a testa, sem se mover.

— Não. Não vou te abandonar de novo.

Olhei novamente para o cadáver de Marcelle.

— Sei me cuidar. Prometo.

Lucien tinha me visto lutar contra todos. Eu só precisei de ajuda com Marcelle porque não queria torturá-lo. Perdi a coragem, mas minha intenção era matá-lo.

Lucien ainda não tinha se mexido e, agora, os guardas haviam nos alcançado, sacando arcos e espadas e acendendo o sol na palma das mãos. Outros cidadãos da Corte do Verão estavam saindo das casas para ver o que estava acontecendo. Quando viam o corpo de Marcelle, arfavam e cobriam a boca em choque. Então olhavam do cadáver para o rei do inverno.

Lancei uma rajada de vento nos guardas que derrubou suas espadas e arcos no chão.

— Baixem a guarda! — gritei. — Marcelle foi legalmente executado por traição. Sou a rainha e líder da corte agora, e caso tenham algum problema com isso, podem fugir para a Montanha Cinzaforte — decretei com severidade. Não havia tempo para uma revolta.

A nossa esquerda, o rei dragão bufou e eu estremeci.

— Desculpe — murmurei para ele.

A Montanha Cinzaforte ficava nas terras dele, mas todo mundo sabia que era para onde as pessoas iam quando estavam insatisfeitas com a vida.

Os guardas se entreolharam, depois olharam para Marcelle espetado na parede.

— A rainha de Obscúria está atacando a Corte do Inverno neste exato momento — prossegui. — Se não nos unirmos, ela nos matará um por um!

Mas nenhum guarda se mexeu; apenas olhavam Lucien com ódio absoluto. E Lucien devolvia o olhar.

— Curvem-se à rainha! — rosnou Lucien, avançando para eles. — Ou congelo todos vocês e acabamos com essa farsa.

Os guardas e as pessoas que nos cercavam hesitaram, recuando alguns passos para longe, mas quando uma rajada de ar frio os atingiu, se ajoelharam. Um por um, foram se ajoelhando.

Tudo bem, eu preferia ter conquistado aquela lealdade por outros meios, mas medo também funcionava.

— Marcelle roubou minha noiva contra a vontade dela! — gritou Lucien para que a multidão pudesse ouvir. — Ele tentou roubar meu futuro e dividiu nossa grande nação, e isso nos fez parecer fracos. Agora Obscúria ataca, e se dependesse de mim, eu deixaria todos vocês se defenderem sozinhos.

Vamos precisar trabalhar nas falas de Lucien para os próximos discursos.

— Mas isso cabe a mim, como a rainha em vigor... — comecei, me aproximando de Lucien na esperança de acalmar sua intensidade. — Sendo assim, decreto que me acompanhem até a Corte do Inverno para lutarmos como um só povo, e vou garantir sua proteção contra a guerra que sem dúvida irá nos atingir. Vou proteger vocês como faria com minha própria família.

As pessoas se entreolharam, nervosas, mas permaneceram em silêncio, congeladas de medo. Ninguém queria uma guerra, eu entendia, mas a guerra havia chegado até nós.

O gigante rei dragão negro bateu as asas ansiosamente.

— Temos que ir — disse Lucien. — Venha comigo. Se as outras cortes se juntarem a nós, tudo bem, se não, por mim vão ter que lidar com os próprios erros mais tarde. Já não me importo mais em protegê-las. São todos um bando de ingratos pelo conforto e pela paz que meu reinado trouxe para as nossas terras.

Ai. Nem para sussurrar isso. Enquanto eu decidia o que fazer, Andora apareceu do nada. Ela pulou por trás de mim e gritou:

— Cuidado!

O aviso mal havia saído de sua boca quando a flecha se alojou em meu estômago. Uma queimação diferente de tudo que eu já havia experimentado ganhou vida em minhas entranhas. Foi tudo tão rápido que demorei muito para perceber que havia sido atingida. Abri a boca em choque e então tudo aconteceu de uma vez.

Um grito angustiante explodiu do peito de Lucien e pingentes de gelo foram arremessados de suas mãos, perfurando o arqueiro que me atacou do alto do telhado. Seu corpo caiu no chão como um saco de farinha.

Morto.

As pessoas e os guardas ao redor prenderam a respiração e começaram a recuar de medo, sussurrando entre si.

— Ninguém se mexe, ou congelo todos vocês! — bramiu Lucien, parando todos onde estavam. — Seu bando de *ingratos* e vis. Como ousam tentar matá-la!

O céu descarregou um estrondo ruidoso e as nuvens chegaram. A voz de Lucien beirava o pânico. A temperatura despencou e blocos pesados de neve começaram a cair.

Andora correu para o meu lado e me segurou quando caí. Foi estranho. Eu sabia que poderia morrer por causa disso e que aqueles poderiam ser meus últimos instantes, mas só conseguia pensar na linha de sucessão da Corte do Verão. Ainda éramos uma nação dividida, e sem Marcelle e agora que eu estava ferida...

— Andora, você precisa trazer o príncipe Mateo de volta de seja lá para onde Marcelle o tenha mandado. Ele deve assumir o comando até eu voltar.

Mas a parte não dita também ficou clara entre nós. *Ele deve assumir o comando se eu morrer.* Ela concordou com lágrimas nos olhos. Mesmo na morte, agi como uma perfeita integrante da realeza. Minha mãe ficaria orgulhosa.

De repente, Lucien estava lá, me arrancando dos braços de Andora e me apertando contra o peito. Ele rosnou e correu pelo pátio até onde o rei dragão esperava. Quando olhei por cima de seu ombro, vi todos os soldados e cidadãos ajoelhados, imóveis, com medo de que Lucien os congelasse até a morte. Lucien observou a multidão como se estivesse pronto para, a qualquer momento, transformá-los em esculturas de gelo.

Me agarrei a seu corpo, enquanto ele entrava na cesta amarrada a uma espécie de sela sobre o rei dragão.

— Vamos mesmo voar? — murmurei, tentando ignorar o sangue e a dor no estômago.

Lucien continuou pressionando o ferimento, a flecha ainda presa na carne, espetada entre seus dedos.

— Sim, e é bem divertido em outras circunstâncias.

Com isso, o rei dragão abriu as asas e pegou impulso, alçando voo. Soltei um grito de surpresa e depois tossi, estremecendo com uma nova onda de dor. Eu nunca havia sentido uma dor assim antes. Era aguda e quente, mas também profunda e latejante.

— Shhh... — Lucien me embalando junto a seu corpo, me apertando tanto que doía e me fazia bem ao mesmo tempo.

Olhei em seus olhos e soube, pelo terror absoluto em suas feições, que o ferimento era grave. Um frio repentino e penetrante perfurou meu estômago e eu engasguei, quase desmaiando.

— Me perdoe, tive que congelar a ferida. Está sangrando muito.

Lucien parecia prestes a perder o controle, me senti mal por fazê-lo passar por isso. Depois de perder a mãe e ter um pai terrível, eu queria tentar ser uma coisa boa em sua vida.

A escuridão ameaçava subtrair minha visão, mas eu piscava depressa para afastá-la. Eu não tinha ideia de para onde ele estava me levando, qual era o objetivo.

— Lucien? — sussurrei.

— Sim, meu pequeno vendaval?

Ele encostou a testa na minha.

Estendi a mão, embalei seu rosto e encontrei seu olhar de frente. Eu precisava que ele soubesse de uma coisa caso eu estivesse prestes a me encontrar com o Criador.

— Eu teria escolhido você. Mesmo se eu pudesse escolher qualquer homem do reino, eu escolheria você.

Casamentos arranjados não davam a garantia de ser desejado. Eu precisava que ele soubesse que ele era minha escolha, independentemente da opinião de meu pai ou de nossa linhagem real e das regras instituídas antes de nós.

Um gemido ficou preso em sua garganta, depois tudo ficou frio demais. Eu não sabia se era Lucien quem estava fazendo isso ou se minha alma enfim se reuniria com meus ancestrais.

— Fique comigo!

Lucien me sacudiu pelos ombros e minhas pálpebras se abriram. Será que eu tinha dormido? Quando? Estremeci, batendo os dentes, enquanto a neve caía do céu em blocos espessos e trovões ressoavam a nosso redor.

— Desculpa, meu amor. Preciso manter você gelada, senão vai sangrar até morrer — explicou Lucien, conforme começávamos a descer.

— Não dói mais — falei, embora ainda batendo os dentes. — Não sinto nada.

Lucien pareceu entrar em pânico ao ouvir as palavras, e a escuridão nas bordas da minha visão se expandiu até abranger tudo. De repente, eu estava me afogando no mais completo breu. Meu corpo pesado parecia ter se soltado e eu, finalmente, estava livre.

Lucien

O corpo de Madelynn amoleceu em meus braços e meu pior pesadelo foi logo se tornando realidade: segurei seu pescoço e pressionei os dedos frios na lateral.

Nada.

— Ela não tem pulso! — gritei para Drae, esperando que meu velho amigo pudesse fazer alguma coisa.

Ele bateu as asas com mais força, entrecortando o céu invernal e descendo mais rápido.

Isso não pode estar acontecendo.

Olhei para o rosto de Madelynn, explorando cada sarda e cada contorno. Era como se no dia em que o Criador a havia feito, tivesse decidido criar uma obra-prima. Seu rosto era esculpido em porcelana, salpicado de sardas no nariz. Seu queixo pontudo fazia sua cabeça parecer um coração, mas minha parte favorita era o tom de seu cabelo, uma mistura de laranja e ruivo, como se houvesse chamas em meio aos fios. As cores mudavam dependendo do ângulo e da incidência do sol. Rocei a ponta do polegar pelos seus lábios macios e rosados, e a vida que ainda me restava no coração desde que minha mãe morreu pereceu naquele momento. Nasci um grande amante de todas as coisas e pessoas, mas a cada discurso de bêbado, meu pai arrancava de mim aquele afeto e o transformava em ódio e sede de vingança. A única pessoa que havia mantido aquele afeto vivo foi minha mãe, mas então ela morreu, e eu fiquei perdido. Quando a adolescente que eu amava me traiu com meu melhor amigo, Raife, meu coração ficou ainda mais amargo, então o cobri de aço, tornando-o impenetrável.

Até que vi Madelynn dançando ao vento com a irmã, o sol iluminando sua juba acesa como uma fogueira, e foi como um golpe no peito. Meu coração ganhou vida, me permitindo abrir sua gaiola de aço e mostrando que ainda queria bater.

Eu precisava dela.

Não culpei Madelynn por me odiar quando me viu pela primeira vez; eu sabia que os boatos a meu respeito eram diabólicos — alguns até verdadeiros. Mas quando ela me defendeu de Marcelle e dos feéricos do verão, depois mais uma vez com meu pai, me apaixonei num piscar de olhos.

Ela era dona do meu coração e da minha alma.

Eu faria tudo por essa mulher, mas agora ela se foi.

Todo mundo acaba me abandonando.

Gritei para os céus e uma tempestade de neve gelada começou a soprar a nosso redor. Meus poderes eram perigosos e, se não fossem controlados, matariam pessoas, mas naquele momento, eu não me importava. A dor me consumia.

Drae mergulhou depressa, tão depressa que tive que apertar Madelynn contra o peito para não a deixar cair da cesta.

Falhei com ela. Talvez eu devesse ter tentado encontrar um curandeiro na Corte do Verão, mas será que a teriam ajudado? Tínhamos acabado de matar Marcelle, e de qualquer forma, não havia nenhum elfo curandeiro lá, não é? Eu estava questionando tudo agora, cada decisão que havia tomado e que levou àquele momento.

De repente, Raife Luminare, meu amigo mais antigo e o maior pé no saco do mundo, pulou na cesta presa às costas de Drae.

Ele era o maior curandeiro de toda a Avalier, mas não podia reviver os mortos.

— Ela se foi. — Minha voz estava oca, morta por dentro. Meu coração deu uma última batida e começou a se cobrir de uma parede de gelo, e eu prometi nunca mais descongelá-la.

Eu nunca amaria outra alma viva; isso sempre terminava em decepção. Além do mais, ninguém jamais seria como ela. Madelynn Vendaval não podia ser substituída.

Raife colocou a mão sobre o rosto de Madelynn e abriu a boca.

— Ela ainda não se foi. Os batimentos cardíacos estão muito fracos, mas está viva — disse, pegando meus dedos e os apertando. Então estremeceu. — Irmão, seus dedos estão frios demais para sentir o pulso dela. Acalme a tempestade para que eu a leve para dentro!

Viva? Olhei para meu amor: lábios roxos, peito imóvel. Ele tinha certeza?

Eu não conseguia ver onde havíamos pousado, a tempestade estava forte demais, fazendo tudo parecer um mar de brancura. A última vez que eu tinha visto Raife, estávamos no Palácio do Inverno, então devíamos estar perto de lá.

Raife esticou os braços e tentou tirar Madelynn dos meus, me levando a finalmente me mexer.

— Ela está muito fria. Acalme a tempestade, irmão. Preciso levá-la para perto do fogo.

Raife sacudiu de leve meus ombros como se estivesse tentando me trazer juízo.

— Tive que congelá-la para estancar o sangramento — respondi sem pensar.

Eu não queria me permitir ter esperança de que ela ainda pudesse estar viva. Era como se eu estivesse mergulhado em um estupor. Eu tinha entrado em choque, suspeitava, e não sabia como sair dele.

— Lucien, você a está congelando! — gritou Raife, então uma luz roxa explodiu diante de mim. Sua magia subjugou qualquer choque que tivesse me dominado e o dissipou. Foi como se as nuvens da tempestade em minha mente se abrissem na mesma hora. — Ela está viva — repetiu.

Dessa vez, as palavras me atingiram como uma avalanche.

Tirei o poder sobre o clima na hora. De pé, apertei Madelynn contra o peito e saltei da cesta. Meus pés afundaram na neve, que já chegava aos joelhos, mas não tive tempo de me sentir mal pela tempestade ter atingido minha cidade.

Ela está viva. Ela está viva. Ela está viva.

Os últimos pedaços de neve caíram no chão.

Raife correu a meu lado, suas mãos roxas e brilhantes pairavam sobre o ferimento de Madelynn, enquanto eu disparava para a entrada do palácio. Minhas botas cobertas de branco derraparam no chão de pedra fria quando fui colocá-la diante da lareira na sala.

Ela estava mole, o cabelo grudado em nacos meio congelados, os lábios, roxos. Agora eu temia que, na tentativa de manter o ferimento frio para que não sangrasse, eu a tivesse congelado até a morte.

Raife pôs a mão forte em meu ombro e apertou.

— Você fez bem. Ela não teria sobrevivido de outra forma — afirmou.

Recuei meio passo, enquanto ele se ajoelhava diante da mulher com quem eu esperava me casar um dia, muito em breve. Raife e Drae haviam sido alguns dos meus amigos mais próximos, mas nos distanciamos. Mais do que nos distanciamos: Raife e eu brigamos quando ele dormiu com a mulher que eu amava na época. Soube mais tarde que ela também tinha dormido com metade da minha Guarda Real, então meu amigo deve ter me poupado de muita dor de cabeça, mas esse não era o ponto. O mal que ele me fez tão pouco tempo após a morte de minha mãe deixou uma ferida. Achei que nunca mais poderia gostar ou confiar nele.

Então a dama de companhia de Madelynn chegou a cavalo e me contou o que Marcelle havia feito. Quando ela me contou que ele tinha tomado minha noiva contra a vontade dela, quase congelei o reino inteiro só para irritá-lo. E foi quando Drae e Raife apareceram. Assim que ouviram a notícia sobre minha futura esposa, vieram me ajudar na luta para alcançá-la na fronteira e, quando falhou, Drae arriscou a vida e me levou para o Verão. Eu sabia agora que, embora o tempo e as circunstâncias nos separassem, eu sempre poderia contar com aqueles homens como se fossem irmãos.

— Como ela está? — A voz de Drae veio atrás de mim, me assustando um pouco.

Raife estava curvado sobre Madelynn, lançando arcos luminosos e roxos de cura sobre ela e murmurando. Ele tinha arrancado a flecha, agora partida em dois ao lado dela.

— Drae, preciso que vá buscar minha esposa. Voe o mais rápido que puder. Ela está na fronteira com nossos exércitos, fazendo uma demonstração de união para Zafira. Fale para ela trazer o kit de remédios humanos dela — disse Raife a Drae.

Meu estômago embrulhou. Eu tinha ouvido rumores de que a nova esposa dele tinha a habilidade de trazer os mortos de volta à vida. Então Raife temia que Madelynn acabasse morta? Além disso, aquela habilidade cobrava um preço alto dela, e eu não conseguia imaginá-lo arriscando a vida da própria esposa para salvar Madelynn, por melhores amigos que fôssemos. E como, por Hades, um kit de remédios humanos nos ajudaria? Raife era o maior curandeiro vivo; nenhuma mistura humana podia afetar sua habilidade.

Drae saiu correndo da sala, já adquirindo sua forma de dragão antes mesmo de chegar à porta.

— Me conte. — Não reconheci a própria voz; vazia e desprovida de emoção, mas, ao mesmo tempo, à beira do pânico.

Quando Raife olhou para mim, não gostei do que vi em seus olhos.

— Posso curar qualquer ferida, diminuir qualquer crescimento, livrar o corpo de quase qualquer veneno...

Eu não respirava, disposto a não perder uma só palavra do que ele estava prestes a dizer. Queria a verdade nua e crua para poder absorvê-la.

— Mas não posso produzir mais sangue depois que sai do corpo. Fechei o ferimento, mas o coração dela... está falhando.

Ele fez uma pausa e um gemido gutural brotou da minha garganta e a temperatura na casa despencou.

Não. Não. Não. Eu não podia perdê-la. Não desse jeito.

Raife mordeu o lábio.

— Se Madelynn não obtiver mais sangue logo, vai morrer. Minha esposa sabe passar o sangue de uma pessoa para a outra para salvá-la. Eu já a vi fazer isso na nossa enfermaria.

Isso parecia feitiçaria de Mortósia. E eu não queria me meter com isso.

— Passar o sangue de outra pessoa para ela? Está louco?

Ele suspirou.

— Também achei loucura até ver Kailani salvar uma vida fazendo isso. Meu trabalho está feito, a ferida está curada, mas ela *precisa* de sangue.

Colocar sangue de um estranho no corpo dela? Era uma ideia louca, que me apavorava, embora não mais do que a ideia de perdê-la.

Olhei para seus lábios agora pálidos e me lembrei da primeira vez que os provei. Quis beijá-la desde o instante em que pousei os olhos nela, e nosso primeiro beijo não deixou nada a desejar. Eu queria beijá-la mais mil vezes e não me contentaria com menos.

— Faça o que for preciso — decidi. Então caí de joelhos, embalando a cabeça de Madelynn no colo. — Dê meu sangue a ela — implorei. — Por favor. Tudo o que ela precisar.

— A mãe dela está aqui? — perguntou Raife de repente, dando uma olhada ao redor.

A mãe dela? Para se despedir da filha? Me inclinei e beijei a cabeça de Madelynn.

— Não. Mandei a dama de companhia dela buscar a mãe e a irmã antes que eu mate o pai por traição — rosnei.

Raife pigarreou como se não gostasse nada da ideia, mas não dei confiança. Ele a havia vendido para outra pessoa mesmo depois de prometê-la para mim. Eu o puniria.

— Perguntei porque seria melhor ter alguém do mesmo sangue. Tem algum funcionário que seja da Corte do Outono?

Meu rosto ficou desanimado, meu estômago deu um nó. Olhei nos olhos do meu amigo.

— Não contrato funcionários de fora da Corte do Inverno.

Ficamos em silêncio após aquela admissão. Não tive coragem de perguntar se Madelynn morreria caso não conseguíssemos colocar sangue da Corte do Outono nela.

Quando eu já estava me perguntando quanto tempo levaria para um dos meus mensageiros raptar um feérico da Corte do Outono e trazê-lo para mim, Kailani chegou.

A rainha meio humana, meio elfa, entrou esbaforida pela porta da frente. Ela trazia uma maleta preta e seu cabelo loiro com uma mecha castanha na frente estava solto.

— Cheguei. Me conte o que foi — disse enquanto se aproximava e abria a maleta, tirando do interior alguns tubos e uma agulha.

— Ela sofreu um ferimento fatal — informou Raife, enquanto a esposa analisava a terrível situação em que Madelynn se encontrava. — Lucien congelou o ferimento, o que a salvou até ela chegar a mim, mas ela perdeu muito sangue. Fechei o ferimento, mas o coração dela está falhando.

Apesar de estar usando um belo vestido de seda roxo, Kailani não hesitou em se ajoelhar na poça de sangue ao lado de Madelynn e pressionar dois dedos na lateral de seu pescoço.

— Temos algum parente próximo por aqui?

Ela ainda não tinha olhado para mim, o que por mim era bom, vendo que ela estava em seu modo curandeira, e preferiria que ela se concentrasse em Madelynn. A última vez que a vi, eu tinha dado em cima dela e tentado matar Raife, então eu entenderia se ela estivesse um pouco brava comigo.

— Não — disse Raife. — E Lucien não tem funcionários da Corte do Outono.

Kailani enfiou a agulha no braço de Madelynn e finalmente olhou para mim.

— Não tenho ideia do que isso fará com os poderes dela, mas se quiser que ela viva, me dê seu braço.

Suas palavras me chocaram. Os poderes de Madelynn poderiam ser afetados? Eu *não* me importava com isso agora, mas ela talvez sim. No entanto, se sobrevivesse, valeria a pena ouvi-la gritar comigo por ter arruinado seus poderes. Eu pagaria todo o ouro dos meus cofres para ouvi-la gritar outra vez.

Sem questionar, estiquei o braço. Raife colocou a mão nas costas da esposa.

— Tem certeza de que isso não vai prejudicar o poder de Lucien?

Ela deu de ombros.

— Em geral, o corpo tem mais sangue que o necessário. Ele vai produzir mais durante o sono. Talvez se sinta fraco por um dia ou dois, mas é isso... acho.

Fraco? Eu nunca fui fraco na vida e odiava pensar nisso, mas Madelynn valia a pena.

— Só quero que ela seja salva. Por favor — implorei.

Eu rastejaria se necessário, mas Kailani não pediu. Ela simplesmente passou uma bola de algodão molhada em meu braço e enfiou uma agulha na veia.

Me encolhi um pouco, não de dor, mas por ver meu sangue vermelho deixando meu corpo e enchendo o tubo conectado a ele. O líquido desceu até onde Madelynn estava deitada no chão e entrou em seu braço.

— Que loucura. Tem certeza de que vai funcionar?

Eu nunca tinha visto nada parecido na vida, mesmo tendo visto várias curas desde criança.

Kailani fez que sim.

— Não temos curandeiros em Obscúria, onde cresci. Para sobreviver, humanos precisam usar outras coisas, como invenções e medicamentos. Este é um deles. Quando uma pessoa perde muito sangue, outra pessoa pode doar um pouco.

Mas ela parecia preocupada, como se estivesse escondendo alguma coisa.

— Então por que parece tão preocupada? — questionei.

Ela mordeu o lábio.

— Ainda não sabemos o motivo, mas algumas pessoas têm reações às doações de sangue.

Fiquei tenso.

— Que tipo de reações?

Ela respirou fundo, trêmula.

— Nunca ouvi falar de alguém morrendo, mas... no caso de Madelynn, não seria bom, ela já está muito fraca.

Toda a esperança que eu tinha de que minha amada conseguisse sobreviver foi aniquilada naquele momento.

— Talvez eu possa ajudar se houver reação — ofereceu Raife.

Kailani lhe abriu um sorriso doce, mas não muito confiante.

— Foi por isso que perguntou sobre a mãe dela ou alguém da Corte do Outono? — perguntei.

Kailani abaixou o queixo em concordância.

— Os parentes mais próximos são sempre os melhores. Quanto mais próximo for o sangue, menor a probabilidade de reação.

Meu coração começou a martelar, e eu não sabia mais se era porque eu estava com pouco sangue ou se estava apenas processando essas palavras.

— Você já fez isso no povo feérico? — perguntei.

Ela balançou a cabeça.

— Só em humanos e elfos.

Que maravilha.

— Então não tem ideia do que a doação de sangue de um feérico do inverno para uma feérica do outono pode fazer?

Kailani engoliu em seco e apertou os lábios.

— Não, mas sei que de qualquer forma você comprou tempo para ela. Se o seu sangue não funcionar, vamos saber logo, e até lá a mãe e a irmã dela já devem estar aqui.

Eu me agarrei àquela possibilidade, à promessa de que mesmo que eu não pudesse salvá-la, talvez tivesse ganhado tempo para que a mãe de Madelynn pudesse.

Alguns minutos se passaram enquanto eu olhava para a pulsação em seu pescoço. Era imaginação minha ou parecia mais forte? Kailani estava murmurando baixinho, contando. Presumi que era para cronometrar quanto sangue eu poderia doar sem precisar de uma transfusão também.

Depois do que pareceu uma eternidade, Kailani beliscou o tubo, removeu a agulha do meu braço e fez o mesmo com Madelynn. Ela jogou o tubo e as agulhas no fogo e olhou para mim.

— Como está se sentindo?

Apavorado. De coração partido. Desesperado.

— Bem — murmurei.

Raife passou a mão pelo peito de Madelynn, depois pela barriga, e sorriu.

— Os batimentos cardíacos estão mais fortes. Ainda não sinto nenhuma reação.

Ainda.

— Quando ela vai acordar?

Peguei sua mão fria e me dei conta de que a casa estava gelada. Eu era péssimo em controlar as emoções, e a ligação entre meu poder e elas só dificultava as coisas.

— Ela precisa descansar — foi tudo o que Raife disse.

— Vamos levá-la para uma cama quente. Posso trocar a roupa dela — ofereceu Kailani.

Notando agora como as roupas de Madelynn estavam molhadas de neve e sangue, concordei. Eu sabia que ela preferia que sua dama de companhia a trocasse, mas o mais importante agora era se aquecer e repousar, então permiti.

Depois de carregá-la para o quarto, no andar de cima, sentei-a na cama, apoiando sua cabeça em meu ombro enquanto desviava o olhar.

Kailani tirou depressa a roupa de Madelynn e a jogou no chão. Continuei apoiando sua cabeça em meu peito enquanto a rainha élfica mexia em seus braços moles, até finalmente me dizer que eu podia olhar.

Madelynn estava com uma camisola branca simples que parecia seca e quente. Deitei sua cabeça no travesseiro e subi o grosso cobertor de lã até seu peito. Então arrastei uma cadeira para o lado da cama.

Segurando suas mãos entre as minhas, descansei a cabeça no cobertor e tentei não perder as esperanças.

— Quer que eu fique como acompanhante até que a dama de honra dela chegue? — ofereceu Kailani da porta.

O povo feérico era muito correto quanto à pureza e ao casamento. Era por isso que, na primeira chance que tivesse, eu voltaria no tempo e cortaria a masculinidade de Marcelle de seu cadáver por ter violentado minha futura esposa. Só de pensar nisso, minha vontade era congelar toda a Corte do Verão. Olhei para o rosto adormecido de Madelynn e para o leve movimento de seu peito. Ainda não estávamos oficialmente casados, eu ainda não havia dormido com ela e, mesmo assim, era como se ela já fosse minha esposa.

Ela era o meu "para sempre".

— Acho que não precisa — respondi. — Mas pode chamar minha governanta, só por precaução.

Eu não sabia o que Madelynn preferiria. A reputação era importante para ela e eu não queria manchá-la mais ainda.

Kailani concordou e fez menção de sair.

— Kailani — chamei.

Ela se virou para mim da porta com um semblante calmo, e não pude deixar de pensar em como meu amigo Raife teve sorte. A mulher tinha acabado de voar nas costas de um dragão sem qualquer aviso para salvar Madelynn, mesmo depois de como tratei seu marido e ela mesma na última vez que os vi.

— Obrigado.

Ela sorriu e fez uma leve reverência, o que foi gentil de sua parte, considerando que ela própria era uma rainha.

Pouco depois, minha governanta chegou. Ela pegou o vestido sujo do chão e o jogou fora, depois posicionou uma cadeira no canto para ler.

As horas foram se passando. Raife entrava e saía, verificando o estado de Madelynn e me dizendo que tudo parecia bem. O chefe da guarda me trouxe notícias sobre o front. A rainha de Obscúria estava quieta desde que interrompi a tempestade. Concordamos que o objetivo devia ser se reagrupar e reforçar suas defesas. Naquele momento, eu simplesmente não ligava.

A tensão das últimas vinte e quatro horas começou a cobrar seu preço. Eu havia travado uma guerra implacável e ininterrupta contra meu próprio povo para recuperar Madelynn. Sem contar o ataque de Zafira na minha fronteira. Estava exausto. Então cedi ao sono com o rosto no cobertor ao lado da barriga de Madelynn. Eu não ligava muito para a crença no Criador — depois de ter perdido minha mãe e dos abusos frequentes por parte de meu pai, era difícil imaginar que ele fosse permitir uma coisa dessas. Mas a última coisa que fiz antes de adormecer foi uma oração para que o Criador deixasse Madelynn viver e fizesse dela minha esposa para sempre.

Madelynn

A consciência puxou minha mente e abri os olhos. Olhei confusa para o teto e tudo me veio como uma enxurrada. Lucien tinha matado Marcelle e eu havia levado uma flechada. Depois, eu estava voando no rei dragão, mas ficou tão frio... que desmaiei.

Lucien.

Foi quando percebi a mão pesada e meio fria em volta da minha e olhei para o rosto adormecido do rei do inverno.

Sorri ao ver seu semblante calmo, algo que raramente acontecia. Ao olhar pelo quarto, notei uma pessoa prostrada na cadeira no canto, uma das criadas de Lucien e devia ser uma acompanhante. Achei encantador como ele ainda estava tentando proteger minha reputação, mesmo depois de tudo o que havia acontecido com Marcelle.

Quando mexi um pouco o corpo para me ajeitar, Lucien levantou na hora a cabeça e olhou para mim com os olhos arregalados.

— Você está viva — sussurrou.

Sorri e estendi a mão para alisar as linhas de preocupação ao redor de seus olhos.

— Graças a você.

Se ele não tivesse congelado meu ferimento, eu teria sangrado até a morte lá mesmo, na Corte do Verão.

Lucien não se mexia, apenas me olhava em choque, como se não acreditasse que aquele momento fosse real.

Sem perder mais um segundo, me inclinei e o puxei para sentir seus lábios nos meus. Eu já não ligava mais para decoro ou pureza, só queria os lábios de Lucien nos meus com a maior frequência possível. Ele choramingou enquanto nos saboreávamos com voracidade. No dia anterior, quase tive certeza de que iria morrer, então eu não iria perder mais um momento da minha vida sem aproveitá-la ao máximo.

Ele se afastou de repente, balançando a cabeça e parecendo abatido.

— Espere, Madelynn, você não entende. Raife não conseguiu te salvar, não de todo. A esposa dele teve que fazer um procedimento especial.

— Procedimento? — Inclinei a cabeça e ele encostou a testa na minha.

— Você perdeu muito sangue, aí eles te deram o meu.

A confissão me deixou horrorizada. *Sangue?*

— Me deram do seu sangue? — perguntei, confusa.

— Eles colocaram meu sangue em você. — Lucien pigarreou.

Colocaram o sangue de Lucien *dentro* de mim? Estremeci com a ideia. Parecia feitiçaria sombria, à qual eu era totalmente contra, mas fiquei feliz em saber que pelo menos não tinha ingerido.

— Mas como? Necromancia?

Apenas os monstros vis que viviam em Mortósia faziam magia de sangue, ou pelo menos era o que diziam. Eles se mantinham isolados. Eu nunca tinha ouvido falar ou estive com alguém de lá.

— Com uma geringonça humana, não magia das sombras. Eu me certifiquei disso. — Lucien tentou me tranquilizar, mas eu ainda estava em pânico com a ideia.

Então o sangue dele estava dentro do *meu* corpo?

Foi naquele momento que baixei o olhar para ver o que estava usando. Quando me dei conta de que tinham me trocado, arregalei os olhos.

— Foi a rainha Kailani quem trocou sua roupa. Eu não vi nada — garantiu.

E isso ainda importava? Quase morri. Lucien ter me visto nua antes do casamento era a menor das minhas preocupações.

— Você está bem? — perguntei, verificando seu corpo em busca de sinais de ferimentos.

Ele me mostrou o braço e o pontinho vermelho de onde deviam ter tirado o sangue.

— Estou, mas... confesso que não sei o que isso fará com sua magia ou com seu corpo. Desculpa, tive que fazer uma escolha e...

Coloquei um dedo sobre seus lábios para interrompê-lo.

— Eu renunciaria a toda a minha magia para viver uma vida longa a seu lado.

Ele abriu um sorriso de dar frio na barriga e me olhou com adoração.

— Casa comigo. Agora mesmo.

Isso me fez rir. A luz da manhã estava entrando no quarto e eu estendi a mão para tocá-lo no rosto.

— Eu adoraria me casar com você. Minha família está vindo? O bilhete de Piper dizia que ela estava indo buscá-la.

Então o semblante dele mudou, demonstrando uma certa raiva por uma fração de segundo, mas ainda tempo suficiente para eu perceber. Entendi meu erro.

Eu havia dito *família*, o que incluía meu pai. Um homem que o tinha traído.

Embora, no fundo, eu soubesse que Lucien não poderia permitir que tal traição passasse incólume por medo de parecer fraco, eu também amava meu pai. Eu o odiava pelo que tinha feito, mas o amava por quem ele havia sido durante toda a minha vida.

— Quis dizer minha mãe e minha irmã. No que diz respeito ao meu pai, tire o título dele se for preciso, mas por favor não o mate — implorei, pegando sua mão.

— Tenho todo o direito de matá-lo — rosnou.

Ele tinha, mas eu sabia que não faria isso. Lucien era temperamental, mas quando parasse para pensar, não me causaria nem um pingo de dor. Eu sabia.

— Minha mãe pode liderar a Corte do Outono e sei que ficará do lado da Corte do Inverno. Ele fez tudo pelas costas dela. Ela e minha irmã são inocentes.

Seus olhos de aço olharam fundo nos meus.

— Que o Criador me ajude, mas não consigo te negar nada.

Sorri, aliviada pela vida de meu pai. Depois de tamanha deslealdade, não seria bem-vindo ali e, embora isso me entristecesse, também não estava pronta para vê-lo. Eu precisava de tempo e espaço para a ferida cicatrizar.

— Venha, vamos tomar café da manhã e nos preparar para o casamento assim que sua mãe e sua irmã chegarem. A rainha de Obscúria recuou, pelo menos por enquanto.

Pelo menos uma boa notícia. Depois, a criada me ajudou a tomar banho e me vestir, e encontrei Lucien no grande salão de jantar.

Assim que entrei, me lembrei do pai dele e de nossa desavença naquele salão.

— Ah, Lucien, esqueci de perguntar sobre seu pai. Os curandeiros élficos vieram buscá-lo?

Lucien olhou para o prato e uma tristeza tomou conta de seu rosto.
— Vieram. Mas no último minuto, meu pai escolheu a outra opção que você ofereceu. Anda desfrutando hidromel e vinho sem fim numa cabana nas montanhas.

Meu coração se partiu com a declaração. Depois de tudo, ele optou por continuar doente. Me aproximei e passei os dedos pelo cabelo escuro e grosso de Lucien.

— Lamento muito.

Ele olhou para mim com uma força inabalável.

— Não lamente. É a primeira vez que me sinto em paz em casa desde que minha mãe partiu. Sempre tive receio de pedir que ele fosse embora por medo da briga que se seguiria entre a gente e do que meu poder faria.

Com o peito apertado com a confissão, permiti que ele me puxasse para seus braços. Foi um momento agridoce. Era bom seu pai não estar mais ali para magoá-lo e intimidá-lo, mas também triste que ele não estivesse disposto a buscar ajuda.

— Quem sabe quando a gente tiver filhos, ele mude de ideia e queira... — Minhas palavras foram interrompidas quando a porta do refeitório se abriu e bateu contra a parede de tijolos.

Minha mãe estava lá com Piper. As duas pareciam abatidas, sem cor no rosto e com cabelo desgrenhado pela neve. A bochecha de minha mãe estava sangrando devido a um pequeno corte e Piper estava coberta de terra e folhas.

Quando olhei atrás delas, foi como uma pedra afundando no estômago.
— Cadê Libby?

Minha mãe se remexeu.

— Os homens da rainha de Obscúria tentaram levá-la, mas eu lutei. Ela está bem.

Saltei na sua direção bem a tempo de pegá-la quando ela desmaiou.

Lucien se levantou de repente e veio me ajudar a deitá-la no chão, enquanto Piper se ajoelhava diante de nós, segurando o braço junto ao peito. Ela estava ferida.

— Me conte, Piper! — gritei. Ela parecia estar em choque.

— Seu pai e sua mãe lutaram contra eles, mas... eles tinham poderes feéricos. Vento, neve, fogo, até arrancavam árvores. — Ela fez uma pausa e eu me preparei.

— Cadê ela, Piper?

Pousei a cabeça da minha mãe com cuidado no chão e me levantei, pronta para ir até o local e resgatar minha irmã.

— Ela está aqui, no seu quarto, com uma enfermeira. Está abalada, mas bem — revelou Piper, me encarando. Pude ver o trauma por trás de seus olhos. Minha amiga nunca mais seria a mesma depois do que havia visto. — Maddie, eles tinham *asas* de metal. Tentaram levar Libby embora *voando*. Sua mãe... — Ela olhou para a silhueta inerte de mamãe. — Nunca a vi daquele jeito. Ela foi *tão* poderosa, destruindo todas as árvores no raio de quilômetros, mas também esgotou o poder salvando Libby.

Solucei. Minha doce mãe. Esgotar o poder como feérica poderia ser permanente. Era como usar tanta magia de uma só vez que o poço secava.

— Tem certeza? — perguntei.

A sala mergulhou em um intenso frio de repente. Olhei para Lucien. Seus olhos estavam praticamente brilhando em prata.

— A guerra começou. Não tem como perdoar uma coisa dessas.

Corri em direção a ele, mas minha mãe começou a gemer e a acordar. Piper se abaixou para ajudá-la enquanto eu apoiava as mãos no peito de Lucien.

— Por favor. Por favor, me diga que vamos nos vingar disso. Ela foi longe demais — rosnei.

Um olhar conflitante cruzou seu rosto e meu estômago ficou apertado.

— Claro que vamos, Madelynn, mas não pode ser agora mesmo. Precisamos reunir um exército.

Eu temia que ele dissesse isso.

Minha garganta estava com um nó de emoção, mas tentei manter a calma. Eu queria sugar o vento para aquele salão e atirá-lo de volta em uma árvore, mas precisava manter a cabeça fria.

— Se esperarmos demais, Zafira pode acabar capturando alguém importante.

Como ela ousava tentar sequestrar minha irmã?! A intenção seria drenar o poder dela? Essa simples especulação fez meu sangue ferver.

— Eu poderia mergulhar todas as terras dela numa era de gelo mortal, mas arriscaria matar os inocentes de lá.

Aí estava a verdadeira questão. Sabíamos, por relatos de desertores que fugiram do reino de Obscúria, que lá havia inocentes que odiavam Zafira, e eles não mereciam morrer pelas ações de uma rainha ensandecida.

Houve uma batida à porta. Quando olhei, vi uma bela mulher de cabelo branco com uma mecha castanha na frente. Ela usava um vestido majestoso e estava ao lado de um elfo de aparência elegante. Por instinto, soube que eram o rei e a rainha dos elfos.

— Ouvimos falar da tentativa de rapto. Como podemos ajudar? — ofereceu a rainha.

Quase chorei de alívio.

— Zafira está ficando cada vez mais ousada. Precisamos de um contragolpe para que ela saiba que é inaceitável — disse Lucien ao rei elfo.

Raife Luminare concordou, seu cabelo da cor do luar estava jogado sobre os ombros.

— Você sabe que eu tenho esperado anos por esta guerra.

Eu estava grata pelo trabalho em conjunto daqueles para garantir que nada daquilo se repetisse. A ideia de minha mãe ou irmã sendo levadas me arrepiava toda a ponto de dar náusea.

— Detesto ter que pedir... — olhei para o rei elfo —, mas minha dama de companhia está ferida.

Gesticulei para Piper, que ainda estava com o braço junto ao peito e a cabeça de minha mãe deitada em seu colo.

Sem uma palavra, Raife se ajoelhou ao lado de Piper e agitou a mão roxa e brilhante sobre o braço dela. O rosto de Piper, antes contraído de dor, relaxou, então ele começou a trabalhar na minha mãe.

— Ela só precisa descansar. Está exausta.

Ele examinou minha mãe, que ficava alternando entre a consciência e a inconsciência.

— Obrigada. E obrigada por ajudar a me curar — falei, olhando dele para a rainha élfica. — Vocês dois.

Ela sorriu para mim e o rei elfo dispensou o agradecimento, como se não fosse grande coisa. Imagino que ele salvava vidas todos os dias e de fato não fosse nada para ele, mas era tudo para mim.

— Você tem curandeiros sobrando para enviar ao campo de batalha quando atacarmos? — perguntou Lucien ao rei elfo.

Ele já tinha entrado totalmente no modo guerra, o que me agradou. Saber que a rainha de Obscúria havia mirado na minha irmã me deixou com raiva, mas também com medo. Errei ao imaginar que teríamos alguns meses até entrarmos em guerra total, mas o conflito já tinha começado, como Lucien havia dito. Não podíamos deixar Zafira sair impune depois de tentar raptar um membro da realeza. Precisávamos derrotá-la antes que fizesse algo ainda mais ousado.

— Com certeza. Vou prepará-los desde já — declarou o rei Raife.

O povo élfico era conhecido por sua habilidade de cura. Mesmo os mais fracos tinham algum tipo de poder, além de serem todos arqueiros experientes. Tê-los do nosso lado em batalha seria inestimável.

— Temos os soldados do inverno — disse Lucien. — Todos farão o que eu pedir.

Olhei de novo para minha mãe, que parecia ter se recuperado um pouco e tinha se levantado com a ajuda de Piper.

— A Corte do Outono já está se preparando e vindo para cá — informou. — Seu pai deixou a liderança hoje pela manhã e me colocou no comando.

Havia vergonha em sua voz. Eu sabia que ela devia estar muito decepcionada com a conduta de papai, mas o casamento dos dois era forte e eu esperava que sobrevivesse. Lucien ainda não o havia despossado do título dele, mas o faria assim que tivesse tempo para respirar. Aquilo assolaria meu pai, que tinha servido a nosso povo durante décadas, mas ele havia cometido um erro ao me vender para Marcelle e desistir do acordo com Lucien. Se pudesse ao menos viver, eu já nos considerava sortudos.

— Se a rainha de Obscúria tiver poderes da Corte do Verão e da Primavera, precisaremos deles também. Vou reunir as cortes restantes — declarei.

— Eles *romperam* com Fadabrava — rosnou Lucien. Que sejam esquecidos! Zafira vai acabar indo atrás deles, e quando acontecer, vou negar os pedidos de ajuda deles.

Virei a cabeça para encará-lo.

— Sou a rainha deles agora, Lucien! E eles vão me obedecer, caso contrário, que o Criador tenha misericórdia da alma deles. — Lucien pareceu impressionado com minha explosão. Talvez fosse meu tom de voz, mas vi que ele sabia que eu não voltaria sem um exército. — Então qual é o plano?

Alguém ao final do corredor pigarreou, e todos nos viramos para olhar. Era difícil não ver o povo dragão, fortes como cavalos, e o que estava ali não era diferente. O homem diante de mim, que presumi ser o rei dragão, já que nunca o havia visto em forma humana, era um cavalheiro corpulento, tão alto quanto Lucien, mas duas vezes mais largo, puro músculo. Ele usava o cabelo preto trançado num rabo de cavalo na parte de trás, semelhante ao penteado de Lucien.

Conforme ele entrava no salão de jantar, minha mãe e todos iam saindo do caminho. Ele fez um leve aceno de cabeça para mim.

— Que bom ver que está melhor, milady. Sou Drae Valdren, o rei dragão.

— Madelynn Vendaval — respondi, me curvando também.

— Admito que eu estava escutando e tenho um plano de como retaliar a tentativa de rapto de sua irmã. Isso nos dará uma vantagem na guerra e vai nos comprar tempo para trazer Axil Lunaferis para o nosso lado.

Não liguei que ele estivesse ouvindo; eu só queria saber do plano. O rei Drae Valdren era uma força da natureza. Ele já tinha voado para o território de Obscúria para matar o filho da rainha Zafira como vingança pelo assassinato de um de seu povo. Já que ele tinha algo a dizer, eu sem dúvida queria ouvir.

Drae deu um tapinha nas costas de Lucien.

— O rei do inverno construiria um muro de neve e gelo com três metros de altura na fronteira. Isso garantiria tempo para Raife trazer os curandeiros.

Lucien concordou.

— Posso fazer isso com tranquilidade.

Drae então olhou para mim.

— E também daria tempo para nós. Posso levar você de volta para o seu povo para convencê-los a se juntarem à guerra.

Inclinei a cabeça. Era um ótimo plano.

— Podemos partir agora mesmo!

Drae riu da minha impaciência.

— Mandei chamar minha esposa. Quando ela chegar, você e eu já teremos voltado, e teremos reforços a caminho. Enquanto o exército feérico ataca na fronteira, isso fará o exército de Zafira recuar.

Lucien sorriu.

— E você vai sobrevoá-lo e lançar uma chuva de fogo.

Drae concordou.

— Arwen também pode voar. Vamos reduzi-los em número.

— Mas o povo de Obscúria agora tem poderes mágicos — observei. — E se vocês dois forem mortos?

Drae coçou o queixo, pensando a fundo.

— Tem razão. — Ele olhou para Lucien. — Se morrermos, congele tudo e se vingue de nós.

Pelo Criador! Que mórbido.

Lucien riu.

— Pode deixar comigo.

Kailani pigarreou.

— Como último recurso, não é? Porque há pessoas boas em Obscúria também, pessoas que odeiam Zafira e só querem ir embora. Ela as mantém sob toque de recolher e as obriga a se alistarem no exército ainda jovens.

Todos ali absorveram a informação. Embora fosse fácil querer exterminar um povo inteiro pelas ações de um líder, não era certo.

— Sim, como último recurso. Até então, vou reunir o restante de nosso povo e vamos mostrar para a rainha Zafira que ela mexeu com o povo errado — rosnei.

Lucien pigarreou.

— Sem ofensa, meu pequeno vendaval, mas não sabemos ao certo se seus poderes continuam funcionando. Eu odiaria mandá-la sozinha sem ter certeza de que pode se proteger.

Eu tinha me esquecido completamente da questão com o sangue. Ficava enjoada só de imaginar o sangue de Lucien correndo pelo meu corpo, mas não havia tempo para ficar pensando nisso.

— Então vamos conferir se meu poder continua intacto — anunciei para todos.

Minha mãe, que não havia se manifestado até então, agora franzia o cenho.

— O que aconteceu com seu poder?

Após algumas risadinhas, levei todos para fora, deixando minha mãe a par de tudo no caminho. Atravessamos o jardim dos fundos rumo a um pequeno campo aberto. Uma fina camada de neve cobria tudo e estava *frio*. As árvores estavam sem as folhas, era o lugar perfeito para praticar.

Lucien, o rei dragão, o rei e a rainha dos elfos, minha mãe e Piper olhavam para mim.

— Zero pressão aqui. — Ri de nervoso.

— Só estou feliz que esteja viva. Quanto a ter poderes ou não, pouco importa — afirmou Lucien.

Foi doce da parte dele, sério, mas eu ficaria arrasada. Sempre me sentia confiante quanto a minha magia do vento.

Com os braços esticados para baixo, abri bem os dedos das mãos. Atrás de mim, o grupo recuou um passo. Chamei o vento para mim. Ele assobiou pelos galhos congelados das árvores, fazendo com que os pingentes de gelo se partissem e se fragmentassem no chão. Era um aquecimento, e até agora parecia tudo bem. Abri os olhos, estendi a mão direita e permiti que uma fração da raiva acumulada por Zafira transbordasse de mim e estimulasse meu poder. Uma parede de vento atravessou o desfiladeiro à direita e bateu na árvore, quebrando-a ao meio. Ouvi alguns espectadores arfando atrás de mim, mas continuei focada no meu poder.

Havia algo novo ali, algo selvagem, e frio, e imprudente. Recorri ao que quer que fosse, deixando a magia fluir de mim, e soltei um grito quando um pedaço de gelo voou da palma da minha mão e bateu no tronco de uma árvore.

Soltei o controle sobre meus poderes e girei, encarando Lucien de olhos arregalados. Meu coração batia forte, como um pássaro se debatendo numa gaiola, e temi que ele de alguma forma ficasse bravo.

— Você tem um pouco do *meu* poder. — Ele parecia admirado.

— Foi incrível! — acrescentou Kailani.

O rei elfo esfregou a nuca.

— Bem, agora sabemos que a transfusão de sangue funcionou. Mais do que funcionou.

Abri um sorriso radiante.

— Acha que é permanente? — perguntei.

O rei elfo olhou para a esposa, que deu de ombros.

— Não tem como saber; ainda é tudo muito novo para nós. Mas farei anotações detalhadas no meu diário e vou deixar uma cópia com você, caso precise usá-lo de novo com seu povo — disse Kailani.

Abri um sorriso de gratidão, mas estava preocupada com o que Lucien estava pensando. Meu receio deve ter ficado claro já que, um por um, todos se afastaram e voltaram para o palácio.

— Está zangado? — perguntei, me aproximando para ele me puxar para seus braços.

E ele puxou, me abraçando forte em seguida.

— Jamais. Estou surpreso e feliz. Quanto mais poder você tiver, mais protegida estará.

Franzi a testa.

— Então por que parece triste?

Talvez ele não se desse conta de como demonstrava tão abertamente as emoções, mas eu sabia, pelo seu rosto, que algo o estava incomodando.

Ele balançou a cabeça.

— Nada. É egoísta.

Estiquei o pescoço para olhar bem para ele.

— Fala!

Ele deu um beijo em meus lábios e depois puxou minha mão.

— Vou te mostrar.

Passamos pelo jardim coberto de neve e chegamos a uma catedral gigante ao longe, que eu ainda não havia notado. Era feita de pedra e tinha dois andares, arcos de madeira escura e treliças ornamentadas. À medida que nos aproximávamos, mais boquiaberta eu ficava com o lindo vitral que ilustrava as fases da lua, com todos os diferentes elementos.

— Eu não sabia que havia uma catedral na Corte do Inverno.

Catedrais costumavam ser associadas aos que adoravam o Criador. Tínhamos muitas na Corte do Outono, mas circulavam boatos de que a Corte do Inverno não acreditava em um poder superior ou em um destino pré-definido.

— Minha mãe mandou construir. Ela exigiu do meu pai um lugar para adorar o Criador — contou, empurrando a porta de madeira cheia de gravações e ornamentos.

Sorri ao pensar na mãe de Lucien exigindo que aquele pai descrente construísse uma catedral para ela.

Quando Lucien terminou de abrir a porta, entrei e soltei um leve suspiro de surpresa.

Havia centenas de flores brancas penduradas no teto, revestindo o corredor e por todo o altar. Ninguém sabia como era o Criador, mas sabíamos que todos vieram dele e todos retornariam a ele, então o imaginávamos muito parecido com o sol radiante que brilhava no céu. *Aquele que dava a vida.* Na parede oposta ao vitral, havia um enorme sol laranja e amarelo, lançando tons amanteigados sobre as flores brancas.

— Estou triste porque queria casar com você aqui. *Hoje.* Eu não queria esperar, não queria ter que combater Zafira agora. Quero viver minha vida em paz como seu marido.

Girei, piscando para afastar as lágrimas, sabendo que aquelas flores eram frescas, porque ele havia pedido que sua equipe preparasse o lugar para nos casarmos. Funguei.

— Quando foi que você fez isso?

Eu queria ser egoísta também. Queria me casar e não ter que correr para uma situação perigosa e acabar morta.

— Ontem, antes de partir com Drae para te buscar. Avisei para a minha equipe que voltaria com minha futura noiva e que a gente se casaria na hora. Mas Zafira atacou e você acabou machucada e... bem, você sabe o resto.

Ele parecia abatido.

— Desculpe. — Segurei as laterais de seu queixo. — Prometo que, depois que a Primavera e o Verão enviarem as tropas para a guerra, a gente *vai* se casar. Vou embora, mas já volto. Com a ajuda das asas de Drae, posso voltar em poucas horas.

Ele suspirou, parecendo chateado.

— Da última vez que você disse isso, foi levada por outro homem e te encontrei quase morta.

Eu o puxei para mim, prensando seus lábios nos meus, enquanto uma dor crescia lá no fundo. Será que ele não via como eu o queria? Nunca desejei tanto uma coisa na vida.

Afastei o rosto, mas mantive os olhos nos dele.

— Eu *vou* me casar com você, Lucien Almabrava. Juro pelo Criador neste templo.

Lucien sorriu.

— Agora vai ter mesmo que casar, ou vai acabar atingida por um raio.

Ri com a alusão àquela velha lenda.

— Exato. Então não tenha medo.

Lucien passou os dedos pelo meu cabelo, puxou meu rosto e beijou a testa.

A porta dos fundos da catedral se abriu e um guarda entrou correndo. Foi nesse momento que percebi que estava sozinha com Lucien, sem acompanhante, pela primeira vez, e nem liguei.

O guarda usava o emblema de um mensageiro e ofegava de tanto correr. Antes que pudesse abrir a boca para falar, o chão tremeu, fazendo com que uma rachadura estilhaçasse uma das janelas de vidro rebuscadas da catedral.

Prendi a respiração e olhei para Lucien.

— O que foi isso? — gritou o rei.

O mensageiro respondeu:

— Zafira está na fronteira com mil homens. Precisamos do senhor.

Mil! *Já?* Ela estava se mobilizando rápido.

— Ela vai tentar atacar a Corte do Inverno porque ficou sabendo sobre a separação — falei.

Lucien respirou fundo como se quisesse se acalmar.

— Então vá e reúna seu povo. Se um único deles te machucar de novo, *seja um fio de cabelo*, vou congelar a Primavera e o Verão e acabar com a vida de todos das duas cortes. Não me importa quantos inocentes morram junto.

A declaração lançou uma onda de arrepios pela minha espinha, ainda mais porque eu sabia que ele faria isso. Havia uma escuridão no homem que eu amava, e eu vivia tendo que manter essa escuridão sob controle.

Eu corria um risco muito real de morrer ao tentar trazer os soldados do Verão e da Primavera de volta para o Inverno. Eles já tinham tentado me assassinar uma vez. Isso destruiria o futuro que Lucien e eu queríamos tanto ter juntos. Ainda no pátio, olhando para o homem que amava, eu não sabia o que dizer.

Lucien se inclinou, deu um beijo em meu pescoço e deslizou os lábios até meu ouvido.

— Você me trouxe de volta à vida, Madelynn — sussurrou.

Todo o meu corpo ardeu.

Você me trouxe de volta à vida.

Essas palavras reverberaram em minha cabeça e me consolei em saber que se eu morresse, pelo menos teria curado seu coração para outra. Deixado que a mulher que viesse depois de mim o amasse mais do que eu, porque ele merecia.

Dei dois passos em direção ao dragão negro à espera e então pensei duas vezes.

Se aqueles poderiam ser meus últimos momentos com Lucien Almabrava, eu faria valer a pena.

Dei meia-volta e corri para ele. O calor em seus olhos combinava com o calor eletrizante que envolvia meu corpo. Pulei em seus braços ao mesmo tempo em que ele os estendeu, me apertando firme contra seu corpo, enquanto nossos lábios se chocavam com uma necessidade faminta. Não éramos casados. Não tínhamos acompanhante. Nossas línguas dançavam juntas à vista do público e eu não ligava nem um pouco. Eu precisava sentir seu gosto antes de partir.

Quando passou a mão pelo meu cabelo e o puxou de leve, gemi em sua boca aberta e ele engoliu o som.

Por fim, nos separamos, os dois ofegantes, e eu ansiava por mais. Fiquei na ponta dos pés e aproximei os lábios da orelha dele.

— Meu coração é seu, Lucien Almabrava. Agora e sempre.

Com isso, me afastei e me virei de costas antes que pudesse ver o rosto dele. Eu não queria chorar. Não queria partir nessa empreitada me sentindo um desastre emocional. Eu precisava ser forte.

Pulei na cesta com Piper, que voaria a meu lado, e o rei dragão decolou. Tentei me concentrar na tarefa à frente e não na guerra ou no que Lucien estava fazendo naquele momento. Eu sabia que ele era mais do que capaz de proteger a si e ao povo. O rei do inverno era o integrante mais poderoso do povo feérico. No entanto, fazia meses que a rainha de Obscúria vinha roubando nossa magia! Ela não só tinha mil guerreiros em nossa fronteira, como os *havia aprimorado* com o *nosso* poder.

Agora eu precisava fazer minha parte. Não poderíamos pedir que Arquemírea e Escamabrasa lutassem a nosso lado quando nós mesmos estávamos divididos. Eu tinha que unir Fadabrava de volta. Reunir todos a tempo de reagir a Obscúria, e tirar a rainha da fronteira do Inverno seria um grande esforço coletivo.

Estiquei o braço para segurar a mão de Piper. Ela andava quieta e provavelmente em estado de choque. Havia dito que ela não precisava vir, mas ela insistiu. Mal consegui ver mamãe e Libby antes de ter que sair correndo do palácio. As duas estavam dormindo, vigiadas por um curandeiro élfico. Mas Piper, minha amiga leal até o fim, estava me esperando com Drae.

— Nunca cheguei a agradecer pela carta. Ela me deu esperança e me fez continuar! — gritei em meio ao vento.

Piper olhou para mim com lágrimas brotando nos olhos.

— Desculpa por não ter parado a carruagem. Eu devia ter jogado uma pedra ou...

— O quê? Do que está falando? — interrompi.

Sua voz falhou.

— Vi quando Marcelle te levou, mas não sabia o que fazer. Não sou poderosa como você. Eu sabia que não podia lutar, então corri para buscar ajuda, mas agora fico me perguntando se tentei de verdade.

Quando a puxei para meus braços, ela começou a soluçar, tremendo ao descarregar a dor que havia guardado. Era por isso que andava tão quieta? Piper se sentia culpada por não ter me salvado?

— Eles teriam te matado, Piper. Você fez a coisa certa. A melhor coisa. Contou para Lucien e ele foi me salvar.

Enquanto ela chorava, eu afagava suas costas, me sentindo mal por não ter percebido que ela carregava aquela culpa.

— Ele... — murmurou junto ao meu casaco. — Ele te machucou?

Ela se afastou e olhou nos meus olhos. Eu sabia que a pergunta era se ele tinha me forçado a dormir com ele. Piper levava a proteção de minha pureza muito a sério, e eu sabia que a resposta a deixaria arrasada. Mas ela tinha que saber.

— O casamento foi legítimo — respondi, tentando evitar dizer algo explícito demais. — Mas Lucien ainda me quer, então pouco importa.

Só que importava. Naquele dia, uma pequena parte minha havia morrido e nunca mais voltaria. Aquela parte da minha infância inocente e despreocupada, que pensava que o mundo era um lugar seguro e que eu sempre estaria protegida, estava morta. Piper só não precisava saber disso.

Ela parecia fora de si.

— Eu... lamento tanto.

Segurei seus ombros e a fiz olhar para mim.

— Não é culpa sua. Nada que você pudesse ter feito teria mudado meu destino.

Ela franziu a testa.

— Odeio ser tão fraca na minha magia. Quero aprender esgrima! — declarou de repente.

Eu sorri.

— Fiquei pensando a mesma coisa quando minha magia foi limitada. Vamos aprender juntas.

Ela concordou e se aninhou a meu lado.

O resto da viagem foi tranquilo e não demorou muito para que as torres do Palácio da Primavera surgissem.

— Pouse ali! — gritei para o rei dragão.

Eu estava controlando o vento para obter a velocidade de voo ideal para ele, mas ainda estava me acostumando à capacidade de criar neve e gelo, me perguntando se seria permanente ou se duraria apenas alguns dias. Kailani havia dito ser experimental, então nem ela tinha certeza. Meu sangue absorveria e expulsaria o de Lucien, ou se ligaria a ele, mantendo sua magia junto a minha para sempre.

De qualquer forma, era bem legal poder fazer isso, embora parecesse muito mais volátil do que minha magia de outono. O inverno era instável por natureza, então fazia sentido. Agora, eu tinha um pouco mais de compaixão por Lucien e como ele vinha lidando com esse poder durante todos esses anos.

As pessoas começaram a sair das casas, olhando para cima e apontando para o dragão que atravessava o céu.

— Veja! É a Sheera! — anunciou Piper e então me deu uma olhada. — Você tem um plano?

Suspirei, observando minha amiga sair para o jardim de sua casa e olhar para mim. Eu não queria fazer isso da maneira mais difícil. Queria ser delicada e bondosa, mas Sheera e os pais planejaram uma revolta contra meu futuro marido pelas minhas costas. Será que também sabiam que Marcelle estava planejando me tomar?

Não. Eu não conseguia imaginá-los deixando de me avisar se soubessem.

Ainda assim, gentileza não tinha me levado muito longe na vida. Estava na hora de abraçar totalmente o título de rainha de Solária que eu agora detinha.

A mãe, o pai e os empregados de Sheera também estavam no jardim, bem como meia dúzia de cortesãos e um punhado de guardas. Assim que o rei dragão pousou habilmente diante deles, pulei da cesta presa as suas costas, aterrissando em minhas botas de couro gastas.

— Madelynn? — Sheera levou a mão ao peito, perplexa com o que estava vendo. Sem dúvida ela nunca tinha visto um dragão, assim como eu até o dia anterior.

— Pode me chamar de Vossa Alteza. Ou será que não ficou sabendo? Fui casada com Marcelle e agora sou a rainha. — Ergui o queixo e expressei toda a superioridade real que pude.

O ar mudou na hora. Sheera arregalou os olhos e me fez uma leve reverência.

— Claro, Alteza. Eu soube.

Embora eu me sentisse mal por fazer minha velha amiga falar comigo em termos tão formais, eu não podia cometer nenhum erro ali. Qualquer brincadeira e sinal de amizade poderia levar alguém a tirar vantagem de mim, e não havia tempo para isso.

Olhei para os pais dela, os verdadeiros autores de tudo.

— Vocês fizeram de mim a rainha e agora devem viver segundo o *meu* comando — rosnei. — Zafira tentou raptar minha irmã... — Todos ficaram boquiabertos, até mesmo alguns cortesãos. — O rei do inverno está detendo o avanço dela na fronteira enquanto eu não volto com reforços. Então, tratem de reunir seus exércitos e sigam para a Corte do Inverno, senão vou matá-los por traição e por não cumprirem minhas ordens.

A boca do duque Barrett estava aberta como um peixe fora d'água. Então ele riu.

— Minha querida, pode ser minha rainha na teoria, mas só aceito *ordens* do rei Marcelle.

Então ele não sabia. A notícia não havia se espalhado. Convoquei o vento ao redor e levantei seu corpo do chão.

Sheera e a mãe gritaram, recuando e olhando para mim com os olhos arregalados.

— Marcelle está morto! E o senhor também estará em breve se não deixar bem claro onde reside sua lealdade — gritei. — A rainha de Obscúria está vindo atacar todos nós! O tratado que Marcelle firmou com ela nunca foi levado a sério. Ela invadiu as terras da Corte do Outono e tentou sequestrar Libby mesmo assim. O único objetivo dela era dividir nosso povo! Ou vocês se unem a nós e nos ajudam, ou serão despedaçados pelo vento!

As folhas e a terra formavam um pequeno redemoinho a seus pés, enquanto eu o sustentava no ar.

Eu sabia que ele tinha grande poder sobre a terra e a chuva, talvez capaz de me engolir inteira, mas não antes de eu tirar todo o ar de seus pulmões.

Ele parecia estar ponderando sobre o assunto.

A mãe de Sheera pulou na frente do marido.

— Estamos com você! Madelynn, olhe para mim! — comandou. Eu conhecia essa família desde pequena. A maneira como ela disse meu nome me lembrou de quando eu era criança. Eu a fitei e encontrei compaixão em seus olhos. — Foi um erro dividir o reino e pensar que a rainha de Obscúria nos deixaria em paz. Estávamos apenas tentando proteger nossos entes queridos. Mas foi um descuido e estamos do seu lado. Não é, Barrett?

Ela olhou para o marido, que suspirou, o vento girava a sua volta e fazia seu cabelo bater no rosto.

— Estamos do seu lado — disse ele, resignado.

Soltei o vento que o segurava e ele caiu de pé.

— O povo-dragão e os elfos *também* estão com a gente. É a coisa certa. Unidos contra Zafira como um só — anunciei.

Então o olhar de todos pousou no grande dragão atrás de mim e em Piper, ao lado dele. Como se concordando, a fera resfolegou, soltou fumaça e bateu com o pé grande e escamoso no chão.

— E só para constar, o rei do inverno é um homem bom. Eu o amo e vou me casar com ele — acrescentei. Eles pareceram menos de acordo com a parte, mas eu não dava a mínima. — Reúna seu exército e se dirija para a Corte do Inverno. Ficarei na retaguarda com a Corte do Verão.

Sheera me fitava de olhos arregalados.

— Você assassinou Marcelle e ainda assim acha que a Corte do Verão irá te obedecer?

Tecnicamente, não havia sido *eu* quem havia matado Marcelle, mas eu não entraria em detalhes agora.

— É melhor que obedeçam — foi tudo o que falei antes de caminhar até Drae e montar na cesta em suas costas junto de Piper.

Barrett começou a dar ordens para seus homens se prepararem para a guerra, e o rei dragão decolou.

Conseguimos o apoio dessa corte, mas ainda faltava uma e não havia tempo a perder.

— Quero ser como você quando crescer — disse Piper, se acomodando a meu lado.

Dei risada, muito grata por ter seu apoio em tempos tão incertos.

Nos recostamos um pouco mais na sela e compartilhamos carne seca e algumas frutas. Eu quase não sentia fome num momento como aquele, mas precisava preservar minhas forças para a batalha à frente. O rei Valdren voava extremamente rápido e com uma destreza incomparável. Eu poderia estar de volta à Corte do Inverno e pronta para ajudar na guerra dentro de algumas horas.

Apenas rezava ao Criador que fosse fácil convencer a Corte do Verão, porque, gostando ou não, estávamos em guerra.

◆ ◆ ◆

Quando chegamos à Corte do Verão, fiquei aliviada em ver uma grande reunião em frente ao palácio e pessoas entrando na sala de reuniões ao lado da estrutura principal. O rei Valdren pousou no mesmo jardim onde eu havia beijado Lucien pela primeira vez. Só que agora, quando desmontei, ele começou a assumir sua forma humana, então me virei de costas para lhe dar privacidade, pois sabia que aquela transformação não envolvia roupas. Tomei sua retomada à forma humana como um sinal de que ele queria me acompanhar na empreitada, então esperei pacientemente que ele entrasse na casa de hóspedes e voltasse usando roupas um pouco mais curtas do que deveriam ser nos punhos e tornozelos.

— Estou com um mau pressentimento aqui e prometi a Lucien que te manteria segura — explicou.

Ele foi até a sela da qual havia se desvencilhado, enfiou a mão numa bolsa e puxou uma espada.

Foi muito cavalheiresco da parte do rei dragão pensar que poderia me proteger, então me abstive de comentar que eu seria capaz de roubar o ar dos pulmões deles, se quisesse.

— Obrigada.

Caminhamos juntos, seguidos por Piper, em direção à sala de reuniões, de onde ouvimos murmúrios e gritos por todo o caminho.

Olhei para o rei Valdren, e ele fez um gesto com a cabeça. Pelo visto sua avaliação estava certa. O líder da corte estava morto. Na última vez que me viram, fui atingida por uma flecha e agora estava prestes a invadir e forçá-los a irem para a guerra.

Criador, dai-me forças.

A multidão era tão grande que passamos despercebidos até chegarmos ao fundo da sala de reuniões.

— Deveríamos marchar sobre a Corte do Inverno e queimar o rei vivo! — gritou alguém.

Os pelos de meus braços se arrepiaram com a menção de tamanha traição. Olhei para o palco e vi um homem solitário, um menino, na verdade, não devia ter mais de dezesseis invernos de idade. De costas eretas, ouvia seu povo vociferar o que achavam que ele deveria fazer.

O príncipe Mateo.

Marcelle sempre teve ciúmes do irmão mais novo. Diziam que o menino era tão poderoso que poderia incendiar um homem usando apenas a mente, então parece que Marcelle o prendeu para que fosse *reeducado.*

Fiquei feliz em ver que Andora tinha conseguido buscá-lo de onde quer que ele estivesse.

— Se acalmem! — gritou Mateo para o povo.

A multidão, contudo, apenas se alvoroçou. Dava para ver o pânico em seu olhar. Ele podia ter sangue real, podia ser poderoso, mas não era um líder nato, e ninguém jamais o havia treinado para aquilo.

— Posso te jogar no palco? — sussurrou o rei Valdren em meu ouvido.

Perfeito.

— Pode.

Quando me dei conta, as mãos gigantes do rei dragão já estavam em volta de meu quadril. Ele me levantou, me carregou por três fileiras de pessoas e me deixou no palco.

Fiquei de pé e alisei a saia. Aos poucos, as pessoas se aquietaram.

O próprio rei Valdren foi o próximo, saltando para o palco como se fosse uma rocha e parando a meu lado. Piper nos observava em silêncio da primeira fila.

— Curvem-se diante da rainha! — gritou o rei dragão, soltando fumaça pelas narinas.

Todos baixaram a cabeça. Engoli em seco, olhando para todas aquelas pessoas curvadas de medo. Jamais quis liderar assim, mas elas pareciam não obedecer quando éramos razoáveis, algo que ficou evidente depois que Lucien se desculpou. Olhei por cima do ombro para Mateo, que parecia aliviado e assustado em me ver.

— Você foi a responsável por me libertarem? — perguntou.

Afirmei com a cabeça.

Ele franziu as sobrancelhas.

— E também quem matou meu irmão?

Havia uma raiva genuína ali, indicando que, independentemente do que tivesse acontecido entre ele e o irmão, Mateo ainda o amava. Eu respeitava isso.

Família é família.

— Sim.

Já que a reputação de Lucien junto ao povo do Verão já estava bastante manchada, era melhor assumir a culpa pelo assassinato de Marcelle.

— Matem ela! — gritou alguém da multidão.

— Falsa rainha — acusou outro.

O medo invadiu meu peito ao pensar que talvez fosse preciso lutar para sair dali. Eu não tinha medo de me machucar, mas não queria ferir ninguém na minha fuga. Não passavam de pessoas inocentes e enganadas.

— Se encostarem um dedo em mim, vou tirar todo o ar dos seus pulmões! — gritei para a multidão. Eu não poderia parecer fraca agora. Era um caminho sem volta.

— E eu poderia ferver seu sangue sem te tocar — rebateu Mateo atrás de mim, e a multidão apoiou aos gritos.

Pelo Criador. Não estava indo nada bem.

Com o sibilo de uma lâmina sendo tirada da bainha, calando toda a multidão, todo mundo se voltou para o rei dragão.

— *Não* antes que eu decepe sua cabeça — declarou o rei Valdren ao príncipe, erguendo a espada e a apontando para o jovem.

Mateo riu, como se achando tudo muito divertido, e me perguntei se seus anos de cativeiro poderiam ter prejudicado sua capacidade de ter uma conversa diplomática. O príncipe estendeu a mão para mim.

— Estou em dívida com você, rainha Madelynn. Não gostei de como meu irmão teve que morrer para que eu retomasse minha liberdade, mas estou bastante grato por estar livre.

Então ele estava um pouquinho bravo, talvez tenha acabado de fazer uma espécie de jogo. Me permiti soltar um suspiro de alívio e estendi a mão para apertar a dele. O rei Valdren permaneceu por perto, com a espada em punho.

A multidão vaiou, então me virei para ela e gritei:

— Temos algum casal de noivos aqui? Se manifestem caso estejam noivos!

Todo mundo se entreolhou, confuso, se perguntando aonde eu queria chegar, mas uma jovem e um rapaz avançaram.

— Estamos noivos. E daí?

Fiz um gesto com a cabeça, apontando para o homem.

— Ele é meu agora. Seu dote foi cancelado e eu vou me casar com ele hoje.

A multidão arfou e a garota me fuzilou com olhos.

— Foi *isso* que Marcelle fez comigo! Ele cancelou o acordo que meu pai tinha feito com o rei Almabrava. Depois, ameaçou matar minha mãe e minha irmã se eu não me casasse com ele e me tornasse a rainha. — Ao ouvir alguns suspiros, percebi que estava chegando a algum lugar. — Com isso em mente, estão mesmo surpresos por Lucien ter criado outra onda de gelo em suas terras para me resgatar? Estão mesmo chocados por eu ter matado o homem que roubou minha inocência e me forçou a casar depois de eu já estar prometida?

Um silêncio mortal recaiu sobre a multidão, mas eu continuei:

— Sei que vocês têm um passado com o rei Almabrava e que o odeiam pelo Grande Gelo, mas ele se desculpou e confessou publicamente que não conseguiu controlar os próprios poderes, então é hora de seguir em frente. As pessoas cometem erros. Marcelle era um homem mau, além de péssimo líder. Quanto antes entenderem isso, mais cedo vamos poder avançar na nossa crise atual.

Murmúrios foram percorrendo a aglomeração, e eu senti Mateo e o rei Valdren se aproximarem de mim.

— Que crise!? — gritou alguém.

Era agora. Aquele era o momento que decidiria se essas pessoas viveriam ou não, se venceríamos a guerra ou não.

— A guerra contra a rainha de Obscúria já começou. Ela tentou raptar minha irmã mais nova e agora tem mil homens na fronteira da Corte do Inverno a caminho daqui. — Apesar das exclamações e dos gritos de surpresa, continuei: — A Corte do Inverno é a única coisa que impede o inimigo de derrotar *toda a* Fadabrava. Precisamos que se juntem à Corte do Outono e da Primavera e lutem conosco!

A sala irrompeu em gritos de dissidência e medo.

O rei Valdren deu um passo à frente e, quando falou, sua voz ocupou todo o espaço.

— Três dias! — bradou, calando a todos. — Pela minha estimativa e experiência, três dias é tudo o que vocês têm até Zafira e o exército dela, agora aprimorado, chegarem aqui e matarem vocês com os próprios poderes deles.

Mais suspiros, choque e gritaria. Meu coração ficava partido ao ver um povo tão ingênuo se deparar assim com a realidade. Mas eles precisavam chegar a um acordo, ou então morreria.

Dei uma olhada em Mateo. Ele era visto como uma extensão de Marcelle. Eles precisavam ouvi-lo.

O rapaz parecia assustado, seu rosto infantil acentuava a pouca experiência que detinha em tais assuntos, mas ele concordou.

— Não forçarei vocês a lutar! — anunciou ele, e eu estremeci.

Eu os forçaria.

— Irei ao campo de batalha para representar a Corte do Verão. Se decidirem ficar para trás como covardes e os filhos de vocês morrerem nas mãos dos homens da rainha de Obscúria quando invadirem nossa bela terra em três dias, só *não* me peçam condolências.

Meus braços ficaram todo arrepiados. A multidão explodiu em concordância.

Então Mateo olhou para mim.

— Quero me reunir formalmente com Fadabrava e cancelar a separação iniciada pelo meu irmão.

Fui tomada por uma onda de alívio.

— Os mais velhos concordam! O povo feérico lutará como um só! — gritou um feérico mais velho do meio da multidão.

Abaixei o queixo para concordar.

— Vamos aprontar a papelada assim que eu puder, mas até lá, me encontre na Corte do Inverno com seus soldados mais fortes.

Mateo me saudou.

— Preparem-se para a guerra! — gritou, e o povo entrou em ação.

O rei Valdren puxou Mateo para o fundo do palco, onde havia mais privacidade, e eu os segui. Ver o rei dragão gigante ao lado daquele garotinho era quase cômico.

— Já liderou um exército? — perguntou o rei dragão.

O menino parecia prestes a vomitar de nervoso.

— Não, senhor.

Valdren fez um gesto com a cabeça.

— Deixe seu guarda sênior dar sugestões e assumir a liderança. A melhor coisa que você pode fazer é ser decisivo. A indecisão costuma custar vidas.

Mateo fez que sim, embora parecesse apavorado.

— Assim que chegar à Corte do Inverno, o rei Almabrava comandará seus homens. Você não deverá encontrar nenhuma resistência quanto a isso — completei.

Ele ainda parecia nervoso, mas inclinou a cabeça para indicar que havia entendido.

Pronto. Eu tinha conseguido. Reuni todo o povo feérico de volta em prol de uma causa. Me voltei para o rei dragão e rosnei:

— É hora de vingar minha irmã.

Eu queria varrer os homens da rainha de Obscúria com uma tempestade de vento tão forte que eles voariam por todo o reino.

Drae moveu o queixo em concordância, desejamos sorte a Mateo, pegamos Piper e partimos.

Pensar em como minha irmã mais nova quase se machucou, ou em seu poder sendo tirado dela por uma das máquinas da rainha me fazia ferver de raiva. Isso me fez notar uma escuridão entremeada a meu poder, um lado sombrio que eu nunca havia experimentado. Era como se eu não controlasse, como se fosse consumir todo o reino. Devia ser contra isso que Lucien lutava toda vez que o pai o agredia ou quando ficava com raiva.

Criador, tenha piedade de qualquer alma que tenha tentado raptar minha irmãzinha e sair impune. A rainha de Obscúria pagaria caro por isso.

Drae nos fez sobrevoar o Palácio do Inverno e a Montanha de Gelo, onde Vincent vivia bebendo até morrer. Assim que mergulhamos e pousamos em um campo aberto, percebi que algo estava errado. As pessoas bradavam ordens e corriam aos gritos. Olhei para o campo de batalha, esperando ver o muro de gelo e neve que Lucien ia construir para afastar a rainha de Obscúria e o exército dela, mas só havia sangue e morte.

Apontei para um aglomerado de tendas, onde as mulheres mantinham o fogo aceso e ferviam água, e disse para Piper:

— Vá para lá e se proteja.

Ela me deu um abraço e pulou da cesta. Eu a segui. Queria fazer carinho no pescoço escamoso do rei dragão como faria com um cachorro e agradecer sua ajuda, mas sabia que não seria apropriado. Além disso, não havia tempo para agradecimentos, porque um homem passou correndo por mim, gritando a plenos pulmões. Ele tinha perdido um braço e sangrava enquanto disparava para a tenda dos curandeiros. Como podíamos estar perdendo? Por que não estava muito frio? Ou nevando?

Então gelei da cabeça aos pés. Será que Lucien estava ferido?

Fiquei parada ali em choque, tentando processar o que estava acontecendo, quando a rainha Kailani apareceu de repente. Ela trazia uma adaga, tinha fuligem nos dedos e cheirava estranhamente a… destilado.

— O que está acontecendo?

Ela me lançou um olhar melancólico.

— Os poderes de Lucien mal estão funcionando. A transfusão de sangue o enfraqueceu bastante. Não ficamos sabendo disso antes de você partir.

Tudo a meu redor pareceu começar a desmoronar, a tontura foi tomando conta. Lucien havia salvado minha vida e em troca eu tomei seu poder? Ele jamais me perdoaria. Meu pânico se multiplicou quando pensei em nosso exército sendo massacrado sem a proteção de Lucien.

Um grupo de soldados de Obscúria avançou em nossa direção. Kailani enfiou a mão numa bolsa que havia deixado aos pés, pegou uma garrafa de destilado e acendeu a pequena tira de pano pendurada na abertura. O líquido ganhou vida com fogo e ela atirou a garrafa nos homens. Quando caiu no chão diante deles, o objeto explodiu, me fazendo soltar um gritinho e dar um salto para trás. Os soldados recuaram, alguns em chamas, enquanto Kailani preparava mais uma bomba.

Pelo Criador. Então a guerra era assim.

Em meio às cenas de caos, eu procurava por Lucien. Foi quando o vi no campo de batalha com seus homens, lançando pequenas rajadas de neve e gelo em um grupo de soldados adversários que avançava.

Não pensei duas vezes, apenas corri. A culpa me consumia, eu só pensava em como ele devia estar se sentindo. Quando Marcelle me algemou e fiquei sem meu poder, me senti morta por dentro. Lucien devia estar passando pela mesma coisa. Ser destituído de seu poder logo antes de uma guerra... era uma sentença de morte.

Foi como se ele tivesse sentido minha presença. Ele se virou e, quando seu olhar pousou em mim, largou a espada para que eu pulasse em seus braços. Um gemido lhe escapou, e ele apertou as mãos nas laterais do meu rosto.

— Você está viva.

As lágrimas rolavam pelo meu rosto e a guerra se alastrava a nosso redor. Eu nem sabia o que dizer.

Quando estava começando a tentar formular algum tipo de pedido de desculpas por ter tirado seu poder, alguém me puxou por trás. Girei, pronta para reagir, mas me vi diante de uma linda rainha de cabelo branco usando o brasão de Escamabrasa no peito. Ela estava coberta de sangue, segurava uma grande lâmina de caça e tinha um brilho selvagem nos olhos.

Eu sabia quem era... *Arwen Valdren*, esposa do rei dragão.

— É você quem está com a magia do rei do inverno agora? — perguntou, olhando de Lucien para mim. Engoli em seco e confirmei. — Graças ao Criador! Que bom que chegou!

Ela começou a me puxar para trás, para onde seu marido se encontrava, ainda na forma de dragão, e Lucien nos seguiu, deixando a linha de frente para correr atrás de nós.

Eu estava tão perdida naquele momento que apenas me deixei ser conduzida. A cada segundo que passava, maior ficava a sensação de que todos ali morreriam e que Lucien jamais me perdoaria.

Eu tinha tomado o poder dele.

Quando chegamos ao rei dragão, Arwen me olhou fundo nos olhos.

— Eu poderia *matar* pela minha irmãzinha. E você?

Engoli em seco, recobrando a sobriedade com aquela pergunta séria. Dei um breve aceno de cabeça e ela olhou para a sela nas costas do marido.

— Aqueles desgraçados tentaram levar seus parentes e ficaram matando nossos homens o dia todo. Não se esqueça disso e agora faça com que *paguem*.

Fiquei tão chocada com suas palavras que simplesmente permiti que ela me empurrasse para a sela. Lucien pulou a meu lado e Drae disparou rumo ao céu com um impulso violento.

— O que está acontecendo? — perguntei, olhando para o solo, observando Arwen ficar cada vez menor. — Por que estamos voando de novo?

Eu não queria ir embora; queria ajudar. Eu nunca havia visto a rainha dragão antes, mas ela parecia ter lutado ao lado do nosso povo o dia todo e eu tinha um enorme respeito por ela ter feito isso.

Lucien, abatido e desgastado pela batalha, estava coberto de neve e sangue. Minha esperança era que não fosse dele.

— Você vai ter que construir a muralha de gelo. Precisamos de tempo para nos reagrupar — explicou às pressas. — As outras cortes estão vindo?

Ainda perplexa com a reviravolta, mas fiz que sim.

— Estão.

Lucien pegou minhas mãos e as apertou.

— Madelynn, olhe para mim. — Me virei para encarar seu olhar. — Você *tem* que salvar nosso povo. Preciso que invoque o poder do inverno e construa um paredão de gelo, alto como um castelo.

Entrei em pânico.

— Não sei como, Lucien. Eu só fiz um pedaço de gelo...

Ele soltou minhas mãos e segurou meu rosto.

— Você consegue. Eu te ajudo. A gente *precisa* tentar. Estamos sendo massacrados.

Ao olhar em seus olhos cinzentos, fui devorada pela culpa. Se o povo do rei morresse porque eu havia tomado o poder dele, eu jamais me perdoaria.

— Tudo bem. Me diga o que fazer.

Abanei as mãos e ele soltou meu rosto, então dei uma olhada lá embaixo. Havia uma fileira de corpos por toda a fronteira entre Obscúria e Fadabrava. A neve caía por toda parte e os homens do reino lutavam, mas rajadas de chamas derretiam todo o trabalho duro. Os homens da rainha estavam usando o poder da Corte do Verão, entre outros, pois também vi um pequeno túnel de vento arremessar um homem longe.

Lucien se inclinou e aproximou a boca do meu ouvido.

— O segredo do inverno é que ele é implacável, brutal e pouco se importa com a vida. — Tudo bem, seria uma estreia sombria, mas eu precisava tirar alguma inspiração disso. — A única emoção que controla a magia do inverno... é a raiva.

Olhei para ele, surpresa com a admissão de uma coisa dessas, mas ele fez um gesto com a cabeça.

Fazia sentido ele ser tão poderoso. Cada vez que seu pai o agredia ou o atacava com as palavras, Lucien armazenava mais combustível para seu poder. Também explicava o que eu vinha sentindo até agora com a magia de inverno que tinha adquirido. Era volátil, como raiva.

Sua respiração estava quente em meu pescoço.

— Pense na coisa mais odiosa que já te aconteceu e a canalize para o poder do inverno. — Ele apontou para a linha que demarcava os dois reinos, um pequeno pontilhado de pedras e neve derretida. — Depois direcione sua força para lá.

O rei dragão já estava pairando sobre o local em que eu deveria usar meu poder. Respirei fundo, ainda com medo de invocar minha lembrança mais odiosa, fosse qual fosse. Pensei em como meu pai havia me vendido para Marcelle depois de me prometer a Lucien, mas, no fundo, eu amava meu pai e, por isso, não guardava raiva suficiente. Então pensei em quando Marcelle me forçou a me casar com ele na carruagem, e isso alimentou o fogo dentro de mim, mas não o suficiente.

Foi a lembrança de Marcelle tomando minha pureza que detonou a bomba. Eu ainda não havia me permitido processar aquele trauma e tudo o que significava para mim. Me mantive em modo de sobrevivência desde o instante em que Marcelle me raptou do escritório do meu pai.

Mas quando permiti que tudo o que ele tinha feito comigo viesse à tona, a fúria explodiu no peito. Soltei um grito e deixei as lágrimas rolarem enquanto me lembrava da violência com que Marcelle tinha se apossado do que eu havia guardado para Lucien.

Esticando as mãos sobre a cesta, lancei uma torrente de vento, gelo e neve no campo de batalha. Lucien deslizou a mão sobre minha coxa e a apertou. Ele sabia muito bem como era guardar tamanha cólera.

A temperatura ao redor despencou para níveis congelantes, e eu comecei a bater os dentes, mas continuei. Convoquei meu poder e o misturei com minha ira, criando uma tempestade de proporções épicas. Pouco a pouco, mas sem erro, um muro de gelo foi se erguendo do chão. Dava para vê-lo, como uma barreira de vidro crescendo, e senti-lo na ponta dos dedos. Era difícil explicar. À medida que o muro ficava cada vez mais alto, as tropas foram obrigadas a se separar e correr de volta para seus respectivos lados. Ao mesmo tempo, a neve e o vento sopravam no exército de Obscúria, fazendo-o recuar para a segurança de seu reino.

— Isso, continue alimentando o poder — insistiu Lucien.

Então pensei em seu pai. Um homem que eu mal conhecia, mas mesmo assim tinha me enfurecido por ter se recusado a buscar ajuda. Por ter escolhido uma garrafa em vez do próprio filho.

Com um rosnado de frustração, lancei o máximo de magia possível. Lucien arfou quando a parede de gelo disparou de repente, crescendo 12 metros.

Drae recuou para evitar ser atingido e eu finalmente me livrei da raiva que guardava.

— Você conseguiu — sussurrou Lucien.

Aplausos vieram do campo de batalha lá embaixo e o rei dragão fez sua descida. Lucien puxou minha mão para seu colo e começou a fazer pequenos círculos na minha mão.

Sorrindo, olhei para a gigantesca parede de gelo, depois para Lucien. Eu não esperava encontrar sua cara fechada e seu olhar abatido.

— O que foi? — perguntei, tentando me fazer ouvir em meio ao vento.

— Não tenho utilidade para você ou para meu povo, agora que não tenho poder.

Sua resposta ecoou por todo o céu, dizendo tudo o que não havia sido dito.

Sem me importar mais com o que era apropriado ou não, segurei seu rosto e pressionei meus lábios nos dele. Queria que ele soubesse o quanto significava para mim, o quanto eu tinha passado a gostar dele em tão pouco tempo. Saber que o que ele considerava uma falha era o que eu mais amava nele.

Me afastei, olhando-o nos olhos.

— Lucien Almabrava, você *nunca* será inútil para mim.

Havia um fogo em seus olhos, uma chama acesa pela paixão, um incêndio que eu sabia que só poderia ser apagado com mais beijos.

Mal pousamos e um mensageiro veio correndo na nossa direção.

— O exército de Obscúria está em retirada! — gritou, recebendo uma onda de aplausos e punhos erguidos para o alto.

— Ela voltará amanhã com mais homens e mais fúria — constatou Lucien.

— Então vamos aproveitar a noite ao máximo. — Beijei seu pescoço, sentindo sua pulsação acelerada sob meus lábios. — Case comigo antes que a guerra fique grande demais.

— Sim, meu pequeno vendaval — disse Lucien, antes de se inclinar e beijar meu nariz.

◆ ◆ ◆

Em poucas horas, estávamos prontos para um casamento. Eu não estava de branco, não havia comida sofisticada, não tínhamos banda, nem a catedral, e o salão de baile não acomodava todos os feéricos, elfos e dragões presentes, mas tudo estava perfeito. As cortes da Primavera, Verão e Outono haviam chegado instantes antes, prontas para lutar pelo rei Almabrava e a rainha. Os elfos e o povo-dragão souberam sobre a guerra que se formava na muralha de gelo e também tinham resolvido vir, e foi assim que recebemos mais de seis mil soldados para nossa união.

Fazia tempos que a ideia do salão de baile havia sido descartada. O jardim também estava fora de questão pelo tamanho. A bela catedral da mãe de Lucien também não serviria. Então, optamos pela praça da cidade, que ficou apinhada de guerreiros e famílias. Foram erguidas tendas para defumar carne e fazer feijão com arroz a fim de alimentar a todos. Não foi o casamento com o qual sonhava quando era criança, mas, de alguma forma, foi mais do que eu imaginava. Depois de toda a dor da separação, nosso povo estava finalmente junto outra vez. Unido.

O padre me entregou o castiçal, e o fogo tremeluziu ao encostar no castiçal de Lucien, acendendo sua chama. Juntos, encostamos os dois pavios na vela maior e, quando foi acesa, apagamos as nossas.

— Hoje, duas vidas se tornam uma — disse o padre a todos os presentes, enquanto Lucien e eu ficamos em pé sobre o palco improvisado no centro da cidade. — Dois líderes com um amor partilhado pelo nosso povo. — Então olhou para mim.

Todos os casamentos feéricos eram selados com o mesmo poema. Escrito há tanto tempo que ninguém sabia quem tinha redigido aquelas palavras, que abrangiam a todos nós com tanta beleza que as recitávamos em todos os casamentos para declarar nossas intenções. Eu as havia memorizado quando tinha cinco anos.

— Pois tão certo quanto a neve se transforma em água, e como o vento move uma chama oscilante, meu amor por você é verdadeiro e nunca desaparecerá — declarei para Lucien.

Ele sustentava meu olhar, sem vacilar.

— Pois tão certo quanto a neve se transforma em água, e como o vento move uma chama oscilante, meu amor por você é verdadeiro e nunca desaparecerá — repetiu.

A multidão explodiu em aplausos e Lucien olhou para o padre, que fez um gesto com a cabeça. Num instante eu e Lucien, até então a quase meio metro um do outro, estávamos corpo a corpo, nos beijando, enquanto a plateia enlouquecia.

Sorri durante o beijo, sentindo sua língua provocar meus lábios. Eu os abri para saborear a língua dele.

O beijo foi *tão* inapropriado que minha mãe devia estar tendo uma parada cardíaca. Mas eu não ligava. Só nos afastamos, radiantes, quando ouvimos o padre pigarrear.

Lucien se aproximou da beira do palco, pegou minha mão e a levantou. Depois que todo mundo se calou, baixou nossas mãos num gesto mais relaxado ao lado.

— À beira de uma guerra, eu e Madelynn gostaríamos de dar a nosso povo um futuro pelo qual almejar! — anunciou, e as pessoas aplaudiram.

Quando Lucien olhou para mim, me dei conta de que ele estava lutando contra um assunto pesado.

— Nunca me desculpei publicamente pelo Grande Gelo que afetou tantas vidas muitos anos atrás, mas gostaria de fazer isso agora. Naquela noite, meu pai bebeu demais e foi... cruel comigo. — O povo reunido ofegou, alguns cobriram a boca com a mão, mas Lucien continuou: — Perdi o controle sobre meus poderes. A dor e a raiva de ter perdido minha mãe, somadas ao abuso de meu pai, foram demais naquela noite, e eu explodi.

Ouvindo a multidão arfar novamente, apertei a mão de Lucien com força para demonstrar meu apoio. Nunca senti tanto orgulho por ele quanto naquele momento — como homem, marido e rei. Ser vulnerável e assumir a responsabilidade pelas próprias ações não era fácil, mas ele conseguiu, e o povo o amaria por isso.

— Eu achava que falar dessas coisas seria visto como uma fraqueza, mas já não ligo. Quero que todos saibam que cometi um erro e que, do fundo do coração, eu me arrependo muito.

Ele baixou a cabeça, envergonhado, mas eu olhei para a multidão reunida. Não havia um olho seco à vista. Até mesmo o povo-dragão e os elfos estavam de olhos marejados.

As pessoas começarem a correr para o palco, então entrei em pânico, me perguntando o que estava acontecendo. Os guardas de Lucien correram para a frente, mas já era tarde demais, fui arrancada de onde estava e Lucien foi comigo.

— Viva o rei e a rainha! — Em meio a mais aplausos, fomos içados no ar pelo povo.

Olhei maravilhada para Lucien, que pegou minha mão e a levantou com um sorriso no rosto. Estávamos de costas, olhando para o céu, e nosso povo sustentava nosso peso e nos carregava sobre uma multidão de milhares.

Por quase meia hora, fomos levados por toda a praça da cidade pelos feéricos da Corte da Primavera, Outono, Verão e Inverno. Eu nunca tinha visto nossa gente tão misturada e unida. Foi ali que compreendi que nosso casamento era bem do que precisávamos durante aquele período de conflito.

Depois, ficamos sentados humildemente nos degraus de uma loja com o povo e desfrutamos de uma refeição básica composta por arroz, feijão e um pouco de carne cozida no vapor. As pessoas riam e dançavam ao som de violinos e contavam histórias de tempos passados.

Piper veio a nosso encontro quando a lua estava alta no céu.

— Desculpa, mas preciso dos recém-casados — disse ao grupo de cortesãos com quem estávamos conversando.

Eles concordaram e se despediram, e nós a seguimos no meio da multidão. Minha mãe me mandou um beijo quando passei, ao qual retribuí. Libby estava dormindo sobre um cobertor a seus pés.

Quando chegamos à beira da praça da cidade, Piper parou na frente de um cavalo e se virou para mim.

— Vão lá passar um tempo a sós. Amanhã a guerra vai começar pra valer.

Ela tinha protegido minha pureza durante toda a minha vida e agora estava me pressionando a dormir com meu marido. E eu aprovava completamente.

Lucien juntou as mãos em gratidão.

— Você é perfeita — elogiou ele, fazendo-a sorrir.

Lucien e eu praticamente pulamos no cavalo e voltamos para o Palácio do Inverno. Quando chegamos, um de seus atendentes estava esperando para cuidar do garanhão.

Lucien me guiou casualmente de volta para sua ala do castelo. Eu nunca estive no quarto dele e, a cada passo que dávamos, me lembrava de que a pureza que eu pretendia guardar para ele não existia mais.

Quando chegamos à grande porta de carvalho, Lucien a abriu para entrarmos. Fiquei impressionada com a leveza e o brilho. Eu esperava tudo preto e cinza, mas era repleto de creme e branco.

Neve. O quarto me lembrava da neve. O sofá, a cama, as cortinas, a cor da parede, era tudo branco ou em diferentes tons de creme, iluminando todo o espaço.

Lucien se virou e segurou meu rosto entre as mãos.

— Temos o resto de nossa vida juntos. Se não estiver pronta...

Meus lábios colidiram com os dele e fui recompensada com um gemido.

Imaginei que, depois do episódio traumático com Marcelle, talvez nunca mais quisesse dormir com alguém. Mas foi o oposto. Estava louca por aquele momento com Lucien para substituir o episódio terrível que Marcelle havia roubado. Queria mostrar a meu corpo que era seguro amar esse homem, que ele não nos trairia. Queria imprimir no meu corpo uma nova memória, cheia de amor e ternura.

Todos os nossos beijos anteriores foram públicos ou em locais abertos, mas esse beijo, isolado na privacidade de nosso quarto agora compartilhado, foi despreocupado, cru e carnal por natureza. Lucien entrelaçou os dedos em meu cabelo, puxando-os de leve, enquanto eu agarrava seu peito. Nossas línguas se acariciaram, enquanto eu pressionava o quadril no dele. Afastando-se de mim, ele me lançou um olhar selvagem com um brilho animalesco.

— Última chance de recuar — sussurrou, a pulsação acelerada estava visível em seu pescoço.

— Estou dentro — assegurei, ofegante.

Foi como se eu tivesse libertado um animal selvagem da jaula. Passando as mãos por trás de mim, ele rasgou a renda do meu vestido e o partiu ao meio para expor meus seios. Prendi a respiração e fiz o mesmo com ele, levantando sua túnica para que ele a tirasse pela cabeça. Num piscar de olhos, estávamos os dois nus olhando um para o outro.

Seus olhos assimilavam cada pedacinho da minha pele nua, e eu não cruzei os braços sobre o peito para me esconder, nem apertei as coxas. Fiquei parada ali com ousadia, exibindo o corpo enquanto o olhava também.

Lucien Almabrava era uma obra-prima. Se eu fosse um escultor, talharia seu corpo em mármore, prestando especial atenção aos proeminentes músculos abdominais e ao formato em V de sua pelve.

— Sou todo seu — murmurou Lucien, se aproximando de mim até nossos corpos se tocarem. — Cada parte do meu corpo e alma é sua, Madelynn Vendaval — sussurrou, antes de me pegar no colo e me deitar na cama.

Fiquei sem fôlego com o efeito da declaração e gemi quando seus lábios tocaram meu seio.

Ao sentir o prazer e o calor desabrocharem entre as pernas, arqueei as costas, e então Lucien estava lá, fazendo círculos com os dedos no meu ponto mais sensível.

Durante toda a minha vida, fui ensinada a ser perfeita, a conter quaisquer pensamentos ou atos sexuais, a seguir uma conduta adequada e a manter-me pura. Mas naquele momento, na segurança de meu leito conjugal ao lado do homem que amava, me soltei.

Apertei sua mão e ofeguei ao senti-lo deslizar a língua pelo meu pescoço.

— Preciso de você — gemi.

Num piscar de olhos, Lucien se deitou a meu lado, segurando meu quadril e me puxando para cima dele.

Eu temia não saber o que fazer, pensando em como devia ter perguntado a algumas amigas casadas como agir e garantir que seria bom para nós dois. Mas, para meu alívio, quando Lucien e eu fizemos amor pela primeira vez, foi do jeito fácil e despreocupado como quando fazíamos mágica juntos.

Meu vento, sua neve.

Nós nos encaixamos perfeitamente, dançando com o fluxo dos corpos, em busca do prazer, cavalgando por ondas de felicidade, até que os dois desabamos na cama, ofegantes.

Quando Lucien se virou para me olhar, balançou a cabeça.

— O que foi? — perguntei, preocupada.

— Não acredito que você ameaçou dormir comigo só quando fosse gerar filhos — zombou. — Eu morreria nessas condições.

Joguei a cabeça para trás e caí na gargalhada, enquanto ele se apoiava no cotovelo e olhava para minha silhueta nua.

— A guerra, a morte e a seriedade vão chegar amanhã — continuou, em tom sombrio.

Concordei com a cabeça e levei sua mão ao meu seio.

— Mas sempre teremos esta noite.

E tivemos. Transamos mais três vezes e construímos uma noite de memórias e de paixão que seguiria viva em meio à pressão da guerra que com certeza viria até nós quando nos uníssemos para enfrentar a rainha de Obscúria.

Lucien me deixou dormir até tarde. Quando entrei no refeitório para o café da manhã e o vi cheio de reis e rainhas de quase todas as raças mágicas, me senti meio boba.

A rainha Kailani me cumprimentou com um abraço.

— Que casamento épico.

Arwen concordou.

— Muito mais divertido que o nosso — disse, olhando para o marido.

O rei dragão se encolheu.

— Acabei bebendo hidromel demais.

Me aproximei de Arwen.

— Acho que não chegamos a ser *oficialmente* apresentadas. Me chamo Madelynn — falei para a rainha dragão.

Embora ela tivesse ajudado bastante na batalha e assumido o comando quando eu fiquei em choque, mal havíamos nos falado. Ela esteve no casamento, mas distante. Era gente demais e não tivemos oportunidade de nos conhecer.

Arwen sorriu.

— A mulher que derreteu o coração do rei do inverno? Eu já gosto bastante de você. — Ela me puxou para um abraço.

Com uma risada irrompendo do peito, a abracei de volta. Quando nos afastamos, Lucien estava sorrindo ao ver Arwen beijar meu rosto.

— Bom dia — sussurrou.

Olhei para a cena diante de mim e me sentei para aproveitar o café da manhã. Havia um mapa do reino com estatuetas no meio da mesa. Tigelas e travessas de comida estavam espalhadas pelas bordas do mapa, e todos pegavam frutas, pães e carnes enquanto davam ideias aleatórias. Eu estava esperando que as outras esposas reclamassem de ter um mapa de guerra em plena mesa de jantar, mas elas estavam apontando pontos fracos e vantagens na fronteira. Então me dei conta de que elas também não eram meras decorações, e sim guerreiras, e eu tinha orgulho de hospedá-las em nossa casa.

As gêmeas de Arwen foram trazidas e levadas embora de volta pelas babás, e foi tão fofo ver como o rei dragão as mimava. Ele beijou seus rostos redondos e os pezinhos e esfregou as mãos gorduchas na barba desalinhada.

Enquanto Lucien e Raife discutiam sobre a Passagem Escura, um mensageiro entrou no refeitório com um homem ferido: um soldado do inverno sem um braço, enrolado em gaze com um torniquete.

Lucien se levantou de imediato e correu para o homem.

— Ardell — cumprimentou.

O rei Luminare também se levantou para se aproximar do soldado.

— Precisa de cura?

Ardell balançou a cabeça.

— O sangramento já parou. A menos que o senhor consiga recuperar um braço.

O rei Luminare franziu a testa.

— Não.

Ardell fez um gesto com a cabeça.

— Trago novidades, milorde. Notícias angustiantes. — Ele olhou para todos no salão.

— Pode falar sem reservas, estes são meus amigos e aliados mais próximos — garantiu Lucien.

Ardell respirou fundo e estremeceu.

— Entrei em Obscúria, conforme o senhor tinha pedido. Vigiei os soldados da rainha durante um dia inteiro antes de ser capturado, depois libertado.

Estávamos todos nos preparando para o que ele diria a seguir.

— O que você viu? — Lucien apoiou a mão consoladora no ombro ileso do homem.

Ardell olhou para a parede oposta como se estivesse revivendo um trauma.

— Os homens dela... alguns deles... podem mudar de forma como os lobos de Lunacrescentis.

Ofeguei, me levantando da cadeira e me aproximei para ter certeza de que tinha ouvido direito.

— Como assim? — perguntou Lucien devagar. — Foram mordidos? Se transmutaram?

Ardell balançou a cabeça.

— Não são tão grandes quanto os lobos de Lunacrescentis, e alguns só conseguem se transformar parcialmente, mas o suficiente para causar danos. — O soldado ergueu o que restava do braço ensanguentado para enfatizar seu ponto.

Lucien começou a zanzar pelo refeitório, enquanto o rei elfo estendia a mão e segurava o ferimento do homem. Uma luz roxa emanou de sua palma e o rosto do homem relaxou.

— Obrigado, milorde.

— Há mais alguma coisa que possa nos contar? — perguntou o rei Luminare.

Ardell inclinou a cabeça, pensativo.

— Eles têm centenas de máquinas que ficam usando para nos privar de poder. As engenhocas ficam sobre rodas e basta deitar nelas por alguns instantes para ter o poder sugado e transformado num elixir.

— Um elixir! — A rainha Kailani se levantou, assim como o rei e a rainha dragão.

Ninguém parecia capaz de permanecer sentado; havíamos perdido todo o apetite.

Ardell fez que sim.

— O soldado que bebe o elixir adquire o poder mágico.

Raife Luminare e Kailani se olharam.

— Devemos ter deixado isso passar — disseram ao mesmo tempo.

Eu não sabia do que eles estavam falando. Minha mente estava presa no fato de que os soldados de Obscúria, contra todas as probabilidades, estavam agora imbuídos do poder de todas as criaturas de Avalier.

— Obrigado, Ardell. Pode se aposentar do serviço. E saiba que receberá todos os benefícios de soldado pelo resto da vida — afirmou Lucien.

Ardell baixou o queixo.

— Me permite para ficar e lutar? Minha magia ainda funciona com um braço só.

Lucien sorriu.

— Claro. Mas agora vá descansar.

Ardell fez uma reverência para todos e saiu. Então o salão inteiro começou a falar ao mesmo tempo.

— Eles têm o poder dos lobos agora!

— Há quanto tempo ela tem essas máquinas?

— Um elixir!

— Quero ver a cabeça dela numa estaca!

Lucien assobiou, e todo mundo ficou mudo. Todos se viraram para ele, e ele começou a falar com calma, mas determinação.

— Entre Escamabrasa e nossas terras, Zafira está cercada — disse, apontando para o mapa. — Mas precisamos avisar Axil. Ele é recluso e só se preocupa com a própria espécie. Duvido que saiba que ela está roubando o poder do povo dele e que temos uma guerra já em andamento.

O rei Luminare concordou.

— Ele sempre foi mais próximo de você. Talvez possa ir vê-lo, já que seu poder não está funcionando?

O salão mergulhou em um frio gélido de repente e nossa respiração saiu em névoa.

— Na verdade, meu poder voltou e está mais forte do que nunca. Experimentei hoje cedo — revelou com um sorriso. Sorri para Lucien, incrivelmente feliz por meu marido.

A rainha Arwen esfregou os braços arrepiados.

— Tudo bem, não precisa se exibir — provocou.

— Foi mal — murmurou Lucien, subindo a temperatura para o normal.

Senti tanto alívio em saber que seu poder estava totalmente de volta que quase desabei no assento. Então tive uma ideia.

— Eu posso ir — disparei. — A guerra começou, Lucien recuperou o poder. Ele precisa ficar aqui e proteger nosso povo.

— De jeito nenhum — discordou ele na hora.

Kailani pigarreou.

— Na verdade... talvez a gente possa fazer uma espécie de viagem só com as esposas. A rainha Arwen pode voar com a rainha Madelynn e comigo. Dessa forma, vocês podem segurar as pontas enquanto estivermos fora. Podemos voltar com Axil e o exército lobo.

Uma viagem só com as esposas para encontrar o rei lobo? Adorei a ideia e, pelo sorriso no rosto de Kailani, ela também.

— Com todo o respeito, meu amor — disse o rei Luminare, olhando para a esposa —, não vou mandar você para Lunacrescentis desprotegida.

Kailani olhou torto para o marido.

— Não preciso de guarda! Posso roubar a vida de uma pessoa com um só fôlego — retrucou, silenciando o rei elfo.

Caramba, eu já tinha ouvido que ela era poderosa, mas sua magia era um pouco desconhecida, com todos os boatos. Ela ressuscitava os mortos, sugava a alma de uma pessoa do corpo, podia ler pensamentos. Nas últimas semanas, circularam boatos, alcançando até a Corte do Outono, de que ela tinha enxotado sozinha a rainha de Obscúria com seu exército élfico, enquanto o marido estava fora. Eu não sabia o quanto daquilo era verdade.

— Eu também posso — ofereci, recebendo um sorriso dela.

O rei dragão abriu a boca para argumentar, mas Arwen levantou a mão para impedi-lo.

— Nem se dê o trabalho. Eu também vou. Estarei de volta em dois dias. As meninas têm uma ama de leite e ficarão bem.

Drae fechou a boca de volta e flexionou um músculo da mandíbula, mas não disse nada.

— Então está resolvido — falei. — Vamos buscar Axil, trazer os lobos para a linha de frente e acabar com Zafira.

Os homens trocaram um olhar que dizia que gostariam de conversar sozinhos, mas sabiam que não podiam.

— No momento, voar para Lunacrescentis é mais seguro do que ficar aqui — ofereceu Lucien aos outros reis.

Drae soltou um suspiro, cedendo.

— Mas quando foi a última vez que você teve notícias de Axil?

— Ele enviou uma carta na primavera passada — contou Lucien.
— Era um assunto genérico: estava tendo problemas com o irmão e se casaria em breve.

— A gente acha mesmo que ele vai ajudar? — insistiu o rei dragão.
— Os lobos são tão isolados. Não gostam de se meter nos problemas dos outros.

O rei elfo concordou.

— Temos provas de que Zafira está tomando o poder do povo dele. E isso faz do nosso problema um problema dos lobos também.

Lucien pigarreou.

— Axil não chegou a conhecer nossas esposas. Como ele vai acreditar que elas estão mesmo falando por nós e podem agir com nossa autoridade?

O rei dragão e o rei elfo trocaram um sorriso travesso, então Drae caminhou até a porta.

— Já volto — pronunciou, todo misterioso.

Ele voltou um instante depois, segurando uma caixinha de metal com os cantos enferrujados. Drae espanou a poeira e a levantou para Lucien inspecionar.

Todo o rosto de Lucien ficou surpreso e até meio pálido.

— Você desenterrou — sussurrou, com a voz cheia de emoção.

— Desenterrei — confirmou Drae, levando o objeto para a mesa de jantar.

Arwen deu a mão para Drae, Kailani se aproximou de Raife, que a abraçou, e eu me movi em direção a Lucien.

— O que é? — perguntei, claramente a única que não sabia.

Lucien olhou para mim com os olhos cheios de lágrimas.

— Uma caixa de lembranças. A gente tinha uns oito ou nove anos. Cada um enterrou uma coisa: Raife, Drae, Axil e eu.

Que fofo. Se levássemos a caixa, Axil sem dúvida acreditaria que éramos as esposas dos reis.

Kailani se debruçou para olhar a caixa.

— Vocês vão abrir?

Drae olhou para Lucien.

— Eu e Raife íamos trazê-la para você abrir.

Lucien soltou um suspiro, parecendo meio triste.

— Vamos esperar por Axil. Abriremos juntos depois de vencermos a guerra.

Meu coração afundou um pouco. Eu meio que estava morrendo de vontade de saber o que Lucien, com seus nove anos, teria enterrado como lembrança. Pela expressão em seu rosto, no entanto, ele não estava pronto.

Após uma batida à porta, Piper espiou dentro do salão.

— Posso falar com você por um minuto? — perguntou, e eu concordei, pedindo licença enquanto nossa viagem para o Norte era planejada.

Assim que saí e fechei a porta, Piper começou a caminhar depressa pelo corredor, me fazendo correr para alcançá-la.

— O que foi?

Quando ela dobrou o corredor e entrou na biblioteca, ficamos cara a cara com o pai de Lucien.

Recuei diante do fedor de urina e vinho. O velho estava lá com os olhos vermelhos e os pés trêmulos, bastante abalado. Troquei um olhar aflito com Piper, que se manteve a meu lado para me dar apoio moral.

Vincent olhou para Piper e, ao ver que ela não ia arredar o pé dali, pigarreou.

— Perdi o casamento — disse ele.

Era disso que se tratava?

— Sim, perdeu — confirmei, me perguntando por que ele estava ali. Ele conhecia minha regra.

Ele cerrou os punhos, parecendo não saber o que dizer.

— Nunca fui um bom pai... mas quem sabe não possa ser um avô decente? Eu... quero melhorar — disse finalmente e meu coração ficou mais leve. — Já faz vinte e quatro horas que não bebo e estou pronto para ir para aquele lugar de cura élfico que você mencionou.

Suspirei de alívio e, mesmo ainda brava por todos os abusos verbais dirigidos a Lucien, o puxei para um abraço. Assim que meus braços o envolveram, ele ficou tenso, como se nunca tivesse sido abraçado na vida.

Então relaxou, me abraçando de volta enquanto soluços sacudiam seu corpo.

Quando Piper saiu da sala, eu já sabia, sem perguntar, que estava indo preparar uma carruagem para levá-lo ao centro de cura, e eu esperava que essa cura se estendesse a meu marido e a parte dele que, no fundo, ainda amava esse pai desastroso.

Quando nos afastamos, soube que devia estar impregnada de seu fedor.

Ele secou os olhos.

— Desculpe por isso. Sou um idiota — murmurou.

Franzi o cenho, me perguntando quem o havia ensinado a falar sobre si daquele jeito. Devia ser o pai *dele*.

— Mal posso esperar para vê-lo sóbrio, Vincent.

Ele fez um gesto com a cabeça.

— Estou... com medo. Só passou um dia sem vinho e já estou sentindo coisas que não quero sentir.

— Acho que é normal — respondi, embora não pudesse imaginar de fato como era ter medo de experimentar os próprios sentimentos. Eu não era ele.

E nem tinha percebido que Lucien estava atrás de mim até ouvi-lo dizer:

— Sua carruagem está pronta, pai. — Ao detectar o tom seco de sua voz, congelei.

Vincent olhou para o filho, secou o último resquício de lágrima do rosto, me deu um breve aceno de cabeça e passou por mim. Parou à porta para olhar para o filho, um pouquinho mais alto que ele.

— Sua mãe teria muito orgulho do homem que você se tornou. Um homem muito melhor que eu. — Ele estendeu a mão e segurou o rosto do filho de leve. — Perdão — sussurrou, saindo da sala em seguida.

Fiquei ali paralisada, sem saber o que fazer para apoiar Lucien naquele momento.

— Santo Criador — disse Lucien.

Olhei para ele com os olhos arregalados e perguntei:

— O que foi?

— Eu não sabia que ele conhecia palavras como "perdão" — brincou.

Relaxei um pouco, sabendo que a melhor forma de lidar seria, então, por meio do humor. Me aproximei de Lucien, segurei onde seu pai havia tocado em seu rosto.

— Ele tem razão. Você é um homem melhor que ele. Na verdade, nada parecido com ele. — Beijei seus lábios e fui recompensada com um sorriso, mas que logo se transformou em um estremecimento.

— Você está fedendo, meu pequeno vendaval.

Lucien olhou para meu vestido.

— Vou me trocar para a viagem. — Dei risada.

19

Pela primeira vez na vida, eu estava usando... calça. Arwen nos havia convencido de que seria mais prático na hora de entrar e transitar por Lunacrescentis a pé, se necessário. Confesso que eu me sentia horrorizada em ser vista usando aquela coisa, mas era uma peça muito espaçosa e confortável. E tinha bolsos!

— Posso encontrar vocês em meio dia — disse Drae para a esposa.

Kailani e Raife estavam a poucos metros de distância, se despedindo. Tínhamos água, comida, o mapa e a caixa de metal.

Lucien me puxou de lado e me olhou com um ar que me dizia que seu coração estava tão apertado quanto o meu.

Havíamos *acabado* de nos casar. Dormi em seus braços só uma noite. Não foi suficiente. Eu queria mais.

Seus olhos estavam aflitos e bastante inquietos.

— Acabei de ter você de volta, não estou pronto para abrir mão de você.

— Vou trazer o rei Axil e os homens deles para vencermos a guerra. Juro.

Entrelacei os dedos nos dele e me inclinei para beijar seus lábios. Ele titubeou no início, mas cedeu e me deu um beijo intenso.

Quando me afastei, Lucien sorria, passando os dedos pelo meu cabelo.

— Não sei o que é pior: não conhecer seu gosto, ou conhecer e depois não poder te beijar.

— Com certeza o último — respondi, sorrindo.

— Se algo te acontecer, vou congelar todo o reino. Não vou saber como controlar.

Ciente de que ele estava dizendo a verdade, o medo alfinetou meu coração.

— Vou ficar bem. Por favor, proteja minha família.

— Claro.

— Muito bem, pombinhos! Temos que voar — chamou Kailani atrás de Lucien.

Arwen já havia se transformado num lindo dragão azul e a rainha elfa estava carregando suprimentos em sua cesta.

Não havia mais nada a ser dito, então nos despedimos e nos beijamos. A única coisa agora era deixar aqueles que amávamos e voar rumo aos perigos desconhecidos pelo bem do povo. Era o que rainhas faziam.

Lucien me ajudou a subir na cesta sobre as costas de Arwen e eu me acomodei no assento com Kailani.

— Acha que vai precisar disso aí? — perguntei, mexendo numa caixinha de garrafas de bebida com as tampas abertas e tiras de pano encharcado penduradas das bocas.

Kailani sorriu.

— É só uma alternativa caso alguém mexa com a gente no caminho.

Eu gostava dela, gostava muito. Era diferente de qualquer mulher que eu conhecia. Piper, mamãe e Libby vieram correndo para se despedir, e eu tentei não olhar para as lágrimas no rosto de minha irmã.

Quando Arwen deu o pontapé inicial, contive a emoção e sorri, acenando para os que ficavam.

Assim que estávamos no ar, Kailani pegou a caixa de metal e a sacudiu de leve, chacoalhando o conteúdo.

— Vamos dar uma espiada? — perguntou com um sorriso diabólico.

Dei risada, peguei a caixa de suas mãos e a coloquei aos nossos pés.

— Não, vamos entregar para o rei Axil como prometido.

Kailani fez beicinho, mas se acomodou no lugar pelo resto do voo. Então começou a nevar, e uma fina camada de branco nos cobriu conforme nos despedíamos da Corte do Inverno.

— Ahhh — cantarolou Kailani. — Ele fez nevar para você.

Me virei para trás e olhei para baixo. Todos já tinham entrado de volta, menos Lucien. Ele estava olhando para nós, enquanto a neve caía do céu.

A cena me lembrou do dia em que ele chegou para negociar meu dote, de como ele cedeu a tudo o que eu queria, me elogiou e respeitou nossos criados.

Lucien Almabrava não era nada como eu imaginava. Ele era muito melhor, e eu só pedia ao Criador para sairmos vitoriosos da guerra para podermos viver juntos pelo resto de nossa vida.

◆ ◆ ◆

O voo por Arquemírea rumo a Lunacrescentis foi de tirar o fôlego. Já estive na cidade dos elfos uma vez, mas nunca a tinha visto daquele ponto de vista. Era *tão* verde. Parecia a Corte da Primavera e partes do Outono, mas em toda parte. Quando chegamos à fronteira de Lunacrescentis, agradeci pela minha capa de pele. O lugar me lembrou da Corte do Inverno e de Lucien. Montanhas cobertas de branco se espalhavam por um horizonte que parecia não ter fim.

Jamais me consideraria protegida. Era uma princesa e tinha viajado por toda a Arquemírea e Escamabrasa, mas foi só naquele momento, quando vi a matilha de lobos lá embaixo, que percebi como havia conhecido pouco daquele reino.

Olhei para Kailani, que estava de olhos arregalados, e me dei conta de que ela também nunca tinha visto um lobo.

— São tão grandes — confessei, enquanto Arwen mergulhava.

A enorme massa de pelos e músculos era um espetáculo e tanto.

Eles eram maiores que um puma e quase tão grandes quanto um urso! De repente, fiquei nervosa com a tarefa que tínhamos pela frente. Eles eram civilizados na forma animal? Ou só como humanos?

Eu sabia que a lua os afetava e já tinha ouvido uivos uma vez, numa visita a uma cidade na fronteira de Arquemírea. Os lobos sabiam que estávamos ali e levantaram a cabeça para olhar quando começamos a mergulhar.

Kailani se abaixou e segurou a caixa de metal com força, enquanto Arwen pousava entre a alcateia de cerca de duas dúzias de lobos.

As feras nos cercaram, contornando Arwen por todos os lados, enquanto Kailani e eu saímos da cesta e nos aproximamos de um dos animais.

O lobo nos encarava e inclinou a cabeça para o lado, mostrando sua inteligência.

— Sou a rainha Madelynn, de Fadabrava.

Ao ver Kailani se curvar um pouco a meu lado, me repreendi por não ter feito o mesmo.

— Eu sou a rainha Kailani, de Arquemírea, e esta é a rainha Arwen, de Escamabrasa. Gostaríamos de uma audiência com seu rei.

Observei o lobo que tinha inclinado a cabeça começar a se transformar. Parecia estar... derretendo. Então ouvi o som de ossos se quebrando e observei seu pelo encurtar e dar lugar a uma pele lisa. Foi uma cena horrível e fascinante ao mesmo tempo, impossível desviar os olhos, mesmo quando a criatura estava reduzida a uma mulher nua agachada no chão, olhando para nós.

Engoli em seco quando ela se levantou e ergueu o queixo, encontrando meu olhar, sem piscar. Ela não disse uma palavra, apenas ficou encarando. Comecei a me perguntar se talvez eles não falassem a língua de Avalier e tivessem uma língua própria que não conhecíamos, então ela sorriu e perguntou:

— É uma alfa entre seu povo?

Seu longo cabelo escuro caía em cascata sobre um ombro, mas seus seios estavam expostos, assim como o resto do corpo, mas ela não fazia nenhum esforço para se cobrir.

Tive que lembrar que aqueles eram costumes culturais que poderiam ser normais para eles e agir como se não me incomodasse.

— Sou. — Alfa e rainha eram semelhantes. Ambas líderes de um povo.

— Pode nos levar ao rei Lunaferis? — perguntou Kailani.

A mulher loba apontou para a cordilheira ao longe, onde um pequeno riacho de fogo serpenteava em direção ao céu.

— Nosso rei mora na Montanha da Morte. Vão encontrá-lo lá.

Montanha da Morte. Não parecia muito acolhedor.

— Obrigada.

Quando abaixei levemente a cabeça, ela sibilou, veio até mim, estendeu a mão e segurou meu queixo, levantando-o de volta.

— *Não* se curve, a menos que seja submissa. Se é uma alfa, uma rainha, mantenha o queixo erguido, mantenha contato visual. Se o rei te achar fraca, vai te matar.

Arregalei os olhos com a declaração. Me matar? Eu era a rainha de um território vizinho. Ela não estava falando sério, estava?

Kailani e eu trocamos um olhar preocupado, então a mulher olhou para a forma de dragão de Arwen.

— Ela é uma ameaça para o rei e não pode ir para a Montanha da Morte assim, caso contrário será atingida na hora. Ou ela fica aqui, ou caminha por lá como humana.

Tudo bem, estava na cara que o lugar tinha regras que não conhecíamos. Comecei a entrar em pânico, sem saber o que fazer, mas antes que pudesse pensar em uma solução, Arwen voltou a seu corpo humano.

Mais ossos se quebrando, escamas de dragão se transformando em pele rosada e macia, e agora eu tinha diante de mim *duas* mulheres nuas.

Pelo Criador.

Tentar manter contato visual quando os seios de uma mulher estavam expostos era mais difícil do que eu imaginava. Até tentei não ficar vermelha, mas sabia que estava falhando miseravelmente.

— Elas não vão a lugar algum sem mim — afirmou Arwen, mantendo contato visual e o queixo erguido como a loba tinha sugerido.

A mulher de cabelo escuro sorriu.

— Duas alfas — disse com um sorriso.

Kailani bufou.

— *Três*. Também sou alfa.

A mulher balançou a cabeça.

— Não. Você é a subcomandante. Talvez. Mais como um braço direito na alcateia.

Kailani fechou a cara e cruzou os braços. Pelo visto, era um costume local avaliar uma pessoa e classificá-la logo de cara com base em quão dominante era. Mal sabia ela que Kailani era uma guerreira poderosa.

Arwen pigarreou.

— Você e sua alcateia nos acompanhariam até a Montanha da Morte? Podemos pagar.

A mulher olhou para um lobo atrás dela e os dois tiveram algum diálogo, mesmo sem dizer nada.

— Vamos levar vocês até a base da Montanha. Evitamos política sempre que possível — declarou.

Que comentário interessante.

Evitar política... será que eram algum bando rebelde que vivia fora da lei?

— Obrigada — agradeceu Arwen, vasculhando a cesta em busca de roupas e sapatos.

Assim que Arwen se vestiu, a mulher voltou à forma de lobo sem dizer uma palavra. A alcateia se separou e cerca de uma dúzia de lobos formaram um V, apontando o caminho, enquanto nós três íamos no meio.

Depois de viajarmos por cerca de uma hora, Arwen se aproximou de Kailani e de mim.

— Nenhum dos outros reis além de Lucien fala com Axil desde que eram meninos. Não sabemos em que tipo de situação estamos nos metendo, mas se algo der errado, saiam de lá que eu decolo e levo a gente para casa.

Após concordarmos, fiquei me perguntando o que poderia dar errado. Lucien falava sobre o rei Axil como se fosse um amigo querido. Tinha dito que os dois trocavam cartas ao longo dos anos e mantiveram boas relações desde que seus encontros anuais cessaram.

— Lucien fala muito bem do rei Lunaferis. Disse que ele não hesitaria em ajudar a gente — falei, tentando tranquilizá-las.

Kailani olhou de soslaio para mim.

— Então por que disseram que Arwen poderia ser atingida no céu?

Mordi o lábio. Boa pergunta. Só o rei e a rainha dragão podiam se transformar em dragão. Se Axil tivesse dado ordens para que seus homens atirassem em um dragão, estaria matando, em sã consciência, o rei ou a rainha.

Abaixei o tom de voz para um sussurro, fazendo com que o som mais alto fosse o das pegadas de nossas botas na neve.

— Se necessário, posso proteger a gente com meu poder do vento. Vamos ficar bem.

Arwen olhou para mim com inquietação.

— Sabe qual é o poder do rei lobo?

Engoli o nó que se alojou na garganta ao ouvir seu tom de voz.

— Ele pode se transformar em um lobo enorme?

Arwen riu.

— O rei dos lobos pode assumir o controle de sua mente e inutilizar sua magia do vento.

Minha boca ficou seca. Assumir o controle de minha mente? Mas...

— Tem certeza?

Arwen olhou para a mulher lobo com quem havíamos conversado antes. Ela estava nos observando e apenas deu um aceno de cabeça. Que maravilha, ela tinha ouvido toda a conversa.

— Tenho — confirmou Arwen.

Pelo Criador. Onde a gente foi se meter?

Fim

CONFIRA A SAGA COMPLETA DE OS REIS DE AVALIER

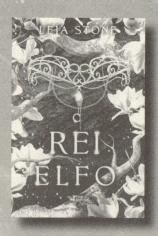

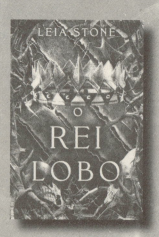

ESTA OBRA FOI IMPRESSA EM JANEIRO DE 2025